馬克思主義與文學批評

馬克思主義與文學批評

陳冠中

OXFORD
UNIVERSITY PRESS

OXFORD
UNIVERSITY PRESS

Oxford University Press is a department of the University of Oxford.
It furthers the University's objective of excellence in research, scholarship,
and education by publishing worldwide. Oxford is a registered trade mark of
Oxford University Press in the UK and in certain other countries

Published in Hong Kong by
Oxford University Press (China) Limited
39th Floor One Kowloon, 1 Wang Yuen Street, Kowloon Bay,
Hong Kong

© Oxford University Press (China) Limited

The moral rights of the author have been asserted

First Edition published 1982

This edition with author's new introduction first published 2021

馬克思主義與文學批評
陳冠中

ISBN: 978-988-87466-8-2

Impression: I

目 錄

序 言

（二〇二一年）

　　《馬克思主義與文學批評》是我寫作生涯的第一本
書，一九八〇年在溫哥華動筆。是時，日訪英屬哥倫比亞
大學圖書館查閱、筆記和影印學刊文章，兼及當地各書局
尋覓購書，資料方備。八一年此書完稿於香港，旋請《號
外》雜誌社中文打字同事打稿，自己拼貼排版，自費托付
印廠，印數一千。付梓裝訂成書後，先在香港《明報》和
《明報月刊》各登一小則廣告，收獲數十封訂購信，分別
郵寄，是年十月份開始把書逐批交給同道馬國明主持的香
港曙光書會門市零售，前後共三百二十冊，另自留數十冊
送親友，餘皆委托香港利通圖書公司發行到一些本港書店
和海外代理。付印之前想到這類冷僻書籍流通緩慢，八一
年的發行窗口只剩不到三個月，為了延長書的上架時間，
出版年份循例寫成一九八二年，其實這是本八一年的書。
　　這本書從馬克思個人的十九世紀文藝觀說起，一直寫
到普列漢諾夫那一代的馬克思主義、蘇聯前衛主義、斯大
林－日丹諾夫主義、西方馬克思主義（盧卡契、布萊希特、
法蘭克福學派）、阿爾都塞（亞爾杜塞爾）、俄國形式主義、
符號學、結構主義、巴赫金（巴哈田）以及到了一九八〇
仍然方興未艾的後結構主義（書中譯作「續結構主義」）的
德里達（德利達）、克麗斯第瓦、拉康，甚至提到德勒茲（德
路西）。這樣的覆蓋範圍和大部份內容當時在華文著作還沒
有過。其時台灣仍在黨禁、報禁中，尚不准正述馬克思，

大陸學界則剛走出文革，百廢待興，言論仍多禁區，顧不過來，唯香港和海外部份地區享有言論資訊自由，偶有學者在華文學刊上發表結構主義的文學論文，更難得的是從大陸剛來到香港的學者高宣揚在一九七八年底就寫出了一本《結構主義概說》，但總體而言有關的華文著作太少、太窄也太晚。

不過英文著作也沒早多久。俄國形式主義、捷克結構主義與法國理論雖能寄存於三數所北美學院，甚至「後結構主義」也可說是在一九六六年借霍普金斯大學的一個論壇正式登陸美國，但在七十年代初，左翼文論的認知更新，要靠詹明信（詹密遜）的兩部名著《馬克思主義與形式》和《語言的牢房》帶動風氣 (Jameson 1971, 1972) ——我是要到一九七四年大學畢業去了美東才買到兩書。隨後的兩本影響至大的馬派文學批評的新通論 —— 伊格頓（已格頓）的《馬克思主義與文學批評》(Eagleton 1976)、威廉斯的《馬克思主義與文學》(Williams 1977) —— 更要到一九七〇年代中後才出現。馬舍雷（麥雪雷）奠基性的阿爾都塞派論著《文學生產理論》原法文版在一九六六年出版，但要等十二年才有了英譯本 (Macherey 1978)。第一本通論俄國形式主義與阿爾都塞派的專著《形式主義與馬克思主義》出版得更晚（Bennett 1979）。甚至，較完善地整理馬克思個人各階段的文學思緒的英文編譯本，也要到了一九七六年才面世 (Prawler 1976)。我是完全靠讀英文著作而寫成這本書的，雖然單靠英文書有所不足，但也只能這樣，好歹算是趕上了上世紀七十年代最後幾年英文世界「理論」著作的井噴時期，不光是西馬、結構主義、符號學、形式主義、

阿爾都塞，甚至是拉康心理分析、克麗斯第瓦符號主體性、德里達解構主義（書中譯作拆建主義），都有了英文專著或譯本。這些一九八一年之前出版，我買得到的英文著作都羅列在這本書的「書目」一章。

當時還有了一些綜述各流派的新書，或把人文馬克思主義、法蘭克福學派、葛蘭西（葛拉姆西）、威廉斯以至阿爾都塞派納入馬克思主義的傳承（Eagleton 1976, Taylor ed 1977, *New Left Review* ed 1978, Solomon ed 1979），或試圖將馬克思主義與上述非馬克思主義的文學理論放在一起介紹甚至整合(Coward & Ellis 1977, Fokkema & Kunne-Ibasch 1977, Laing 1978, Schaff 1978)，這給了我信心去設定以一本書的有限篇幅，綜合評介馬克思、第二代馬克思主義、蘇馬、西馬、阿爾都塞派的文學論述，同時兼及形式主義、結構主義、符號學、後結構主義、主體性等「唯物」理論。上面提到的Coward & Ellis所寫的《語言與唯物主義：符號學與主體性的發展》就是這樣的一本開荒的野心之作，署名第一位的作者考沃德是我的同齡人，她在一九七七年出版上述那本書的時候只有二十五歲。我到一九八〇年已經二十八歲，才動筆寫這本書，有時代太倉促的緊迫感。

本書書名既是馬克思主義「與」文學批評，顧名思義是有兩個主軸。當年我緊迫地介紹新的文論，是為了要挑戰受蘇共教條影響的中共文藝觀，即威廉斯所說的「被普列漢諾夫系統化，得到晚期恩格斯著作支撐，經由主流蘇維埃馬克思主義普及化」的文藝觀，加上毛派的延安文藝座談會講話文藝觀。但在一九八一年的原版裏，我還附了一篇與文學不沾邊的〈亞細亞生產模式〉長文。若以美

國式學院分科思維來說那是不規範的，但我不是學院中人，而馬克思主義也是較不受學科間隔的。當時我的衝動是以「真正」的馬克思思想反駁中共官方的意識形態，想借助新被發掘和闡釋的馬克思，對蘇共和中共一黨專政下的所謂馬克思主義，做方方面面的釐清和批判。但這樣的戰線太長，必須要取捨。文學批評恰好是我當時的用功，一九七七年四月我已在香港的《左翼評論》全人學刊寫了一篇評介盧卡契的文章，一九七八年六月和一九七九年二月則在香港分別主催了結構主義研討會和普及文化研討會，以至到一九八〇年五月在《明報月刊》發表了〈馬克思主義文學理論的再評價〉一文。不過在此同時，我也特別在意於糾錯唯物史觀的單線五階段論，因為這些都是跟近代以來中國革命的政治現實有密切關係的。就是說，在讀寫文學理論的同期，我也想發微馬克思成熟時期（一八五七年以後）論亞細亞賦貢制東方專制的命題及其受蘇共、中共壓制的經過。在香港，這類題材的讀者不會多，為了不讓相熟的出版商為難，我自費出書了，但又因為出一次書太不容易，所以忍不住在一本書寫各種批判性文論的書中，塞進了自己一篇關於馬克思論亞細亞模式的長文。

　　回到書中寫文學理論的主軸，我想交待一下為甚麼在一九八一年的原版裏，沒有花筆墨談論當時已名重一時的威廉斯和福柯（傅科、佛科爾）。一個原因是因為受他們直接影響的頗多相似之處的兩大文學批評流派 —— 文化唯物主義和新歷史主義 —— 都是要到我這本文論出版後的一九八〇年代初才開始被發揚。

　　擱下威廉斯的另一個理由是我年輕時高估了自己的產

能：我總覺得自己短時期內就會另撰書介紹「文化研究」準學科，而威廉斯對英國的工人文化、文學批評、傳播和代際「感覺結構」的「長革命」研究多有貢獻，所以屆時我一定會寫到威廉斯，正如還會寫到葛蘭西、湯普森、伯明翰學派一樣，沒想到一去四十年，從此再沒有機緣動筆。

在一九八一年原版的前言中，我也已交待說了書中「討論對象」「掛一漏萬」，「未能處理」的包括「重要思想家佛科爾（福柯）」。當時不寫福柯不是不知道他重要，而是因為不知如何入手。一九六三年法國伽利瑪出版了福柯唯一的一本文學評著（要到一九八六年才有英譯本），而直至一九七〇年代初他仍在撰文談論法國僭越文學和作者已死等議題，不過到他在英美名聲大噪時，重點早已不在狹義的文學：福柯對英文世界個別學科的衝擊一度貌似到了接近典範轉移的翻盤地步。當我在一九七〇年代中接觸到福柯的時候，他已告別早期的所謂海德格時期（《瘋癲與文明》等），並結束了一九六三年至六八年的原生結構主義的第二時期（《臨床醫學的誕生》，《詞與物》，《知識考古學》）。一九六八年是個分水嶺，那年五月份他人在突尼斯，但仍深受巴黎的刺激。之後一段時間他活躍於政治社會事務（如聲援學生、新移民、監獄改革），並晉身法蘭西學院（很多成員反對接納他），著作方面那幾年卻只出了文摘本和編寫合集。後來才知道他的學問又轉向了，在文獻考古學之外加上「以當下為歷史」的宗譜學，更加尼采化，否定了結構主義，進入後結構主義的第三時期，突出了微觀「權力」的課題。這時期的法文著作是一九七五年的《規訓與懲罰》和七六年的《性經

驗史》第一卷《認知意志》，英文譯本也緊接在七七年和七八年出版，但他要到一九八四年去世前才編好出版《性經驗史》二、三卷，顯示出他第四時期所思所寫的自我倫理與身體技術旨趣。他從一九七〇年起每年在法蘭西學院設座授課——包括一九七七年與七八年提到「生物權力」、「治理術」的講課——當時沒有出單行本，法文原文也要從一九九七年出版到二〇一五年，英譯本就更晚。就是說從七六年的《性經驗史》第一冊，到八四年去世前的第二、三冊，他中間又有多年沒出專著，卻以公共知識份子身份活躍於各種公共場域如支援東歐異見份子和團結工會，或對伊朗伊斯蘭主義革命發表驚人觀點。福柯對自己的重要論述則一直抱持着反解釋、反總結態度，甚至要用今日之我毀掉昨日之我的「知識潛構」。在我撰寫這本文論的一九八〇年和八一年，福柯論述的「反笛卡兒式清晰」（海登懷特語）所造成的閱讀障，各時期的斷裂與劇變，其「知識潛構」的浩瀚與陌生，加上那幾年他言行的不斷出人意料，都讓我望而生畏，哪敢下筆「淺說」，更遑論從他的思想中引申出一套可供簡介的文學批評法則。

　　一九八〇年那年，受福柯、阿爾都塞和人類學家格爾茲啟發的美國柏克萊莎士比亞學者格林布拉特，寫出了《文藝復興時期的自我塑造》一書，有論者說反過來推動了生命最後六、七年常待在柏克萊的福柯，轉向個體美藝和倫理哲學，而福柯獨特的「歷史主義」方法以及權力無所不在、知識是權力意志等見地則更已深深的影響了格林布拉特和他的學者同道，在一九八〇、九〇年代開創出鋒頭一時也飽受圍攻的新歷史主義文學批評。福柯的烙印

也會留在其他一些一九八〇、九〇年代壯大的文學批評流派，如女性主義批評、生態女性主義批評、性別研究、身體理論、酷兒理論、僭越研究、作者研究等。如果問我在自己這本一九八一年的文論裏，最大的遺珠是誰，我會說那還就是福柯了。

日換星移，從上世紀最後十年開始，七十年代以降各種批判理論的帶相似性的「知識潛構」──語言(符號、文本、論述)典範、反清晰書寫、解構、歷史主義、唯物質性、知識的社會生產、建構主義認識論，以至「理論」本身──受到學院新一波論者的質疑，甚至從而衍生出逆流：反歷史主義、反唯物質性、反理論。最近四十年學院文學批評的新發展，當然不是我在一九八一年所能預見的，但觀其變化仍頗有觸動。這裏借用一本備受業界肯定的著作《文學、批評與理論導論》(第五版)[1] 的一段話作為片面的回應：「理論是學習文學、文學批評，以至思考人生和周圍世界不可缺的元素。任何人以為可以自外於理論者，其實還沒開始思想。」

《馬克思主義與文學批評》在一九八二年全部發行出去之後，我沒有看到在香港的公共領域有人談論這本書。於今回想，的確是時機已過，就像最後一班長途車終於來到，但乘客都已散去。一九八〇年代開始，馬克思主義在香港進入了漫長的死寂期。反而在言論受限制的台灣，傳來了一些回響，據說有大學生在私下傳閱，看的是影印本。不久，更出現了「翻版」。我知道的一個版本是出自

1　Andrew Bennett, Nicholas Royle, *An Introduction to Literature, Criticism and Theory*, 5th Edition, Routledge 2016.

報禁時期勇於闖關的南方出版社，不過那個版本除內容保留外，書名改了，作者也掛了香港曙光書會的馬國明而不是我的名字。雖然如此，我還是不無感激當年在台灣敢翻版出這本書的書商，因為他們，多年後我仍能遇到台灣朋友告訴我，他們年輕時候看過我這本書的台灣版。

因為台灣翻版的存在和影響，去年新竹交大亞太/文化研究室主持的「台灣戰後左翼運動口述歷史研究計劃——香港、韓國」，把我這本一九八一年在香港出版的書列入研究計劃的參考書目。非常感謝研究室成員林麗雲聯繫我，安排取書，並請專人將該書掃描成電子檔送給我，有了這份電子檔，我才能校對修正原版的錯漏單字。至於原書則由林麗雲代為轉贈給清大圖書館人文社會學院分館。

特別鳴謝當年看過本書影印本和南方版的兩位台灣老友，王浩威和邵懿德。這次他們知道了友人林麗雲在聯繫我，就一再跟我說這本書值得重新出版。沒有他們的鼓勵，我可能不會想到要在四十年後再版。

最後感謝一直以來願意出版拙作——包括這本冷僻的書——的出版人林道群及出版社香港牛津，這是四十年前我沒有的幸運。

（二〇二一年再版除了將註釋改放在各頁下方，把書末「人物譯名對照」改成依出現順序排列的華英對照，以及修補了錯漏單字之外，全部保留了一九八一年原版的內容，不僅是章節和內文不作改動，連譯名都沿用原版的譯法，以反映當年的面貌，供文獻參考之用。香港、台灣和大陸的人物譯名並不劃一，感困擾的讀者請查閱書末的人名華英對照。）

前 言

　　中文讀者可能對近年歐陸文藝知識討論比較陌生，至少，這方面的中文譯著並不多見。我將心目中認為重要的題目，用自己的寫作策略，拉扯的放進一本書裏，所謂將某些有關的思想「動員」起來，介入現下的中文知識討論。我希望能夠維護每種思路的獨特處，但又交待出它們之間的錯綜關係。初讀者可能覺得本書不易讀，資深的讀者則可能嫌未夠專鑽；我只希望本書可以暫時填接中文論述的明顯空缺，以一本書去適應不同的要求。

　　本書的資料主要是來自英文書刊，輔以少量中文文稿，歐陸許多重要著作未有我懂得的文字譯本，而我對英文資料亦不可能盡覽，不言而喻，本書觀點既非完全獨創，更非蓋棺定論。但本書有着自己的組織及處理手法，以統攝各觀點，應現階段中文論述的需要。

　　英語著作在介紹西方其他語系的知識討論時，肯定帶有偏頗及扭曲，亦附有澄清及批判。本書是通過英語著作去佔用多個歐陸傳統，英語著作的特殊機理脈絡亦會刻在本書的論述中。

　　此外，本書是以介入中文知識討論為目的，題材的取捨、着墨的輕重及觀點的鋪陳皆以中文知識討論的現況為考慮。例如第一章「馬克思與蘇維埃馬克思主義」，各經典理論家的見解，中文讀者已有其他介紹來源，故我只着重講述各人的文藝見解，減少談論一般理論。但當我講及

盧卡契或亞爾杜塞爾之時，我就花較多筆墨交待時代背景及主要概念。我每每改變論述的層次，以求達到私下認為對讀者最有作用的整體效果。

本書理想，簡單的說，一、令到馬克思主義不能為任何人利用作為鉗制文藝的藉口；二、找尋一套更為科學唯物的批評法度，對先進科技社會的自覺文藝實踐來說，並非先驗性的指導，而是一種對話。

本書討論對象之多，可說是接近冒險，但掛一漏萬仍然難免。舉例說，馬克思主義文學批評裏，歷史上重要者如法國的沙特、列斐伏爾、加羅第，意大利的霍拉普、英國的考特威爾，匈牙利的賀塞爾，奧地利的費沙爾等等，都因為本書組織上的限度，或因為重覆了主要論點，結果被放棄了。其他知識範圍內我亦這樣做了，例如語言學的哥本哈根學派及闖姆斯基、法國結構思潮重要思想家佛科爾、語意研究的葛立漢、意大利的符號學等等，皆未能處理。本書未提及的題材不一定微不足道，而是表示了一本書組織上的極限及必須的剪裁。

為了配合本書論點，我改掉了幾個名詞的流行中譯。例如unconscious，一般譯作「無意議」，亦有混為「下意識」及「潛意識」，都是理解為「意識」的負面，甚至包含有意識喪失或被蒙蔽的意思，儼然好像引申說「意識」是正統的，「無意識」是偏離的。在本書內，unconscious依照佛洛依德的原來理解，不是指「意識」的失落，而是與「意識」一同構成「主體」，是物質地存在的，故譯作「非意識」。

又例如text一字，傳統文學批評亦常用上，但本書對該

文字是有新理解，故重新譯作「符體」，本書第三章的註釋將作詳解。

　　名詞及人物譯名是本書面對的最大困難。例如signifier，據我知曾被譯作「意符」、「表示符」、「能指」、「符形」、「指示符號」等，有些不準確，有些太隱晦。本書譯作「符徵」，以代替相近的「符形」，因為「形」大多是指視覺形象，但signifier既可以是形象亦可以是聲音。至於signified，曾作「意涵」、「表示義」、「所指」、「符義」、「符旨」、「被指示符號」等，本書譯作「符念」，以強調是指腦中的概念，而不是指外間先存的意義或事物。人物方面如Levi-Strauss，一向已慣作李維史陀，本書盡量捨簡麗而取拼音，故用列維斯特勞斯。大致上，我先參考了中國、台灣及香港的既有譯法，袁可嘉、張漢良、周英雄、鄭樹森、林年同、《中外文學》、《八方》季刊、《文化新潮》月刊、《號外城市雜誌》、《學苑》及《左翼評論》等的先例，再選出適用者。然而，書中大部份的譯名，仍是我自己的試譯。

　　我想借此機會道謝。丘世文校閱本書初稿、梁濃剛提供部份譯名意見、周熙玲參與本書策劃及檢討。

I

馬克思與蘇維埃馬克思主義

1

緒論

同情社會主義的文藝工作者，時刻要面對一大陰影：斯大林主義及其表現在文藝上的日丹諾夫主義。這套教條，向右傾之時，則以守舊的狹窄的文藝風格「現實主義」來規限文藝創作；向左傾之時，則作為山頭主義政治的幫兇及宣傳的管理工具。

政治上及形式上自覺的文藝工作者，曾以多種不同的途徑去抗拒斯大林主義，同時希望保持政治上及形式上的前進。換句話說，否決斯大林主義之餘，仍為避免助長了主流的布爾喬亞意識形態。

馬克思及恩格斯的說話，似乎是第一選擇。可是，文藝問題上，馬恩只遺下些許「寶貴的粉屑」。而且，現在我們已知道，馬恩的思想裏，有多條矛盾的綫路，到他們的晚年仍未能匯通超越。

的確，我們從馬恩之處，得到一重要印象：文藝活動並非純粹「精神」表現，而且徹頭徹尾社會性的。同時，我們興奮的發覺，馬恩從不曾提出文藝創作的訓示性或規範性的定義。

馬恩大抵不會同意文藝檢查及創作教條。

不過，馬恩的文藝言論裏，並不能引申出一套文藝批評的法則。馬恩的文藝觀，大抵與十九世紀歐洲開明讀書人的想法差不多。兩人私下最感興趣的，可能是帶歷史性的故事體小說，不過兩人亦頗廣泛地涉獵其他文藝風格。兩人對閱讀及品評，似乎並沒有甚麼先驗的形式或內容上的要求。我們可以說，藝術口味上，兩人是自由主義的。

但口味自由固然值得維護，文藝的批評活動若要言之成理，是要有一些方法的。馬恩對政治經濟學作出的批判，可算是一套「科學」的萌芽。但在文學及藝術批評上，馬恩只是業餘鑑賞家，換句話說，馬恩的文藝觀缺乏理論上的深思熟慮。

要維護創作及閱讀自由，捧出馬恩兩人便夠了。但要建立唯物批評，單從馬恩的文藝談話中找，是不夠材料的。

今日一般人所知的馬克思主義文藝觀，其實是斯大林蘇聯所推廣的社會主義現實主義。這是歷史偶然的產品，馬克思主義發展，可以不是這樣子的。

第一個社會主義政權出現在俄羅斯，因利乘便，俄國本土的思想，便與外來的馬克思主義揉集成為新正統。俄國十九世紀急進民主運動中人，推崇的一套民粹主義現實主義，便難分難解的搖身以馬克思主義性質出現。

布爾什維克革命後，俄國境內有另一類文藝工作者，是前衛份子，講求形式及科技上的實驗，不惜揚棄傳統的文藝形式如現實主義。前衛份子充滿浪漫熱誠，一心希望自己的文藝活動能夠配合社會主義革命事業，咄咄逼着當政者，要求上頭指示，告訴他們怎樣成為革命機器的齒輪

及螺絲釘。他們既已拋開了傳統包袱，只要是為革命的，甚麼樣子的功利藝術都可以炮製出來。部份前衛派，甚至要求政府制定符合整體革命利益的文藝政策。

斯大林上台，為促進工業化及農業集體化，蘇維埃官僚層應運而生。列寧主義下，先鋒黨專政卻繼續下去。上述兩套相衝的文藝觀，便產生了「社會主義現實主義」的怪胎，既受落了左翼前衛派配合革命的呼籲，又套用了民粹現實主義的保守文藝形式。

日丹諾夫主政下，實驗藝術與現實主義同時凋萎。概念混淆的社會主義現實主義，成為創作及批評的唯一標準，更甚者，成為官僚控制的藉口。

2

馬克思與恩格斯

馬克思曾打算研究美學及著寫一本研究巴爾扎克的書，並兩度計劃撰寫有系統的美學論著，但是，正如他許多未完成的計劃一樣，結果並沒有寫出來。馬克思並沒有好像研究資本主義經濟政治那般的研究文學及美藝問題，他的著作裏，沒有一篇是形式完整的文學批評，只有許多零碎的文藝見解，及一兩篇關於文學作品與歷史的討論。馬克思有關的文學談話，只可當是一些啟發，不應當作權威性的結論。恩格斯的情況亦一樣。今天的馬克思主義批評，不能單單從馬恩直接談及文學的話裏，找到足夠及完整的批評概念及範疇。

馬克思對今天馬克思主義文學批評最大的貢獻，將不是他的文學談話，而是他成熟著作裏的歷史唯物範疇；換句話說，馬克思主義文學批評是根據馬克思成熟期思想裏最優良的範疇，從而發展出來的，而不是從馬克思論文學的話裏直接引申出來的。

馬克思自己的思想，是有內在的矛盾發展的，由早期的左翼黑格爾派以至後來的唯物主義，馬克思是不斷的自己超越自己。從他最優良的著作裏，我們可以通過細心的重新閱讀，配合現在其他進步唯物觀點，得出一套有利於今後馬克思主義文學批評的發展的理論範疇。這樣的一套批評範疇，馬克思本身亦不一定自覺得到，甚至可以用來檢視馬克思自己的文學見解。

年青時代的馬克思曾想做浪漫詩人，其後放棄了費爾特等的浪漫思想，並認為浪漫派文學，好像一塊幕的遮蓋了現實。馬克思早年嚮往席勒式的言志談理想的詩及劇，但很快就發覺這類文學過份概念化及理想化，自欺欺人，改而以莎士比亞為優良文學的借鏡。馬克思對經典文學很熟悉，對同時代文學的興趣亦非常濃厚，由希臘悲劇至中世紀德意志文學至十九世紀英法小說，歌德、但丁、塞萬爾提、狄第羅、史葛特、巴爾扎克、狄更斯等人的不同趣味作品，都是馬克思喜愛的閱讀對象。馬克思並曾注意同年代人海涅的詩，認為可以貶低「傳統」的權威性。不過，整體來說，馬克思的文學旨趣是過去的，而不是未來的，是受到他底時代的限制，不可能預見以後的文學及藝術面貌；他目光所及的是莎士比亞及歌德，而不是十九世紀下半句的現代作品。馬克思的文學選擇，故此只可說是

循照着當時讀書人的一般趣味[1]。當時正是現實主義的盛行時期，馬克思的趣味大致上亦可規限入「現實主義美學」的範圍，雖然他自己並沒有用上這個名詞[2]。今天的馬克思主義者要記着馬克思的個人口味及時代局限，毋需過份吹捧馬克思在這方面的正確性或完整性。

文藝影響馬克思至深，他稱自己的著作為一個「藝術整體」[3]，並常在文章內，用文學句子及借用文學譬喻，甚至以此來增強自己文章的權威性[4]。馬克思對文學及藝術有着興趣、認識及尊重，是顯而易見的。故此，一方面馬克思雖亦受他時代所局限，及缺乏完整理論，但另方面他仍是有深厚文學修養的，這點是可從他的文學談話中看出。故此，當後世以馬克思主義為名去壓制文藝活動時，馬克思的說話便有警惕作用。反過來說，後世那些攻擊馬克思主義的人，如果細心看看馬克思，便會發覺他們心目中那套馬克思主義，並不是馬克思的。

一八四二年，馬克思以報刊編輯身份，撰文批評德國的文學檢查制度，為言論自由辯護。他說，官方的檢查制度，將作家分為「認可」及「非認可」，會窒息文學的發展[5]。他主要是指商業化社會對寫作者的鉗制，作者為了生活，將作品看成手段，而不是目的，故此言論要有真正自由，便不能讓商業利益控制報刊。

1　Fokkema D.w. & E. Kunne-Ibsch, *Theories of Literature in the Twentieth Century*, C. Hurst 1977, p. 83.

2　Prawler. S. S., *Karl Marx and World Literature*, Oxford 1976, p. 410; Baxandall L. & S. Morawski, *Marx & Engels on Literature & Art.* Telos 1973, p. 30.

3　Eagleton T., *Marxism and Literary Criticism*, University of California 1976, p. 2.

4　Prawler 1976, p. 418.

5　同上, p. 46–47.

一八四五年，馬克思在恩格斯協助下，寫好了《神聖家族》，批判着左翼黑格爾派的思想，書中有一章評論歐仁蘇的流行小說《巴黎的秘密》，是馬克思最詳盡的一篇小說討論。不過馬克思的目的主要不是該小說，而是針對左翼黑格爾派的施里加對該小說的評價，藉此打擊左翼黑格爾派。故此，馬克思的重點不是文學的而是「社會」的[6]。施里格讚揚該小說對低下層生活的描寫，馬克思及恩格斯試圖指出作者歐仁蘇與批評者施里加同樣受到布爾喬亞浪漫主義的影響，以概念代替了現實，不惜扭轉人物的性格以符合作者的道德觀，「乃是對現實的歪曲和脫離現實的毫無意義的抽象」。歐仁蘇批擊社會不公，但卻看不到背後的資本主義制度，故此，只是浮面的。小說主角魯道夫、麗果萊特及瑪麗花的性格邏輯，是按「思辯原則」發展的，「現實的人變成了抽象的觀點」。在批評該小說時，馬克思沒有注重形式及結構問題，只關注人物性格，作品及歷史之間的關係，但這可能是因為馬克思撰文時用意如此，並不等於說「形式」不是馬克思主義者應該關注的問題。馬克思批評歐仁蘇小說，討論範圍有限，絕不能看作批評小說的唯一態度。馬克思強調作者「生存的歷史的個人主體」，作品與作者所處的歷史有密切關係，但這亦不等於說作者的思想傾向完全決定了作品的價值，《巴黎的秘密》女主角瑪麗花，能夠超越作者主觀道德的控制，達到作者原意以外的效果。藝術的特點，正是它既是歷史產物，亦可以超越作者及時代的主觀局限而成為有價值的人類活動。每一代讀者看到的只是作品，不是作者，

6　Arvon H., *Marxist Esthetics*, Cornell 1973, p. 4.

每一代亦以自己的方法去閱讀作品，作者的主觀想像與作品的效果可以不一致。

在發展《神聖家族》之前，馬克思著了現在所說的《一八四四年經濟及哲學手稿》，裏面強調了美藝活動是人類特點之一，能夠發展人類的潛在本質，將人與動物分開。人改造了世界，其中包括美藝的改造，而這個改造了的人為世界，又反過來改造人。「五官的形成，是由古至今整個世界歷史的勞動結果」。人通過勞動——包括美藝活動——以自己的形象塑造世界，而只有從這個客觀人為世界，人類才看到了自己，知道自己是人。「因此人亦依照美的規律去塑造事物」。藝術活動是抗衡間離，使人與自己的本質結合的活動。與康德的藝術主觀論不同，馬克思這階段所說的藝術，是人類歷史自我創造(及創造世界)的活動，是人所以算是人的本質勞動。近年的馬克思主義者認為當時馬克思的思想，仍保留了人本主義及本質主義傾向。不過，從這篇文章，馬克思主義敵視藝術的說法不攻自破：斯大林主義才窒息藝術。

一八四六年，馬克思與恩格斯合著了《德意志意識形態》，該書觀點頗為混雜，馬克思亦自認為失敗之作，不過，該書是馬恩哲學批判走向歷史唯物論的先聲。書內，馬恩首次提出著名的警句：意識並不決定社會存在，是社會存在決定意識。這不是一般人所曲解的「經濟基礎決定思想」，而是反對那人本主義的假設：將人看作世界的中心及一切只是人的本質的伸展。歷史唯物論所理解的社會構成，是複雜的整體，人或意識亦是從這整體裏生產塑造出來的。

一八五九年，馬克思在《政治經濟學批判》的序言裏，對藝術與歷史的關係作出了精湛的觀察，既推翻了唯心主義美學將藝術看成先驗獨立的範疇，亦否定了機械實證唯物主義以社會基礎來決定文學成就。馬克思指出，文藝的成就不一定與社會生產力有任何平衡的發展。他極力推揚古希臘藝術的高超成就，在這樣一個經濟上未開發的社會，卻出現了如此重要的藝術，後世想模仿也模仿不來。馬克思稱之為「物質生產與藝術生產的不平衡發展關係」。引申而言，現代社會，包括社會主義社會，並不保證可以生產出優秀的藝術，打破了實證主義式的美藝與社會平衡對應的假設，既否定了經濟決定論，亦否定了社會主義文藝必定勝過資本主義文藝的想法。同時，以往藝術既然有重要價值，今天的人沒有理由要求與以往文化完全決裂。

但馬克思並不是說藝術可與歷史分開，反之，希臘藝術的成就，正因為它是處於古希臘社會。希臘藝術不可能發生在蒸氣機及印刷機的年代，它的出現並非無緣無故，而正正是因為希臘社會的未發展狀況。「阿基里斯能夠同火藥和彈丸並存嗎」？「在羅伯茨公司面前，武爾坎又在哪裏？在避雷針面前，丘必特又在哪裏？在動產信用公司面前，海爾梅斯又在哪裏？」希臘藝術的出現，「是同它在其中產生而且只能在其中產生的那些未成熟的社會條件」分不開的。馬克思因此不是說藝術及歷史分家，而是說兩者並非手牽手和諧地滑行，藝術(及思想、政治、法律等所謂上層建築)有自己的發展規律，有所謂「自主性」，它與生產模式雖然不可分割，箇中關係卻轉折複雜，非任

何機械決定論可以解釋。其實，馬恩的著作裏屢次強調
「上層建築」及「物質基礎」的不平衡發展，但每被後世
馬克思主義者所忽略。

不過，在希臘藝術的問題上，馬克思碰到了自己提出
來的難題：要明白希臘藝術及史詩的面貌與某些形式的社
會發展有關，並不困難；困難之處在於為甚麼它們仍能為
我們帶來美藝滿足，而且從今日的眼光，仍是令人欽佩的
藝術高峰這個問題，馬克思自己的解釋難令人滿意。他以
心理因素作答，認為希臘文明是人類文明的童年時代，我
們再也不可以回到那年代，在懷舊的感傷下，感受到希臘
藝術的魅力。馬克思可說不知不覺間沿習了當時唯心主義
傳統對希臘的景仰，但卻缺乏一套馬克思主義的範疇去解
釋這現象。

後來的馬克思主義者曾作出不同的解釋。部份論者認
為希臘社會，市場經濟及分工未建立，在資本主義，藝術
受到階級社會的商品形式所滲透，反而失去了希臘藝術的
人文價值。當然，希臘社會亦有其暴力 —— 例如奴隸制
度，但它底未開發的生產條件，卻辯證地使現代人窺看及
展望一個未來沒有間離的社會。希臘藝術及其他資本主義
之前的藝術，對現代人的吸引力，正源於現代人對資本主
義的厭惡云云[7]。

近年的馬克思主義批評，已能更進一步唯物地解釋
這問題。藝術欣賞與評價，本身是受歷史限制的，各時代
的欣賞與評價的意識形態，是有着變化的。同時，任何藝
術，必須在每一年代裏，重新為人知道，這藝術才能繼續

7　同上, p. xvi–xvii.

存在，繼續有價值。希臘藝術對現代西方人的吸引力，並非單是源自該等藝術的成就，而是有賴現代西方社會文化機構及文化意識形態，繼續鼓勵及方便人們面對着希臘藝術時，採取「欣賞」及「景仰」的意識形態立場。藝術作品的價值，不能單從作品的角度看，亦要從收受者的角度看。

一八六一年，馬克思在一封致拉薩爾的信中，已冒現了一種動態的文藝觀，同一文學作品及理論，在不同的歷史情況下，形式及意義都會改變。往往通過當時人的「誤解」，令舊的藝術能夠符合當時新的對藝術的要求[8]。

馬克思較早時（一八五九年）另一封給拉薩爾的信，是最為後世官式馬克思主義所重視的[9]。拉薩爾寫了一齣歷史悲劇，叫《弗蘭茲·馮·濟金根》，想藉此雄霸德意志舞台，但該劇故事笨拙，人物膚淺，充滿着俗套的表達方式，不過，背景卻是當時進步知識份子皆感興趣的十六世紀德意志農民運動及宗教改革。拉薩爾原意是從歷史看個人。濟金根的個人遭遇，並非孤立事實，拉薩爾想藉十六世紀歷史以預告及闡釋為甚麼一八四八年革命會失敗。主觀上，拉薩爾想寫一齣黑格爾式的悲劇，而不是席勒的主觀戲劇。

拉薩爾請馬克思及恩格斯對劇本表示意見，馬恩的回信很客氣卻很認真，因為他們認為拉薩爾將來可能是同路人。馬恩都看出拉薩爾劇本失敗的重點，正是席勒式的主觀唯心論。馬克思勸拉薩爾應多學習莎士比亞，少點席勒

8　Prawler 1976 , p. 231.

9　至近年仍被稱為「四封著名的關於文藝問題的信」之一，其餘三封皆為恩格斯的，見張少康，「學習馬克思恩格斯論典型筆記」，《社會科學戰綫》，四，1978。

化，不要將個人變為時代精神單純的傳聲筒，作品的道德觀，應是情節的自然效果，不是勉強的放進主角口中，恩格斯在同年給拉薩爾的信中，亦認為「不應該為了觀念的東西而忘掉現實的東西，為了席勒而忘掉莎士比亞」，並希望拉薩爾是以人物的行為而不是抽象討論來表達訊息。兩封信充份表現出馬恩對文學作品高下的分辨能力。

除了犯了說教的毛病外，馬恩更指出該劇歷史敍事上的矛盾。濟金根是一名封建末期的小貴族武士，屬於沒落中的階級，拉薩爾卻將他寫成進步英雄，與農民聯手反抗帝王及公侯。恩格斯說，他不反對拉薩爾將濟金根寫成有誠意的去解放農民，每個人都可能背叛自己的階級利益，但小貴族整體而言是靠壓逼農民以自保，階級利益上有衝突，故濟金根不可算是該階級的代表性人物。

這本亦應是悲劇所在：一名沒落階級的小人物，背叛自己的階級，參與一場失敗的叛逆。但拉薩爾卻把革命悲劇的產生，寫成革命領袖的「智力過失」及「策略錯誤」，而不是小貴族在該次大動亂的下場。拉薩爾將歷史的客觀悲劇寫成個人的悲劇，恩格斯因此說該劇不夠真實」，並提議補救方法，如加強農民及小城平民扮演的角色。

馬克思對悲劇人物的看法，不單是黑格爾式的個人力挽一個被淘汰的世界秩序，亦可以是「來得太早的英雄」。但濟金根的小貴族階級，卻並不能符合拉薩爾心目中預告着的一八四八革命的「來得太早的英雄」。拉薩爾扭曲了歷史本身的邏輯，將沒落的階級人物化為「革命領袖」及「德意志最偉大的人」，看不到「在他們的統一和

自由的口號後面一直還隱藏舊日的帝國和強權的夢想」，馬克思對拉薩爾的批評，並非如佛克馬等所說的採用了經濟決定論觀點[10]，而是針對着拉薩爾的意圖及歷史劇的特殊野心而說話。如詹密遜所說，批評歷史劇的方法，可能有別於批評其他文藝類型，一般批評或許不需要太注意人物及情節的眞實姓，但一齣意圖描繪整個時代的歷史性作品，批評者當然應該看看作品裏的人物及處境，是否足以代表該歷史時代[11]。

後期的恩格斯發表了數點重要的文藝見解。一八八三年，恩格斯批評德國社會主義者的狹隘心胸與腓力斯坦口味。恩格斯讚揚歌頌肉體歡樂及「自然的豐滿的性感」的詩人，認為德國工人應該有權學習怎樣去自由地談論那日常生活裏不能免的事[12]，可說是對以後社會主義文學的壓抑性慾的一個諷刺。在《反杜林論》中，恩格斯反對文化的檢管制度。一八八五年，給敏娜考茨基的信中，恩格斯指出作品內的明顯政治傾向，會破壞作品的價值。他強調並非反對作品含有政治傾向，其實任何作品都有政治性，但作家不應過份明言自己的進步，應通過人物行為及情節安排，結合藝術的特性，而不是明明白白的說教。他說，只有通過隱藏的形式，作品才能收效，在一個布爾喬亞世界裏，讀者多為布爾喬亞，社會主義小說只需要描寫眞實關係，就能衝擊布爾喬亞了，作者甚至不需要提供肯定答案，更不用表明立場。這裏，恩格斯對「現實」的界定頗

---

10 Fokkema et al, 1977, p. 85.

11 Jameson F., *Marxism and Form*, Princeton 1974, p. 192.

12 Engles給Georg Weerth的信，收集於Solomon M., *Marxism & Art*, Harvester 1979, p. 70.

含糊，但他不滿說教傾向性的文學及「正面」文學，毋用置疑。

　　一八八八年，恩格斯寫了著名的給哈克奈斯的信，進入了典型及反映主義的討論。

　　早在給拉薩爾的信中，恩格斯曾說，「主要人物是一定的階級和傾向的代表，因而也是他們時代的一定思想的代表，他們的動機不是從瑣碎的個人慾望中，而是從他們所處的歷史潮流中得來的。」

　　給哈克奈斯的信中，恩格斯更提出「真實地再現典型環境中的典型人物」的主張。這個可溯源至希臘哲學的觀念，其後滙合俄國本土的民粹主義，成為蘇式馬克思主義文學觀的核心。恩格斯在信中提出現實主義不單是忠於表面的事實，換言之視現實有着表面及本質之分。本書的下一章，將再總的檢討現實主義、典型及反映等概念。

　　信中的另一重要觀點是，只要作品是寫實的，作者的私下政治傾向不會妨礙作品的成就，反而可能正正是作品價值所在。這裏的例子是巴爾扎克，一名自覺地反動的作家，以沒落貴族觀點寫資本主義的冒現，他的作品卻屢獲得馬克思和恩格斯的高度讚場。恩格斯稱巴爾扎克的《人間喜劇》為「現實主義的最大勝利」，對「封建主義向資本主義轉化時間的現實關係作了淋漓盡致的揭露」。馬克思則在給他女婿的信中，說巴爾扎克不單是當時社會的史筆，並預言着社會以後的發展，他筆下的事件和世態在他的時代仍未真正成形，但卻為其後社會所證實。從馬克思對巴爾扎克的推崇，我們可以作幾點引申：作品的成就，不能因作者的出身、思想及政治傾向而抹殺或抬高，過去

的作品可以有高度認知的作用，不容拋棄；作品有鮮明主張，反為不妙，寫實的作品，價值往往比傾向鮮明的更高。

兩年後，恩格斯以另一角度為作家辯護[13]。德國劇壇有人批評挪威的易卜生為小資產階級劇作家，恩格斯指出，小資產階級在德國與挪威扮有不同角色，評價易卜主時應考慮小資產階級在挪威的進步性。這裏恩格斯用歷史唯物觀點，用比較方式具體地看待易卜生，但同時似乎陷入階級決定論，假定了作品與階級之間有着單一直接的關係。這點，近年的意識形態理論便有不同的看法。

從馬克思及恩格斯論文學的著作中，可以看出馬恩肯定文學的價值，反對控制文學活動，不主張文學要有鮮明政治旗幟，指出文藝與歷史的不平衡發展，以及文學價值不能以作者的政治取向決定。

不過，馬恩並沒有完整的文學理論著作，他們有更逼切的問題要關注，不可能以有限生命同時想透文學問題，他們的口味，往往只顯示當時的各種主流，而且受時代限制，不可能預見冒現中的現代藝術，故此，今天的馬克思主義者實無理由對馬恩的個人偏好亦步亦趨。

此外，馬恩談及文學時，往往是想闡明一種哲學觀點，或另有目的，不能算是全面化的批評。他們論及作品與歷史關係時，討論對象大抵限於敍事文學及具象藝術，並不一定可以運用於其他文藝類型上。故此，馬恩的文學見解，雖然遠勝於許多後世自封的追隨者及批評者，但無論在關注的範圍或方法上，都不能教條地看作馬克思主義處理文學問題的唯一態度。

13　Arvon 1973, p. 31.

馬恩之後，馬克思主義者加進自己的見解，發展了不同的馬克思主義批評。這正顯示馬恩本身缺乏了一套明確的文藝理論。到底文學是受社會決定，還是自主，還是政治工具呢？[14] 以後的發展似乎各取所需，但很少能夠全面運用馬克思建立了的豐富的語言與精要範疇[15]。本書認為直至近年，馬克思主義文學批評才有了一以貫之的唯物理論。

3

第二代馬克思主義者

　　馬恩之後，馬克思主義的傳播及闡釋，便落在所謂「第二代馬克思主義者」手中，一方面馬恩的思想擴散開去，各國成立受馬恩影響的社會主義組織，思想方面試圖將歷史唯物論系統化起來，作為社會與自然的全面理論，為工人階級提供一個容易掌握的簡化世界觀[16]，其中一後果是第二國際的經濟決定論。從理論解釋的角度，第二代的介入，至為不幸。但他們那種「馬克思主義」，卻很快同樣為革命人士及反對者受落，儼然以正統馬克思主義的姿勢出現。到了今天，西方馬克思主義學者仍在分辨第二代加諸馬克思思想上的唯心主義。

　　文學理論的情況亦一樣，第二代理論家一方面推廣了馬克思主義，另方面改變了馬克思思想的面目。考茨基視

14　同上，p. 12.

15　Solomon 1979, p. 10.

16　Anderson P., *Considerations on Western Marxism*, New Left Book 1976.

文學為上層建築，決定於經濟基礎，故只是副現象，馬克思主義亦因而無須發展一套文學的理論。梅林主張保存傳統文化，但他將內容與形式分開來研究，前者變成了機械社會學，後者變成純形式檢討；他並引申而言資本主義裏不可能有無產階級文化，只有政治革命之後，才可以建立無產階級文化。

普列漢諾夫的影響至為廣闊，他加深了恩格斯後期的決定論傾向，不批判地接受了反映主義，將文學批評化約為機械社會學。至三十年代止，蘇維埃美學等於文學社會學[17]。

普列漢諾夫將「基礎與上層建築」這個「譬喻」看成為決定性的現實範疇，修正成為五個連續性的「原素」：生產力—經濟狀況—社會政治體系—人的心理—各種反映心理特質的意識形態。馬克思主義於是便進一步陷入機械決定論。

普列漢諾夫認為文學及藝術是社會狀況的反映，文學的語言遂可以翻譯成為社會學的語言，文學裏的「現實」有其外間的現實對應，那「社會等同物」，越偉大的作家，則越少個人性，其作品越可以化約為社會現實。在最壞的時刻，普列漢諾夫會說，如果畫家繪畫一個女人，結果真的像那女人，便是好畫，但是女人穿的藍色衣裳，畫出來的顏色不均勻，便不是好畫；但在較清醒的時候，他會指出唯物批評的第一綫行動是社會學，但單單找尋文學作品的社會等同物是不夠的，批評家還要作出美藝上的判斷，即唯物批評的第二綫行動。

這裏，普列漢諾夫既犯了機械決定論毛病，更與他同

17　Morawski S., Mit 1974

時許多馬克思主義者一樣，唯心地將「美藝」看作獨立的範疇。這是因為他雖然本身的文學知識很淵博，但他的美學範疇卻非是馬克思主義的，而且加進了至少兩個思想框框：一、康德主義，將美與理性分開，以實證社會學代替唯物批評；二、十九世紀末俄國民粹主義美學(別林斯基、車爾尼雪夫斯基、杜勃羅留波夫)視文學為社會分析及批評，作家為社會教育者，要反映現實，文學應摒棄艱難形式，以普羅大眾為讀者，純美藝享受是貴族奢侈行為，藝術要為人民服務，重要作家可以在精神領域解決重要時代的重要難題，藝術再現生活、說明生活、對生活現象下判斷，藝術美低於現實美，但藝術卻是現實的教科書……

普列漢諾夫的文藝觀，對馬克思主義有着災難性的影響。不過，普列漢諾夫不同意車爾尼雪夫斯基視藝術為宣傳工具。別林斯基的現實主義，是天真地忠於「本來有的樣子」，但車爾尼雪夫斯基的則是「應該有的樣子」[18]。(後者認為現實是高於藝術的，因為藝術只是對現實的模仿，又因為現實決定作品的形式及內容，故不能用外國技巧反映俄國生活。)普列漢諾夫抨擊為藝術而藝術的作品，說該等作品沒有「內容」，卻不主張功利主義地將藝術看作手段，理由是任何政治性的勢力，不論是進步或反動，都會利用藝術來為政治服務，故此反過來說，功利藝術的主張，可以被反動勢力所用，故此這主張不能成立。他天真地提出藝術應如物理學般的客觀。可是，以後的馬克思主義者，深受普列漢諾夫的庸俗見解支配之餘，竟忘記了普列漢諾夫亦反對政治掛帥。

18　朱光潛，《西方美學史》下卷，文化資料供應社 1977。

威廉斯指出，後期的恩格斯思想，加上俄國鄉土急進民粹主義，經過普列漢諾夫的系統化整理，及在蘇維埃政權的推廣下，成為今天一般所知的馬克思主義[19]。

列寧與托洛茨基

列寧與托洛茨基並未能擺脫第二代遺留下來的非馬克思的框框。二人與馬克思、恩格斯及普列漢諾夫一般，有着深厚的文學修養，故此其文學見解亦頗有智慧，但歸根究底是缺乏了一套嚴謹的馬克思主義批評範疇。

列寧並非清教徒式人物，他喜歡喝啤酒，聽音樂，看了小說《安娜卡列蓮娜》「一百次」，流亡時曾一度「每晚去看戲」[20]。

但列寧處於生死存亡的俄國政治革命關頭，免不了比馬克思更着重藝術促進革命的實用性。對觀點不能苟同的作品，列寧似乎強逼自己不去欣賞。這方面他與約翰生博士很相似[21]。列寧喜愛的作家有車爾尼雪夫斯基、高爾基、羅曼羅蘭、威爾斯、蕭伯納、屠格涅夫及契訶夫等。他親自監印九十大冊俄文托爾斯泰作品，並鼓勵將經典文藝作品印成平裝本供大眾享用。列寧的見識絕非腓尼斯坦的地域主義，他沒有遮掩自己的口味，但亦不會把自己的口味看成文學的唯一準則。

列寧常在文藝欣賞與文藝實用之間猶疑不決。他喜歡貝

19 Williams R., *Marxism and Literature*, Oxford 1977, p. 3.
20 Solomon 1979, p. 165.
21 Eagleton T., *Criticism and Ideology*, New Left Books, 1976, p. 173.

多芬的音樂，但聽後反覺心煩意亂。高爾基說，列寧說音樂易使他過份安祥，而殘酷現實卻不容許人們過份安祥[22]。

列寧仍能辯證地看待藝術與意識形態的關係。他曾對高爾基說，藝術家可從任何哲學裏得到有用的材料，就算那些是唯心哲學也不打緊[23]。

列寧沒有主張管制文藝作品，或劃定主題、風格及形式的認可範圍[24]。列寧秉承着馬恩的立場，認為作者的階級及政治傾向不能與作品的成就劃一等號。在論托爾斯泰的文章時，列寧把托爾斯泰的作品歸入「世界最偉大文學之列」，雖然托爾斯泰在政治觀點上採用保守的農民階級世界觀。托爾斯泰看不到冒升中的無產階級及新社會秩序，但這不會妨礙他寫出偉大的作品。他的小說的現實，超越他私下天眞的烏托邦意識形態；他的小說藝術與他的反動道德主義產生矛盾，使讀者能夠看到俄國資本主義的面貌。列寧說評價托爾斯泰，不能依今天的眼光，而應以當時的歷史角度，視農民意識形態為針對資本主義的一種反抗。托爾斯泰的價值，不在於他的世界觀是否正確，而是在於他好像一面鏡子反映了時代的矛盾。

列寧論托爾斯泰時，用了幾個含糊的概念，如作品似鏡子觀照現實及作品「反映」及「表達」現實等，都是未經過理論上貫穿的界定及考慮的[25]。這裏要強調的是，列寧的「反映」主義，只是指藝術的知認功能，並非當作馬克

22　Solomon 1976, p. 164.

23　Arvon 1973, p. 34.

24　A.S. Vazquez, *Art and Society*, Monthly Review 1973.

25　Macherey P., *A Theory of Literary Production*, Routledge & Kegan Paul 1978, p. 120.

思主義藝術理論的規範性教條[26]。此外，列寧亦借用了浪漫主義的範疇「偉大人物」來解釋托爾斯泰作品超越本身階級的文學價值[27]。

列寧最著名亦最被濫用的一篇文章是一九〇五年的「黨的組織與黨的文獻」，後來的文學鉗制以此為藉口，該文的歷史背景可以解釋文章真正的用意。當年，沙皇俄國的非法地下報合法化起來，黨派刊物可以公開印行。合法後，作者與刊物的紀律都鬆懈了，列寧擔心布爾什維克刊物，接受了非黨人的稿件，主張混雜，而且作者撰稿時，往往浪漫地以作家自居，不遵從黨的政策。其時，布爾什維克正開始變成群眾性組織，急需內部紀律，故此列寧便撰文針對黨報及黨的文獻，強調要貫徹黨精神，要黨內自律，不接受非黨觀點的文章，黨人的文章，要以工人階級的整體利益出發，文章配合革命，成為整體社會民主機器的齒輪及螺絲釘。所以沒有中立的文章，「文學事業應當成為有組織、有計劃的、統一的社會民主黨的工作的一個組織部份。」就是這篇文章，其後成為文學檢查制度的根據，但這不一定是列寧本來的意思。該文寫於一七年蘇維埃革命之前，針對的是布爾什維克文藝工作者，在仍屬資本主義社會裏工作時的內部紀律，是對黨內文獻，不是對黨外文章的管制。該文另外並強調文學的特殊性，說文學必須容許更廣濶的個人主動性、個人傾向、思想及幻想、形式及內容，「文學事業不能機械地平均，標準化，少數服從多數」。故此，該文的「文獻」一詞，是應理解

26　Vazquez 1973, p. 15–16.

27　Eagleton 1976, p. 174; Macherey 1978, p. 119.

為政治論述及宣傳文章，而非文學創作。論者指出俄文裏的Chudozestvennaja Literatura 專指創作文學，即相等於英法字彙裏的「純文學」（Belles-Lettres），但該兩字卻沒有出現在列寧的文內[28]。從列寧在一七年之後的表現，我們可以相信該文的原意並非為文學管制鋪路。所以，到了三十年代後文學檢查恐怖主義全盛時期，列寧的文學見解已鮮獲提出。

一九一七年蘇維埃革命後，列寧仍然保持一貫文藝立場，努力將優良作品普及化。他說工人要求的是最認真的藝術，不是馬戲班，但藝術應要是工人明白的。他反對黨內的極端派──無產階級文化派──那種與以往文化一刀兩斷的主張。他強調文化遺產的重要性，工人階級的文化不是憑空出來的，資本主義遺留下來的文化必須小心保存，作為建立社會主義的基礎[29]。他不太欣賞革命後蘇聯的真正前衛藝術，並因此與文化決策的盧那察爾斯基熱烈地辯論，但站在文藝欣賞與實用夾縫中的列寧，卻從未提出劃一文藝風格或管制文化。

托洛茨基更是著名的文藝自由論者。他不承認有所謂無產階級文化，第一、工人要從事經濟生產，文化水平偏低，必須借助知識份子同路人；第二、社會主義既取消了階級，怎會再有無產階級旳文化呢，只應有「新的、真正的文化」。在一九二四年的「文學與革命」[30]裏，他認為藝術有高度的自主性，但又機械地說新文化的出現，會遲於其他領域如政治法律的改變。新形勢帶來新要求，但「這並非政府命令，只是歷史要求」。他反對題材至上的論

---

28 Fokkema et al., 1977, p. 92.

29 Arvon, 1973, p. 58.

30 Trotsky L., *Literature and Revolution*, Ann Arbor 1975.

調，維護創作方面的多元化，抗衡無產階級文化派的恐怖主義。他認為藝術要用藝術的標準去判斷，藝術並非反映現實，而是依照自己的規律「折射」現實。他論及當時最有成就的形式主義派文學批評，認為該等研究有價值，但只是偏面的，他說文學作品是先應用它們自己的規律，即藝術的規律，來作評價的標準，但是只有馬克思主義才可以解釋某一特定藝術類型的始源及演變。他更強調社會主義文化必須承繼固有的優良文化——「我們馬克思主義者一直都是活在傳統裏」。

不過，托洛茨基亦如他以前的重要馬克思主義者一樣，有啟發性的見解，卻「缺乏一套闡明歷史，意識形態及美藝的理論」[31]，他可以指出美藝與歷史「雖有關連，但不重疊」的概念，最終卻只能以天才及超越歷史等唯心概念去解釋藝術的價值。

馬克思、恩格斯、普列漢諾夫及托洛茨基的思想裏，都不能找到日丹諾夫主義的先聲；列寧一九〇五年的文章則要經過曲解才能為文學管制服務[32]。蘇維埃革命後，文藝自由維持到二五年，雖然到了三十年代，斯大林主義恐怖才明朗化。[33]

---

31 Eagleton 1976, p. 171.

32 這不等於說列寧主義又與斯大林主義無關。事實上，論者如L. Kolakowski 及E.P. Thompson曾有效地證明斯大林主義的根源是列寧。此外，我們不要以為托洛茨基及布哈林是斯大林的對頭，便是斯大林式專政的反對者。

33 後世托洛茨基主義者，抨擊蘇聯官僚主義時，往往舉出五六年匈牙利及六八年捷克「工人階級群眾起義」，來闡明官僚們的反動性，不過，托洛茨基曾血腥地鎮壓二一年的Kronstadt「工人階級群眾起義」，其後在他流亡時間仍認為該等鎮壓是革命(合理)的。其實，托洛茨基一直擁護中央集權及先鋒黨式專政。斯大林的官僚集產單元主義是在列寧主政時期已經播下的種籽。流亡時期的托洛茨基，似傾向了容忍及多元化，故

蘇維埃前衛

　　布爾什維克上台後，蘇維埃前衛運動更加蓬勃，寫下文化史光輝的一頁。未來主義大旗之下，建造主義的藝術，形式主義的批評，艾山斯坦、布多夫肯、維多夫、古力斯荷夫的電影及電影理論，美耶阿的舞台，馬耶可夫斯基的實驗詩，各種實驗海報、刊物、平面設計、油畫及雕刻，加上巴比兒的故事及蕭洛霍夫的傳統小說，將蘇聯裝扮成世界藝術焦點。

　　蘇維埃前衛與布爾什維克政治，開始時並非互相排拒。未來主義者大抵對革命滿懷熱誠，而形式主義批評圈亦對革命沒有敵意。艾山斯坦是紅軍成員。主要詩人如馬耶可夫斯基亦立即投身社會主義建設：「接受還是不接受？我甚至從未問過自己。此革命乃吾底革命。知識份子可以與布爾什維克一起工作嗎？他們可以，而且他們必須」[34]。

　　未來主義者與形式主義者雖大多為布爾喬亞及小布爾喬亞階級出身，但卻比某些布爾什維克黨當權者更急進試圖建立社會主義文化。這些前衛知識份子，是「年輕創新者」[35]，受社會主義的新現實所衝擊，雄心萬丈，以人民大眾為新服務對象，紛紛嘗試用新的手法，建立無產階級的

死後更成為反斯大林的象徵。但托洛茨基及他的追隨者從未否定蘇維埃政權的優異性，仍認為要不惜代價支持蘇式極權統治以對抗資本主義「帝國主義」。不過，蘇維埃民主並非被「帝國主義」破壞的，而是被列寧及托洛茨基等布爾什維克所破壞。我們不能想像托洛茨基的民主觀念如何在實際上與他誠心擁護的一套社會主義並存。

34　引自Pleynet M., The "Left" front of the Arts, 收集於 Screen Reader 1, SEFT 1977.
35　雅克慎語，引自同上

新文化,特別着重怎樣利用現代科技去改革現存文藝類型的技巧及傳播方法。

蘇維埃未來主義與歐洲其他地方的前衛運動,如意大利未來主義及德國包浩斯設計學派等,是有其類似處。但蘇維埃前衛卻逼切的渴望配合政治上的發展及社會的整盤建設,強調文化工作者應有一種與群眾一起的歷史使命感。藝術實踐者以配合社會主義建設為己任。

前衛運動中的極左派,認為社會主義下,應該重新由頭開始,建立新文化,將舊文化連根拔起。這派是以保格丹諾夫為代表的所謂「無產階級文化派」。該派宣佈:「在未來的名義下,我們燒掉拉斐爾,摧毀博物館及踐踏藝術之花」[36]。為了建立「純正」的無產階級文化,清除舊社會的負累,不惜使用暴力。無產階級文化派不打算容忍任何非工人出身的知識份子,通過「全俄無產階級文化協會」,主張成立 檢查制度,「純正無產階級意識形態的實驗室」,以誹謗及財政分配手段打擊異己。一九二六年之前,該派得不到當權布爾什維克的支持。

當政者如列寧、托洛茨基、布哈林、盧那察爾斯基等,反而重視承接舊社會的文化。列寧及托洛茨基最關注的,是提高工人的文化水準。列寧承認,俄國是歐洲文明程度最低的國家。故此,當政者強調的,不是藝術實驗,而是基本文化教育。這點,在斯大林及日丹諾夫治下,仍是施政重心。

36 引自 Arvon 1973, p. 56. 馬耶可夫斯基亦曾說燒掉拉斐爾。當時前衛文藝界的左派,聯成一條陣綫,叫拉普派(Left front of the Arts,簡稱Lef),馬耶可夫斯基是成員。拉普派的前衛姿勢,一直不合傳統文化派如華朗斯基的胃口。

革命初，為了提高一般文化水平，曾大量行印平裝的經典著作。宣傳這些傳統文藝最力者是華朗斯基及刊物「紅色處女地」。

列寧及托洛茨基皆未能好好的評價前衛藝術。列寧不欣賞馬耶可夫斯基的詩，但工人們卻喜歡聽後者讀詩；列寧曾質詢盧那察爾斯為甚麼要替馬耶可夫斯基的詩集印行五千本的數量。他稱未來主義派為布爾喬亞波希米亞的新發展，並引共黨理論家葛立姆西所說，意大利未來主義者已投入法西斯陣營。華朗斯基的傳統知識份子一派，批評前衛人士將藝術視為工藝品，太急於改造環境，忽略了藝術的非功利特性。各當權者口味上，顯然是接近古典現實主義。

大抵上，當權者站在藝術上後衛保守的立場，去評論前衛派的各種實驗。在此同時，當權者並不同意無產階級文化派主張的強硬地製造新文化。列寧說，共產主義是用資本主義的材料建造的，無產階級文化亦非無中生有，而是從現存文化中的「最優良模式、傳統及成果」加以發展出來的，列寧堅決地指出，與舊文化決裂以成就新文化「理論上不通及實際上有害」。

當時主政的理論家一致反對限制文學自由。華朗斯基認為檢查員不夠資格去判斷作品的價值，依照果戈理及契訶夫的傳統，作家有權描寫社會主義的黑暗面，唯有明顯地反革命的宣傳才應受制裁。初期盧那察爾斯基亦認為作家應寫出真實，不論有違黨的立場與否；文藝的多元性，不單是指類型及題材，並包括基本方法上的自由，不受教條化及規範化的指導。盧那察爾斯基被認為是蘇維埃文藝

壇的「善牧」³⁷。他稱凡不明白經典文學對工人教育的重要性者是「無可救藥的蠢材」。他亦是一位比列寧更敏銳的新文化觀察家，支援實驗藝術，他說身為人民幹部者有責任使各派別各集團的文藝見解得到自由競賽，包括那些主張割裂以往文化及鼓吹管制的無產階級文化派，他認為文學不一定要為工人接受，因為一般人的文化水平不足以判斷藝術的價值，特別是在新的無產階級的文藝形式未出現之前，屠格涅夫及普希金等舊文學仍應提倡。

高爾基及托洛茨基亦維護文藝的自由。一九二五年時，托洛茨基說，文藝界的同路人有權去描寫人的內心世界。巴比兒的巴羅克式故事因此仍可出現。

但斯大林正打算加強官僚統治，以推行新經濟政策的第一個五年計劃。文藝方面亦收緊自由度，強調「社會性領導」。

當權官僚開始改頭換面，套用了無產階級文化派的立場，批異己為「形式主義」，誹謗華朗斯基，將主要作家（不論是前衛的或現實主義的）侮辱及逐出國，吸納了其他文藝組織，指點藝術路綫。第一個五年計劃推行了農業集體化，革命情緒高漲，無產階級文化派中人，認為這是作家的歷史使命，更肆意地攻擊傳統文化派及不受指導的前衛派。

蘇維埃官僚正要推行一國社會主義，集中權力。無產階級文化派的叫囂，正合統治階層之意願。盧那察爾斯基支持了無產派，高爾基亦暗中鼓勵，斯大林黨壟斷全蘇維埃作家於一網的企圖，反而看似是徇眾要求。一九三○年，馬耶可夫斯基自殺。

37　Solomon 1979, p. 219.

社會主義現實主義

一九三二年，第二個五年計劃開始，主綫是激烈階級鬥爭已告一段落，全國進入安定紮實的階段。文藝方面，作家亦統歸同一旗幟之下，遂官式成立壟斷性的作家協會。之前，真理報發表文章，攻擊無產階級文化派為山頭主義，但其實該派的作風，已成為官方的立場。三二年間高爾基與斯大林一次會談，後者想出了「社會主義現實主義」這噱頭，將前衛派的浪漫主義與保守派的現實主義拉在一起。

一九三四年第一次全國作家大會上，「社會主義現實主義」一詞是官方口號。當時，社會主義現實主義並非代表某類創作風格，而是指認可作家應有的態度，換言之，是引申列寧「黨的組織與黨的文獻」一文內，所謂「黨的精神」要貫穿整個文化領域。一開始，社會主義現實主義的概念已是空洞含糊，但正因此才完全符合了斯大林派的官僚主義政治目的。

大會通過作協章程：「社會主義現實主義作為蘇聯文學和文學批評的基本方法，要求藝術家從現實的革命發展中真實地、歷史地和具體地描寫現實，同時，藝術描寫的真實性和歷史具體性必須用社會主義精神從思想上改造和教育勞動人民的任務結合起來」。這段話是自相矛盾的，上半句將具象敘事性的現實主義作為創作及評價的單一法則，下半句卻強調文學的功利作用掛帥，將十九世紀布爾喬亞的心理現實主義寫作方法與訓示性浪漫主義結合起來。

官僚們永遠從行政觀點出發、故此亦永遠是文化盲目

的。他們口味上，是小布爾喬亞的懼外畏新的地域主義。他們要求看得懂的文藝，以便他們的檢查。看得懂又不含糊的文藝，大多是源用傳統俗套表達方式。優良藝術的多義性，創新藝術的不可測性，皆使官僚們感到恐懼及自卑。社會主義現實主義認可的作品，是指那些可以用官僚腦袋弄明白及控制的作品。反而，精巧優良的藝術，形式或內容創新的作品，卻被看作布爾喬亞墮落文化或「形式主義」。其實，最形式主義的，就是那些死抱一套固定法門不肯嘗新的官僚們。

第一次作家代表大會，所有的偏頗及強調點，都有着深遠的影響。

三位重要講者是高爾基、布哈林及當時藉藉無名的日丹諾夫。

高爾基是俄國傳統民粹現實主義潮的二流作家，比不上普希金、屠格涅夫以至托爾斯泰。高爾基卻比屬於未來的作家如杜斯妥耶夫斯基，更接近當權者的口味。他是保守現實作家，他對現實主義的理解，是以十九世紀商業化的流行藝術手法(現實主義)去描繪二十世紀最先進的社會主義現實，但在作家大會上，他的主調卻是革命浪漫主義。他認為作家有責任配合人類對外間壓逼的抗爭，社會主義現實主義是革命浪漫主義的別稱，是「人類改變及重建世界的現實主義」，文學內可用「神話」去展望人類未來。

布哈林的講話卻是反浪漫主義的。他反對文學裏任何超自然及神秘主義成份，他認為文學與科學一樣，是認知工具，只不過文藝表現的是現象，科學表現的才是本質。(後來較精明的理論家如盧卡契則說文學是從現象中表達本

質。）布哈林認為，文藝是比科學次一級的。他從教育群眾的功利主義着眼，認為文藝可以有着百科全書式的功能，是故後來蘇維埃文學每在文中加插科技細節及常識講解。布哈林又說，文藝是社會價值的製造者，故此文學必須是「正面」的。布哈林的天眞實證主義及教育的功利主義，與高爾基的革命浪漫主義，皆夾雜地成為後來社會主義現實主義的一部份。

不過，對布哈林來說，社會主義現實主義是指作家的態度，而不是作品的風格。他說「統一」不表示唱同樣的歌，在紙面上取消現實裏的矛盾，或勾劃同一典型英雄及壞人。他並肯定俄國形式主義批評學派的成就，認為該等詩學研究是以後更完整的文學理論初步工作，為詩學立「目錄」，一個字的小宇宙內可以包含歷史的大宇宙。

斯大林派打手日丹諾夫的演講，象徵着文藝恐怖主義時代的正式開始。他說：蘇維埃文學是偏袒的，而且以此為榮，因其偏袒的是從資本主義奴役中解放出來的工人。他呼籲清除人們腦中的資本主義殘餘，蘇維埃文學要反映社會主義制度的成就及資本主義制度的墮落，配合人民的社會主義教育。

代表大會奠定了蘇維埃馬克思主義對現代藝術的排拒。現實主義作家高爾基攻擊杜斯妥耶夫斯基、普魯斯特及詩靈，另一講者攻擊喬哀斯，以前馬克思主義當權派的個人口味，很快成為了官方態度。

不過，會上有些講者，強調要去承繼優良文藝傳統。社會主義現實主義的確並沒有完全否定過去，甚至容忍某些被認為是「批判的現實主義」的布爾喬亞作品。大抵

上，社會主義現實主義是比批判的現實主義高了一個層次，前者是對新社會充滿樂觀，後者是暴露舊社會的不幸。

日丹諾夫主義的特色是：一連串的代表性的神話式人物；排拒精巧的文藝風格；檢查制度[38]。

日丹諾夫主義亦將現實主義變成它的相反：定型。先有了官方的社會分析，然後將這些官方觀點「文藝化」。

以「垂死文化」及「墮落」去形容布爾喬亞文化，並非馬克思的評論方法，而是借維多利亞時代道德觀，社會達爾文主義及史賓格勒式唯心史觀，近於法西斯主義及種族主義多於馬克思。日丹諾夫抬捧斯大林的一句話：「作家是人類靈魂的工程師」，總結了日丹諾夫主義對文學的功利主義，對身體的卑視，壓抑人性肉慾，以工程學為譬喻塑造模範人物。日丹諾夫主義在文藝方面勝利之日，蘇維埃政權亦刪改了本來是先進的墮胎法及離婚法，並用與法西斯份子同謀為罪名大舉拘捕同性戀[39]。

一九三六年，真理報在批評一齣歌劇時，正式證實社會主義現實主義是唯一獲得容忍的藝術準則。作品能否面世，亦是由一小撮官僚去判斷。許多作家，包括巴比兒就此沉寂。蕭洛霍夫在《靜靜的頓河》之後，要隔了多年才寫出一本從階級觀點出發的小說。三九年，受人尊重的美耶阿，被逼退隱多時之後，作了最後一次公開演說。他說，那可憐及不育的社會主義現實主義，根本不是藝術中事。美耶阿於翌日被捕，旋死亡，妻子數週後亦被謀殺。

由第一次作家大會至五十年代中，馬克思主義變成向

---

38 同上，p. 335.
39 同上，p. 239.

教條主義妥協。藝術問題變成黑白分明的摩尼主義，成為官僚管理的對象。社會主義現實主義這概念的含糊混雜，有利當權者用來制裁異己，亦可以配合政治需要時左時右的去聯絡其他國家的文藝人士。

二次大戰後，日丹諾夫權力更大。蘇聯戰後的懼外及自卑，導致文藝上的沙文主義。日丹諾夫稱蘇聯文學為全世界最豐富及最進取的。對內的壓力亦加重，《青年近衛軍》的作者法捷耶夫，被逼改寫該書以符合黨要求後，放棄文藝活動，並於一九五六年自殺。為方便官僚管理，文藝條例亦越加荒謬。例如音樂方面，當權者一直不能決定怎樣的音樂才算是社會主義現實主義的，故此在四八年，日丹諾夫索性下令禁止交響樂，只准寫歌劇及歌謠，因為有了歌詞，便可判斷作曲者是否忠貞。電影方面，工作者奉命少關注影像，多注重對白，理由亦與音樂一樣。油畫方面，題材要寫實具像，同時要加上圖解，例如畫小孩餵白鴿，圖解寫着和平的年輕戰士[40]。

斯大林逝世，作為恐怖統治工具的日丹諾夫主義出現危機。一九五二年，馬林可夫已經發難，不點名的攻擊日丹諾夫。五四年，第二次作家代表大會上，西蒙諾夫修改社會主義現實主義，把「藝術描寫的真實性和歷史具體性必須用社會主義精神從思想上改造和教育勞動人民的任務結合起來」，這一句刪去，因為這句話含義「不確切」。五五年，政治評論刊物《共產黨人》社論，承認過去檢查制度太嚴厲，五六年，非斯大林運動正式開始，赫魯曉夫有限度地放寬文藝管制，部份被批文藝作品亦獲平反。但

40　Arvon 1973, p. 20–21.

社會主義現實主義這混亂的教條，仍未放棄，同時，創作
形式的相對自由化，卻不等於題材的自由化，五九年第三
屆作家代表大會，強調作家的責任是輔助新的七年計劃。
近官方的文藝界，在討論創作方法的多元化時，分別有人
提出了批判的現實主義、自然主義、浪漫主義、現代主
義、社會主義文學及法國加羅第的無邊現實主義等概念，
到了七二年，更有「解放體系」之說[41]。但問題是，斯大林
時代開始的官僚機器及習氣，根深蒂固的存在[42]。非斯大林
運動未竟全功。

今天，日丹諾夫主義的弊端，已為人知，但馬克思主義
文藝觀仍在社會主義現實主義的陰影下。許多左翼人士仍認
為，我們應打倒教條主義，鼓吹現實主義。但問題不是現實
主義（批判的也好、社會主義的也好、經典的也好）對抗教條
主義[43]，而是馬克思主義基本上與社會主義現實主義無關。
我們要批評的不單是教條主義，並且也要兼及那便利了教
條主義的社會主義現實主義。換句話說，我們不接受教條
主義，亦不要輕易以為一般所謂的現實主義就是答案。我
們應該將整個問題重新以馬克思主義的範疇來再考慮。

馬克思主義是怎樣變成社會主義現實主義的呢？除
了一般所謂康德主義，不論是指實證主義還是指生機說，
介入了馬克思主義外，最深的烙印來自十九世紀末俄國急

---

41 輝凡「七十年代的社會主義現實主義問題」，《文學評論叢刊》四，
　　1979。
42 Arvon 1973, p. 98.
43 「所以從生活現實出發的現實主義與從政治教條出發的反現實主義傾向
　　就必然有着不可調和的鬥爭」，林曼叔、海楓、程海，《中國當代文學
　　史稿》，東亞1978。

進民主運動的民粹主義。當俄國成為第一個社會主義國家後，當地的鄉土思想身價亦抬高了，各領導人腦中混淆了馬克思主義與當地知識傳統，這套東西成為國際官式馬克思主義一部份。反映、表達、典型、生活出發、忠於現實、平民化、形象思維等，都難分難解的變成「馬克思主義」。列寧曾說，思想的細微差別是必須鑑別清楚的。現在我們亦必須分辨馬克思思想與俄國民粹主義，正如馬恩列等人分辨各式各樣的社會主義運動和思潮。

十九世紀初，俄羅斯的讀書人，開始脫離士紳階層，帶有先憂後樂的淑世態度。別林斯基、車爾尼雪夫斯基及杜勃羅留波夫為最有影響力的人物，特點是強調知識份子的社會責任，政治參與及道德宏觀。他們皆選了文學為宣揚社會的工具，着重文學的政治性，往往貶抑了美藝一面。

俄羅斯知識階層成形期的偏頗，到了蘇維埃時期仍保留着。布爾什維克黨人，追稱別林斯基等人為「革命民主派」，視為馬克思列寧主義文學批評的先驅。

別林斯基是深受德國浪漫唯心主義影響的，他稱文學為民族精神的表現。他有強烈的道德使命感，以此來批評文學作品，有時不惜曲解作品以配合自己的功利需要。

車爾尼雪夫斯基及杜勃羅留波夫皆以承繼別林斯基為己任，但二人受英國功利主義哲學所影響，文句帶有十九世紀中的社會學及科學術語，與別林斯基的浪漫哲學字彙有顯著分別。車爾雪尼夫斯基寫的文學批評，絕少是評價作品的美藝成就及形式，而是借題發揮抨擊政治。

俄國民粹主義批評家們，見解是粗糙及充滿錯漏的，但他們的確提醒了民眾，藝術有道德及社會作用。他們的

追隨者，往往變本加厲，使文學成為道德及政治工具，故有論者認為，民粹主義批評的最後邏輯衍化，就是社會主義現實主義[44]。

「形象思維」的討論，正能顯示俄國民粹主義批評對社會主義文學界的影響。後世討論者每望文生義，爭辯文藝與形象思維的關係，卻忘記了這只是別林斯基等人推廣的唯心主義概念。社會主義國家的文藝界，凡維護藝術的獨特性者，皆引用別林斯基所說的藝術以形象思維為主，不是以抽象邏輯為主，以保護文藝不至於過份受政治干預。藝術是從具體形象出發，不是從抽象概念出發，故此藝術只宜反映現實，不宜為教條服務。相反地，主張藝術作政治工具者，則接近車爾尼雪夫斯基，同時強調有了正確概念才有正確藝術。故此教條主義被視為主張藝術從概念出發，而現實主義則是藝術從形象出發。兩條路綫都可以從蘇維埃馬克思主義中找到根據，亦可以從毛澤東的話語得到支援。大致上，強調藝術是形象思維，可以維護藝術獨立性，在禁制社會是有着正面的進步意義。但必須指出的是，問題不是以有利藝術的「形象思維」來抵抗壓抑藝術的「抽象思維」，而是這個「形象思維—抽象思維」根本是謬誤的範疇，非科學的概念，更非馬克思的命題。這兩個十九世紀範疇對我們認識文學生產是毫無幫助的。

「形象思維」的範疇源自浪漫主義，視創作是神秘不可知的過程，是非意識的活動，卻能對「真理」作直接參照。藝術家可以毫不費力地將先存於現實裏的形象，忠實

44　Matlaw R. ed., *Belinsky, Chernyshevsky, and Dobrolyubov*, Indiana Univesity 1962.

地搬進藝術裏。因此形象思維是以單一的心理衝動來看待藝術的生產[45]。

更重要的一點是，就算人的思維的確可分形象及抽象兩種模式，亦只是對思維在描述上的兩個類別，用來解釋文藝的創作，全無意思，說文藝是用形象思維，並沒有真正告訴了我們甚麼，反而使我們忘記了主要的問題，如，文藝生產的過程，作品怎樣轉化意識形態及歷史現實，作品的結構如何導致意義的產生等等。形象思維論完全否定了文藝有物質性，將作品看成作者腦中形象的衍化，阻礙了馬克思主義唯物文學理論的發展，完全不能對作品內在組織、作品與其他作品、作品與社會背景的相互關係，作進一步的解釋。

何況，文學根本不是用形象來說話。俄國第一個重要批評運動——俄國形式主義——就指出了形象並非詩化語言的特點，詩化語言是通過新的組織及技巧，將原始日常語及以往文學的材料來過濾及重新安排，詩的「形象」，只是其中一種手法效果，以集中印象，與一般詩技巧如排偶、明喻、對仗、誇張及重覆等屬同一範疇[46]。今天馬克思主義者仍抱着「形象思維」作為萬應靈丹，就好似社會主義現實主義一樣，可說是「表現了定形化的囈語式的遺傳負累，對我們試圖解決基本難題並沒有多大幫助」[47]。

如果馬克思主義文學批評的主要功能，不是為了方便官方文藝政策左搖右擺，那麼討論範圍便不止是贊成或反

---

45 Jameson F., *The Prison-House of Language*, Princeton 1974, p. 44.
46 Fokkema et al., 1977, p. 15.
47 Morawski 1974, p. 75.

對「文學是用形象來說話」，而是指出這個命題的功利作用大於真理認知作用，將這個命題全面否決，以便繼續找尋馬克思主義批評的範疇。

II

西方馬克思主義

1

緒論

　　布爾什維克黨人在俄羅斯取得政權，建立歷史上第一個馬克思主義旗幟的社會主義國家。有了權力，說起話來亦更有份量。各地的共產黨人及同情者，往往毫不批判，全盤接受，將蘇維埃式的馬克思主義，視為新的正統的及唯一的馬克思主義。甚至反共人士，心目中所謂馬克思主義，亦只是指蘇維埃式的馬克思主義。

　　時至今日，這種過份認同的現象，仍然很普遍。

　　當斯大林政權在三十年代制定了文藝教條「社會主義現實主義」之時，各國共黨亦奉之為聖旨，無視各地特殊的現實情況。

　　只有少數馬克思主義者懷疑蘇維埃式的馬克思主義闡釋。文藝理論而言，社會主義現實主義不獨在蘇聯境內壓抑了文藝發展，各國的共黨亦以此排擠存有異端思想的黨員及同情者。社會主義現實主義的文藝觀，根本不是針對歐洲先進資本主義的新形勢，對同情社會主義的西方文化工作者來說，是負累多於幫助。

　　甚麼是歐洲先進資本主義的新形勢呢？

第二次世界大戰前，是法西斯主義的興起。安德遜說，十月革命至第二次世界大戰期間，歐洲體驗到「二大悲劇」——法西斯主義與斯大林主義[1]。馬克思主義與社會主義之間的二位一體關係，亦告崩潰，理論與實踐已分了家。

第二次大戰後，是「美國生活方式」的蔓延全球，盧卡契說，第二次大戰，更鞏固了二個系統——美國生活方式及斯大林主義[2]。

法西斯主義、斯大林主義和美國生活方式可說是對民主社會主義的三大威脅。斯大林主義本身就是有待解決的問題之一。

此外，電子媒介的興起，文化壟斷的出現，現代主義的挑戰，都是西方文化工作者所關注的。社會主義現實主義以十九世紀小說為藍本，自然無法理解西方資本主義新文化現象與社會主義政治之間的錯綜辯證關係。

故此，在二三十年代的歐洲，個別馬克思主義者開始發出有異於斯大林主義者的聲音。為方便稱呼起見，一般將這些非正統的馬克思主義者的學說，稱為「西方馬克思主義」，以別於蘇維埃馬克思主義及西方共黨的斯大林主義。

西方馬克思主義誕生的時候，正是法西斯主義崛起、歐洲工人運動萎縮的「最黑暗時刻」[3]，限於時勢，西方馬克思主義者致力處，收縮至理論上的檢討、修正、鋪陳，而非配合群眾政治的實踐。主要理論家中，葛拉姆西死於意大利法西斯獄中，科爾契被德國共產黨開除黨籍，盧卡

---

1 Anderson P., *Considerations on Western Marxism*, New Left Books 1976, p. 31.
2 Lukacs G., 引自Lowy M., Lukacs and Stalinism, *New Left Review*, No. 91, 1975. 美式生活是指一、和平共處；二、科技崇拜；三、帝國主義意識形態。
3 Cowan J., *Telos*, No. 41, 1979.

契失意於匈牙利本國政治，班傑明、阿道諾及馬爾庫塞等皆為學者而非積極份子，就算積極份子如布萊希特，亦從不曾加入共產黨。安德遜說，西方馬克思主義者，大抵失意或無心政治，改而發奮著書，是國際社會主義運動「挫折」的產品[4]。

西方馬克思主義的主要成就，亦不在於政治經濟學，而是在於哲學。葛拉姆西的筆記及盧卡契二十年代的著作，尚有志於統籌當時工人運動的整體形勢，但其後面對着政治上的挫折及斯大林主義的愚昧，各主要人物的注意力皆放在所謂「上層建築」之處，甚至不是「上層建築」的法律政治範疇，而是恩格斯認為最遠離經濟基礎的「文化」。文化範疇內，文學及藝術又特別受到垂青。美藝研究，取代了政治的行動。「美藝」、「文學」或「藝術」的文獻，往往是各西方馬克思主義者用來發表申述學說的基本文獻。但當斯大林主義用決定論，將文化問題簡化為次要問題之時，西方馬克思主義卻能承先啟後地深入討論文化範疇的微妙處，反而肯定了意識形態鬥爭的重要性。

西方馬克思主義的另一特色，是將馬克思之前的思想體系灌注入馬克思主義裏。譬如說，黑格爾對馬克思的影響，素來不受蘇維埃馬克思主義所注視，但盧卡契等卻突出了馬克思思想裏的黑格爾成份。馬克思年青時期源自黑格爾的觀點，如「間離」（alienation），就是由西方馬克思主義者加以發揚光大。部份西方馬克思主義者的學說，故亦被稱作「黑格爾派馬克思主義」。年青馬克思深受西方

4　Anderson p. 42. 安德遜所列舉的西方馬克思主義者中，包括沙特、亞爾杜塞爾等人。我將亞爾杜塞爾放入下一章。

人本主義影響，部份西方馬克思主義者強調此點，故亦有「人本主義馬克思主義」之稱。

不過，西方馬克思主義雖然出現於相似的歷史背景，有着相似的抗拒對象，卻並不構成一套內部和諧的思想體系。不同的理論家，從不同的馬克思之前的思想體系內，借來了概念及論點。除了黑格爾外，康德、席勒、馬基埃維里、盧騷、齊克果及其他，在不同的情況下皆曾受到借用。西方馬克思主義者之間的觀點，往往是互相衝突對抗的，證明在擺脫了列寧斯大林黨的教條之後，馬克思主義的討論變得生機蓬勃，但亦沒有了明確不變的容易答案。

西方馬克思主義博大精深，影響繁遠。我將在本章內，放重心在盧卡契的介紹，希望讀者能從而窺解近六十年來西方馬克思主義的一些痕跡。以盧卡契為主綫是有理由的：

一、他曾是斯大林主義者，亦曾反斯大林主義。他曾是共黨執政者，亦曾是在野反對派。他是東方的，亦是西方的。從他一生的抉擇，可看到二十世紀西方馬克思主義者的困難處境[5]。

二、他的文學理論，是現實主義理論發展的一個最高總結。

三、他與布萊希特的觀點衝突，大抵上代表了整代馬克思主義者在文藝上的兩條路綫，時至今日，馬克思主義者尚未能突破兩人的理論所鋪陳的文化及政治實踐的困境、限制及二難式。

盧卡契可謂是開啓西方馬克思主義之匙。

5　盧卡契的生平及思想，見陳守眞（陳冠中的筆名）「喬柯路各殊的生平與學說簡介」，香港，《左翼評論》4–5, 1977。

2

盧卡契

盧卡契的政治及思想生涯是曲折多變的，這使我們很難用一兩句話評價他。

斯大林主義猖狂之年，盧卡契是流亡中的匈牙利共產黨人，頗受莫斯科借重。盧卡契並沒有公然反對斯大林恐怖，並曾發表斯大林主義觀點的文章。只不過政治使人頹喪，盧卡契有名望而無實權，大多數時候埋首書堆，研究文學。

日丹諾夫主持文藝政策之時，盧卡契私下不同意革命浪漫主義，但他只採用消極對抗，提倡批判的現實主義，以作為社會主義現實主義的補充。盧卡契對現實主義是堅信不移的。一方面，他利用自己的聲望，便利經典的十九、二十世紀現實主義文學作品繼續印行，並保障現實主義創作不致受到取締，維護了蘇辛尼津等作家，在斯大林的蘇聯，盧卡契的做事策略可謂非常有效及可敬。但另方面，對先進資本主義社會裏的進步文化工作者來說，盧卡契的現實主義觀點，顯得狹窄反動，妨礙了文藝實驗，忽略了文藝生產的組織問題，延遲了馬克思主義對非現實主義文藝作出合理評價，並排拒了非現實主義的文化同路人。正因為盧卡契是最具聲望的馬克思主義文藝理論家，故此亦是最有影響力的反動勢力。

當另一西方馬克思主義理論家科爾契在三十年代脫離共產黨之時，盧卡契仍依附斯大林化了的黨。盧卡契認

為，面對法西斯大敵，脫離了黨組織，便難以有效的抗衡之。事實證明，科爾契脫黨後，的確等於與實際群眾政治決絕。

盧卡契的政治轉變概括如下：一九二六年之前，他相信俄羅斯革命的波濤會覆淹各地，社會主義革命後，跟着而來的一場文化大革命，將全世界推近烏托邦。二六年後，世界革命退潮，他批判以往的一切「烏托邦」，改而強調黑格爾的「調和」（reconciliation）概念，認為這樣才是真正現實主義思想家應有的態度，將自己與現實調和。盧卡契因此強逼自己接受冒升中的斯大林主義，阿道諾所謂的蘇聯「社會主義」現實[6]。文化上，盧卡契亦批判了蘇維埃前衛主義，改而擁抱傳統的布爾喬亞經典文化。這是盧卡契右轉階段。不過，「調和」概念雖然合理化了斯大林這一現實，但盧卡契卻不一定完全追隨斯大林派的路綫。盧卡契在這階段自己發展了一套「普及陣綫」的主張，貫穿他的政治、哲學、美藝及文學批評的活動。例如文學上，他試圖將托瑪士曼歸入第三國際認可作家之中。斯大林政策時左時右，但盧卡契卻一貫站在「調和」東西方立場，維護西方理性傳統，抗衡一切非理性主義。他認為西方現實主義，對資本主義有批評作用，故此是進步的。他因而提倡批判的現實主義。

斯大林死後，盧卡契站在赫魯曉夫陣綫，否定斯大林。盧卡契仍然認為斯大林的一國社會主義決定是對的。他不同意赫魯曉夫將一切怪責為「個人崇拜」的問題。他認為斯大林的過份處，是將列寧時代的戰時政策延長至和

6　Adorno T., 引自 Lowy, *New Left Review*, 1975.

平時期，莫斯科大審判是政治上多餘的，因為反對派早已失勢。盧卡契歡迎赫魯曉夫的國際和平共處主張，以經濟競爭決定制度的優劣。這一切，都是盧卡契自己的普及陣綫意識形態的引申。盧卡契並未能用馬克思主義角度，將斯大林問題與社會主義後進國的的官僚化問題一起討論，只能膚淺地界定斯大林主義為一種山頭主義。

到了晚年（一九六八年至七一年），盧卡契再向左轉，似乎回到一九二六年前的烏托邦主義者。越南戰爭、中國文化大革命、國際學生示威、法國五月事件、布拉格之春及蘇軍入侵，又震撼了盧卡契。他再次提出「工人蘇維埃」及工人民主，以抗衡官僚主義。他否定了自己黑格爾與現實調和的說法，改提出烏托邦式的口號：有使命感地否定不完滿現實（veto by vocation）。

盧卡契雖曾附和斯大林政權，但他對西方馬克思主義理論發展的貢獻，不可磨滅。

盧卡契的學說。包含了二大組的「假定問題範圍」（problematic）。

第一組是反實證主義的新康德主義。盧卡契年輕時，曾到德國海德堡留學，當地的學風帶着濃厚的反實證科學的傾向。該一新康德學派，特別強調康德學說裏，表象與本質的分別，實證與價值的割裂。該派認為，表象是可以用自然科學及實證方法去尋求規律，但本質的「物自體」用實證方法是無法知悉其中奧秘的。人亦分為表象及本質，表象可用實證科學去確定，但本質則只能通過整體的、揣測性的直觀去探索。如是，一切有價值的人的活動，如文化、歷史、哲學、藝術等等「社會」活動，不能

借助自然實證科學，只有用人的精神活動，直觀地把握精要。「人的科學」，不能沿用自然（實證）科學的方法。

當時主流的哲學是提倡「生命哲學」的迪爾塞尼，認為真正的社會知識，是「精神」的內部體驗。迪爾塞尼的泛康德主義加上泛黑格爾主義，構成一般知識界的反科學浪漫風。盧卡契的老師是社會學家西姆爾，受迪爾塞尼影響，將社會文化看成精神的客體化，即精神之表現於客觀世界。從西姆爾之處，盧卡契得到了「物化」（reification）的概念。

與盧卡契同遊的是社會學家韋伯，比較側重康德主義的另一翼，即實證主義派。韋伯是指出資本主義代表了一種特殊的科學理性模式的第一人。

在這樣的學風下，盧卡契的第一本重要的德語著作，《靈魂與形式》（一九一○年），就是從新康德主義的立場，提出相對的人生與絕對的價值之間的關係，否定了日常生活任何形式的妥協，提出要真實生活，必須超越既有現實。《靈魂與形式》在思想史上的重要處，在於它從新引進了齊克果，成為現代存在主義的重要催生時刻[7]。盧卡契第二本著作是《小說理論》（一九一六年），裏面齊克果的影響仍很顯著。「時間」被認為是一種墮落過程，如一重帳幕加諸個人與絕對價值之間。《小說理論》裏，盧卡契首次用了黑格爾的辯證史觀，以古代群體價值的和諧來解釋史詩，並以現代群體價值的分裂來解釋小說。《小說理論》的觀點，到盧卡契成為馬克思主義者，討論現實主義小說時，仍變相出現[8]。

---

7 Stedman Jones G., The Marxism of Early Lukacs, *New Left Review*, 70, 1977.

8 Jameson F., *Marxism and Form*, Princeton 1971, p. 204.

一九二三年，盧卡契出版了著名的《歷史與階級意識》一書，是西方馬克思主義「最強力的紀念碑」[9]。盧卡契已經片面的接受了列寧主義，但只是將列寧式的馬克思主義成份，放進馬克思之前的西方哲學假定問題範圍[10]。該書仍然保留了迪爾塞尼及海德堡學派新康德主義的反科學，西姆爾的物化，及韋伯的理性化等概念，同時全面擁抱了盧卡契的第二組假定問題範圍：黑格爾。《歷史與階級意識》急劇地肯定了黑格爾對馬克思的重要性。

該書對西方左翼知識界的影響至大，可說是西方馬克思主義的共同基本知識寰宇。學者如戈德曼、沙特、馬爾庫塞等皆深為該書吸引，戰後的存在主義及六十年代的新左派皆能各取所需的借用該書概念。

該書的吸引力，正在於它並非貫徹始終的馬克思主義作品，而是歐洲當時各主流思潮的結合。

盧卡契寫《歷史與階級意識》的時候，歐洲工人運動尚未退潮，隨俄國革命而來的世界革命仍有希望。故此，該書是以積極份子態度去寫，而且沒有後來西方馬克思主義者著作的普遍悲觀情緒。

但盧卡契過份依賴黑格爾哲學，用事實來遷就理論。盧卡契在書中，批評第二國際的經濟決定論的被動性，提出無產階級掌握階級意識的革命作用。盧卡契認為，第二國際犯了實證主義毛病，實證科學並不能洞悉歷史的動態，實證主義是布爾喬亞的統治意識形態，只有無產階級，通過自我認識，從自己的階級立場，就能直觀整體社會的歷史真相。盧卡契認為無產階級是人類史上唯一可以

9　Stedman Jones, *New Left Review*, 1971.
10　同上。

掌握真正歷史規律的階級，而馬克思主義就只不過是無產階級的自我認識[11]。用黑格爾的「主客體認同」說，盧卡契發現，無產階級既是取代布爾喬亞的階級，在歷史階段上，可算是超越資本主義的客觀發展，因此是「客體」；又因為無產階級只要一自覺起來，就能完成歷史階段的推進，因此亦是歷史的「主體」，可惜該階級受到了統治的布爾喬亞「謬識」（false consciousness）所蒙蔽，反為不能掌握自己階級原有的意識。對盧卡契來說，資本主義社會只有二大類意識，即統治階級的意識，及革命階級原有但不自覺的意識。

盧卡契這套資本主義批判，固然非常有趣，並且流行一時，但他每一論點都是唯心的。《歷史與階級意識》一書於一九六七年再版時，盧卡契自我批判，承認自己比「黑格爾更加黑格爾」。黑格爾的「主客體認同」的唯心歷史主義，在盧卡契書裏，竟被當作實際的歷史過程看待。以無產階級這個歷史現實，反過來引證黑格爾的唯心哲學。盧卡契將階級看成有「本質」及有「目的」，馬克思以生產關係界定出來的階級，被認為可以與所謂「階級意識」劃一等號，每一階級本質上有一特定應有的意識，「經濟基礎」直接反映在「上層建築」裏。

盧卡契的「反映主義」（reflectionist）及「本質主義」（essentialist）的認識論，貫穿着他的著作，包括美學及文學的討論。他的現實主義理論，即建基在這套非馬克思的認識論之上。

---

11 Mcdonough R., *Ideology as False Consciousness*, 收錄於 Schwarz B., ed., *On Ideology*, Hutchinson, 1978.

批判現實主義

盧卡契為「反映主義」式的現實主義，作了理論上的精深總結。政治上，他在斯大林派的庇蔭下；文藝上，他對日丹諾夫主義陽奉陰違，用普及陣綫的原則，拉攏現實主義作家，不論該作家是否政治上的同路人。

盧卡契心目中的偉大作家，包括莎士比亞、史葛特、歌德、巴爾扎克、托爾斯泰等。他將古希臘、文藝復興時期及十九世紀初法國，同列為現實主義的光輝時期[12]。盧卡契認為，偉大的作家，能夠從經驗及現象中，捕捉到人類生活的整體本質。資本主義將人與自己本質疏離，個人與社會、知性的與感性的、一般的與特殊的，這些本來是一致的整體，現分裂成為對立。這個時期唯有偉大作品，才可以超越片面及支離破碎的表面現象，深入呈現整體連貫性的社會現實。作品內在的整體性反映了外在現實的整體性。這個能夠從現象中看本質，將個人與社會、感性與知性、表面與內涵連結起來的，就是所謂「典型」。典型亦即是本質，即是整體，即是動態社會真相，既是特殊的、又是一般的。作家通過典型的塑造，使讀者可以直接地經驗到現實歷史的整體性，超越了個人的局限及日常生活的支離破碎。典型及代表性的故事人物，表現了真正的歷史力量鬥爭，同時仍然是豐滿有血有肉的人物。作家們的主觀意願可能是反動的，如巴爾扎克與史葛特，但偉大的作品卻一定是進步的。因為這些作品將真正的歷史力量戲劇化地呈現，無可避免地反映了現實裏的潛力，顯示了改變

---

12 Eagleton T., *Marxism and Literary Criticism*, University of California 1976, p. 28.

現實的眞正歷史力量。藝術應可以展望將來，表面現實既然只是歪曲了的現實，毫不批判的呈現現實，結果只是呈現了歪曲的現實。

盧卡契亦用這套現實主義來批判自然主義及形式主義。認為自然主義只是描述事物的表面現象，與實證科學一樣，不能掌握事物眞正的動態本質。而表現主義、蒙太奇理論等，盧卡契統稱為形式主義，都是不從表面着手，一步試圖直述本質，放棄了豐滿眞實的經驗，只餘下抽象及歪離的形式，令表象與本質不能結合。自然主義與形式主義因此都是資本主義社會的間離產品，將其實是整體性的現實，割裂表現為支離破碎。

盧卡契的論點，陷入一個結論，偉大作家除了有好的現實主義技巧外，還要生逢其時，生長於歷史階段交替之際。他指出現實主義之被自然主義及形式主義所埋沒，是一八四八年歐洲革命失敗之後果。四八年後，布爾喬亞階級的權力鞏固了，失去了該階級冒升奪權時期的前瞻理想，開始將新爭取回來的歷史現實，當作自古已然的及永恒不變的，即是將現實非歷史化了，不將現實看成為歷史轉變的產品。巴爾扎克是最後一個現實主義作家，紀錄了新興的布爾喬亞階級如何貶抑人性，雖然巴爾扎克是站在貴族立場看待新冒升的布爾喬亞階級，但因為他描寫的是一動態社會，身不由己寫出了進步作品。巴爾扎克之後，福樓拜及左拉等人，只限於「描述」一個已定形的資本主義世界。左拉是自然主義的代表作家，以文學去追隨自然科學，着重對細節及獨立事件的着墨，對現實的表象作詳盡的描述；所謂作家，已由巴爾扎克式的歷史參與者變為

冷酷的旁觀者，眞實有血有肉的個人典型變成了統計上及平均上的中間人物，對社會本身的捕捉變成了對社會表象的刻劃。另方面，卡夫卡、喬哀斯、貝克特、卡繆等的形式主義，只有個人，沒有歷史，將歷史某特殊階段的個人問題看成人類永恒不解的問題,而眞正動態的歷史卻被看成重覆的循環，甚至根本不存在。只有現實主義才可以避過自然主義的抽象客觀與形式主義的抽象主觀，才可以辯證地連結藝術與歷史、本質與表象、代表性與個人性，抗拒資本主義將整體現實割裂為孤立、靜態、互不相干的表象。

盧卡契的現實主義理論，最動人不過。不少馬克思主義者及同路人，仍蜷偎在他那套美麗宏大的字彙系統裏。今天亦仍有許多自封的現實主義擁護者，將盧卡契的論點來翻版、覆述、變奏、簡化、攪稀、折衷，以保衛那現實主義意識形態。

如果歷史現實是動態的，那麼文藝表現的形式及內容亦會變更，怎能固定一種特殊的表現形式，用來否決其他的表現形式？怎能強逼無產階級文藝工作者，用布爾喬亞革命初期的文學形式，去促成無產階級革命？

盧卡契的野心，是建立一套馬克思主義美學，以結合馬克思主義的整體哲學，但他的美學卻矛盾地建基在一種非常狹窄的藝術類型上，就是十九世紀的布爾喬亞小說。而小說中，盧卡契亦只顧到了故事性的一環而已。這樣的現實主義美學，加諸其他藝術類型時（戲劇、詩、油畫、雕刻、電影、音樂），困難立見[13]。

13　Williams R., *Marxism and Literature*, Oxford 1977, p. 75–107; *Keywords*, Fontana 1979. 閱該書對Literature, Realism, Aesthetics, Art, Formalism等字的解釋。

當盧卡契的現實主義理論，由描述十八、十九世紀小說的特質，不斷膨脹，變成了指導性的教條，創作的唯一路綫，文學批評的唯一標準，便成為了反動唯心主義。

那麼，假使我們不將現實主義看作特定的表現形式，而是指創作的態度，文學藝術反映現實，這樣界定的現實主義可否成立？是否應是每個文化工作者創作目標？

答案仍然是否定的。

文學藝術永不是「反映」現實，當某些作品看上去很有現實痕跡，甚至使人完全投入，只不過表示該等作品成功地製造了一個假象，使人忘記了作品只是作品，忘我的代入了。這個假象，是作品通過許多人為技巧，堆砌包裝出來的，目的是讓讀者或觀眾看不出內裏乾坤，迷迷糊糊的，在移情作用（empathy）之下，一時間以為自己在直觀現實。

為甚麼不能含糊地說：文學藝術反映現實？人云亦云固然可以，但我們先得界定怎樣叫做「反映」。最簡單是鏡子反映鏡外物。這譬喻很接近盧卡契批評的呈現表象的自然主義。況且，文學的一字一句，並不是真有外間的對應物，不同鏡子般一物對應一物。

盧卡契用「反映」兩字，亦用得很勉強。他與列寧一樣，認為人的認識，是外間世界在人腦中的反映。不過，真正的知識，不單是外間世界的表象在人意識中反映出來，還包括表象底下的動態規律。盧卡契的那套反映主義，其實並不是一面鏡子照射現實，而是一種意識的組織及整理，換句話說，原始表面經驗通過意識的實踐，組織出真相來。盧卡契這樣的修正，亦使到反映兩字完全失去含義，隨時可用呈現、生產、組織等詞去取代，反

而更見精確。反映主義的現實主義推論到極端，反映主義卻破了產。

若說文學藝術呈現、組織、生產現實，可否？這類說法，聽起來很宏麗，但到底告訴了我們甚麼呢？怎樣才算是現實呢？如果望文生義，拼命找左手邊的「文學藝術」與右手邊的「現實」之間的串連，方法學上必然走入二元論。本書下章介紹的文學批評方法，正是革這種二元論的命。

馬克思反對以抽象名詞來分割整體。所謂物質基礎與上層建築，只是一種譬喻，以闡明一種關係，並不表示現實裏有兩個固定範疇。可惜，後來馬克思主義者，往往將這些「關係式」的名詞，理解為現實裏兩個相對封閉的範疇。這樣便出現所謂「反映」及「決定」等說法。二十世紀的庸俗化馬克思主義，甚至將「物質基礎」看成唯一真正的現實，所有「上層建築」的活動都可以化為「物質基礎」裏先存的內容。物質基礎決定上層建築，同一公式將意識視為現實的反映，導致了現實主義意識形態：藝術反映現實，不反映現實的藝術是次等藝術，甚至是假藝術。現實是生活，是物質基礎；藝術要原原本本的刻劃現實，但這樣做之所以有可能，一定是因為現實是可以知道及掌握的了。現實主義是反對所有虛幻化、浪漫化、神秘化、美化，那麼現實主義要站穩，先要假設了「現實」或「物質基礎」的面貌已為人知，這樣才可以量度藝術是否符合現實。但這種假設，是一種實證主義哲學的假設。現實主義因此依賴實證主義意識形態[14]。

不過，盧卡契知道，實證主義只能勾劃孤立表象，歷

14 同上。

史唯物主義才看到充滿活動的世界。他說，藝術反映的，只應是動態的社會過程，而不是靜態的社會現象。不過，這樣的解釋，仍假設了社會過程的規律是清晰全知的了，藝術要去「反映」這些先存的規律，否則就是歪曲。

但馬克思從不曾將現實定律看作已知的，他認為真正知識，永遠是在發展中、生產中。

反映主義因此是教條主義者的利器。譬如說「典型」這觀念，為了配合已有的社會知識，變成了社會階層定型的暗射，典型人物變成階級成份的一種象徵：小布爾喬亞、地主、烏托邦知識份子、反動份子、工人、農民……沙特指出，將社會各階層人物看成有着固定不變的形式，是柏拉圖的唯心主義[15]。如果社會現實是動態的，那麼人物不應該是任何社會分析可以界定的，更遑論先了有官方的社會理解，然後依樣畫葫蘆的塑造典型人物，這種做法才真正犯了「非歷史」的毛病。

典型概念，假設了一個完全可知的現實，足以印證典型的準確性，因此並非馬克思而是反映主義二元論。典型這詞有兩個意源，一是俄國民粹主義者所謂的特定歷史環境下代表性的性格，從這一性格可看到個人以外的濃縮現實。二是希臘字彙裏所指的理想人物，即文學內之英雄，擁有普世共通的特質，盧卡契推揚的小說中的「世界歷史人物」如華倫斯坦、伽里略、麥克白等屬之。兩個意思加在一起，就為社會主義現實主義所用：藝術通過典型的塑造去反映現實，而這些典型卻是代表了未來的理想人物。

反映主義是被動主義，是二元論，偶然地通過現實主

15　Jameson 1971, p. 193.

義（指自然主義）美學，進入了馬克思主義。反映主義完全忽略了一點：藝術其實亦是物質活動，將藝術看作「物質基礎」或「現實」的反映，等於壓抑了藝術本身的物質性。藝術是物質勞動的產品——將原料用人工通過特定生產方式生產出來的物品。馬克思主義者研究的對象，正是藝術的物質生產過程。威廉斯說：「任何將藝術看作反映的理論，出錯在這理論並不夠唯物。」[16]

布萊希特對反映主義現實主義還有三點致命性的批評：一、現實主義並不夠現實；二、現實主義是資本主義消費主義（consumerist）的意識形態；三、現實主義是一種蒙騙。這些留待下一節。

盧卡契的現實主義論，近幾年全盤受否定。不過，詹密遜指出，盧卡契的文學批評方法，如果只限於研究歷史小說及古典現實主義小說，仍有其可觀之處。盧卡契的文學批評在《歷史小說》一書中有詳盡發揮。盧卡契的着眼點，只是故事及人物性格——典型處境及典型人物——是不足以「反映」所列明的某段歷史。這樣的批評標準，的確以偏概全，而且唯有對某幾類小說才派得到用場，對歷史小說則最為適合。雖然就算是歷史小說，故事的典型，亦難以明確地印證。盧卡契往往以現實主義來作為象徵主義的相反。所謂現實主義，他是指作品重視戲劇化的內容及交待故事——現實主義的特點就是一定有故事，所謂以「語意內容」為基本[17]。對盧卡契來說，現實主義及象徵主義是兩種不同觀看描述世界的方式，在某些歷史階段，

16　Williams 1977.

17　Fokkema D. W. & E. Kunne-Ibsch, *Theories of Literature in the Twentieth Century*, C. Hurst 1977, p. 124.

作家可以直指事物的內在意義(現實主義)，但另些階段如現代工業文明，事物與人的勞動關係被掩飾，作家對事物內在意義失去掌握，唯有另虛構一些新的意義附加在事物上，成為象徵主義。現實主義作者因此要生逢其時，如巴爾扎克及托爾斯泰。這個理論，亦大大限制了盧卡契式現實主義的普遍適用性。當某些社會裏，作家只可以用象徵手法寫小說，那麼我們不能再將現實主義先驗地看作高超於其他文學形式。

表現主義

在三十年代，盧卡契是第三國際紅人，左右着各地共產黨的文藝觀。他的現實主義保守立場，使其他受馬克思主義影響的前衛文化工作者，深受威脅，一連串的辯論由此展開，兩次大戰之間歐陸最優秀的幾個腦袋都曾參與。引發辯論的是德國表現主義問題。

納粹黨在德國掌權，知識份子紛紛流亡，盧卡契去了莫斯科，布洛克則往布拉格，面對如日方中的歐洲法西斯主義，兩人苦思對策，試圖明白歐洲數百年人本主義文化，如何會最後墮入法西斯深淵。但兩人對這歷史現象，卻作出了大異其趣的解答。盧卡契認為只有秉承啟蒙運動以還的經典人本傳統，重振理性主義，才能抗拒導致法西斯主義的各種非理性思潮。布洛克則認為工人革命已陷低潮，保持革命熱誠，唯有靠烏托邦信念，他相信歷史永遠是一種開放的體系，永不完結，無所謂絕境，從而，他認為藝術作為一種反抗，亦應兼收並包，開放實

驗，就算有時看上去，這種實驗藝術及反抗是非理性的。

一九三四年，盧卡契撰文，攻擊表現主義藝潮為非理性，認為這種風格化的創作方向，未能對帝國主義的德國作全面批判，表現主義雖然是反布爾喬亞的，但卻未能將布爾喬亞的缺點釘實在一個階級之上。表現主義的反布爾喬亞，只是一種優異份子的姿勢，結果反而便宜了法西斯主義。盧卡契的觀點，漸成第三國際對待表現主義的正統立場。一九三七年，第三國際為各國流亡之知識份子而辦的刊物，全面攻擊表現主義。翌年，布洛克在同刊物寫了一篇文章為表現主義辯護，並道出盧卡契是反表現主義言論的源頭。布洛克的文章引出了盧卡契的回答。

表現主義運動由一九〇六年開始至二十年代初，成員是一小撮視覺藝術、音樂及文學工作者。殘酷無聊的第一次世界大戰，粉碎了該運動對新人類的夢想，並導致其沒落。但是，表現主義是德國第一個自發的本土現代藝術潮，所以三十年代末的討論，其實是對整個現代主義的歷史意義的爭辯。

布洛克首先指出盧卡契從未親身參加文藝生產工作，然後，布洛克強調，表現主義意識上是反帝國主義戰爭的，藝術上表現主義處於一轉接年代，布爾喬亞文化崩潰了，但無產階級文化卻未成形，最後，布洛克認為表現主義裏潛伏的是人本主義，並非文化虛無主義，從它對普及藝術及裝飾藝術的關注，證明並非優異份子的專利。

盧卡契不為所動，布洛克說日常生活經驗的片面特性，盧卡契答之以資本主義乃一整體，好的藝術要反映客觀現實，表現主義只是主觀主義，真正普及的藝術必

須配合及肯定該時代及該地方最先進的思想及力量。

　　盧卡契的論調，帶有第三國際官方檢查氣味，難以服人，凡不符合他現實主義批評標準的文藝，皆不為所容。不過，布洛克強調的，是表現主義中人，創造該風格時的感覺，該種感覺固然很真實及有歷史性，布洛克卻並沒有硬碰盧卡契的皇牌：現實主義。另方面，盧卡契只顧指出表現主義所表現的只是片面現實，卻沒有明白到現實本身的確是矛盾而不和諧的問題，故亦未能理解布洛克對蒙太奇表現手法的重視[18]。

3

盧卡契與布萊希特的衝突

　　三十年代的德國共產黨，器重盧卡契的文藝理論，藉以打擊左傾知識界的「左翼主義」。盧卡契先後抨擊了報導文學、現代小說及表現主義，提倡以巴爾扎克及托爾斯泰為榜樣的小說。布萊希特是魏瑪德國最重要的作家，亦是馬克思主義者，但布萊希特認為值得學習的作家如喬哀斯、卡夫卡、杜斯柏索斯、杜布林偏被盧卡契貶為墮落作家。布萊希特早年曾附和表現主義，又與被盧卡契批評的報導小說作家為伍。政治上，兩人都反抗法西斯。布萊希特該時期頗機械地認為，只有無產階級才能起而抗拒法西斯主義，主張急進地與布爾喬亞決裂。但同時期，盧卡契卻採用了「普及陣綫」的想法，拉攏布爾喬亞裏的優秀現實

18　Taylor R., *Aesthetics and Politics*, New Left Books 1977, p. 9–15.

主義作家，建立民主同盟，以抵抗非理性的法西斯主義。

當盧卡契宣稱十九世紀小說技巧值得學習，但二十世紀小說則不然的時候，布萊希特決定反駁盧卡契。三八年，布萊希特寫了幾篇文章，針對盧卡契，但卻不敢發表，要到六七年才公開。事實上，布萊希特與盧卡契並沒有正面筆戰，戰後布萊希特聲譽大盛，亦不用反擊盧卡契。至於後者，戰後才開始接觸布萊希特的著作，至死亦沒有肯定布萊希特的劇論[19]。

對後學來說，兩人的觀點，構成一場真正的馬克思主義文藝辯論，比美馬克思恩克斯與拉薩爾之間的辯論[20]。

布萊希特的文章不是自衛，而是企圖全面推翻盧卡契美學。盧卡契以十九世紀布爾喬亞作家的成就來指引二十世紀社會主義作家，但如果巴爾扎克及托爾斯泰是屬於已被超越了的特定階級歷史的產物，作為馬克思主義者又怎可以說該等作家的寫作原則可以在一個不同的特定階級歷史裏重覆？故此，犯了形式主義及學院主義毛病的，其實是盧卡契自己，因為他只從文學傳統中找尋可供後人追隨的規距，忘記了不同的歷史現實會出現不同的文藝形式。盧卡契的美學建立在小說上，但詩與戲劇 —— 布萊希特的專長 —— 又怎能合用呢？在歷史轉接期，藝術工作者應多做技巧實驗，就算這種實驗是片面的、失敗的，亦是有其價值的。內部獨白、蒙太奇、類型混合等，都應獲容忍。技術創新不等於脫離群眾，一個工人可能喜歡布萊希特的話劇多於巴爾扎克的小說。

19 Mittenzwei W., The Brecht-Lukacs Debate, 收集於 Leroy G. & U. Beitz, ed., *Preserve and Create*, Humanities 1973.

20 同上，以及 Arvon H., *Marxist Esthetics*, Cornell University 1973, p. 100.

布萊希特嘲諷盧卡契的學究口吻：「盧卡契提議作家去學托爾斯泰，但不要他的弱點；去學巴爾扎克，但要屬於你自己的時代」。對布萊希特來說，盧卡契整套想法是自相矛盾的。

布萊希特又說，反形式主義者，其實是最壞的形式主義者，因為他們崇拜既有形式，恐懼新形式，並以監管保存舊形式為己任。

布萊希特反對官僚干預文藝：馬克思列寧的黨並無需要好像管雞場般去管文藝生產，否則的話，詩與詩之間會很相似，正如雞蛋都差不多是一個樣子。

盧卡契的現實主義觀得自十九世紀小說，而布萊希特主張的所謂現實主義，則完全是功利的：凡能引起實際革命效果的都是現實主義，技巧及形式全無禁忌。

布萊希特的現實主義，因此不是從以往被認為是現實主義的作品中，找出供後人追隨的特點。他為功利現實主義列舉了十點[21]，概述如下：

一、現實主義藝術是戰鬥的藝術，對抗有損人類真正利益的力量及觀念，提倡正確觀念及支援生產性的力量。

二、強調歷史上重要的感性、親切及廣義的典型。

三、強調「冒現中」及「消失中」的過程，即有歷史感的思考。

四、表現個人及人際關係的「矛盾」及出現矛盾的情況。

五、重視個人及人際關係的「轉變」，不論是漸變或突變。

六、表現思想的力量。

21　引自Mittenzwei, 收集於Leroy G. & U. Beittz, ed., 1973.

七、社會主義現實主義藝術家是人，是人的朋友，強化別人對社會主義嚮往。

八、不單對作品保持現實態度，對群眾亦現實地看待。

九、考慮到群眾的教育水準、階級背景及階級鬥爭的進展。

十、從工人大眾及同路的社會主義知識份子角度看待現實。

布萊希特的功利社會主義文藝觀，是寫給積極份子看的。許多假設，嫌夭眞簡化。況且，其他持相似觀點的積極份子，亦未必會稱這種文藝實踐為現實主義。

撇開故意與古典現實主義衝撞的意氣之爭不談，布萊希特本身的戲劇實踐及劇論，卻正是對古典現實主義的一種致命性批判。

布萊希特劇論

近年歐洲左翼文化工作者，擺脫了斯大林主義的魔掌，紛紛宗崇布萊希特。盧卡契的現實主義教條，迂腐保守得令人難以接受。布萊希特無論在形式或內容上，都可用「進步」一詞去形容。況且，隨着電子媒介及普及文化的出現，藝術類型之間有了新的力量比重，盧卡契仍然留在十九世紀文字媒介，觀點完全是後衛的；反而布萊希特的路綫，技巧及形式上都鼓勵接受新科技，似乎較接近二十世紀下半旬的歷史現實。

從本書的角度，布萊希特另一種有趣之處，是他以

「物質生產」的角度處理文藝活動，亦等於否定了反映主義「現實」的定義。

以資本主義社會為例：現實裏，商品的交換規律，剝削的情況，階級的拉鋸，都不是用肉眼可以看個完全的，而是要在腦中整理、反省、生產出來的。所以，布萊希特認為，對現實的單純複製，並不能呈現現實的多面性及矛盾，正如一張克虜伯工廠的照片，或一張通用公司的照片，幾乎毫不說明該等企業的生產關係。

但傳統布爾喬亞文藝所追隨的，正是照片的境界：使欣賞者以為自己在觀看現實。布爾喬亞的小說如是，布爾喬亞的電影如是，布爾喬亞的舞台劇如是。

以戲劇為例，布爾喬亞社會的主流劇場，是「戲劇化」的自然主義劇場，或稱亞里士多德劇場，觀眾入場坐下，靜下來，被動地看戲，而每齣戲要做到的是完整的故事、逼真（似真實生活）的演技，有頭有尾，製造一種真實的幻覺，觀眾在移情作用下，代入了戲中的角色，忘記了自己在看戲。這是布爾喬亞劇場追隨的原則，而觀眾看戲，是為了追求娛樂或在戲劇化的悲戲高潮淨化自己的恐懼及痛苦。

布萊希特說，自然主義劇場，要觀眾對舞台上的事有如身受：那人簡直就是我，自然極了，那人走頭無路，多痛苦，多動人，世界如是，改變不來，戲做得真好，一切盡在不言中。「舞台上流淚，我也跟着流淚，舞台上歡笑，我也跟着歡笑」。

這樣的劇場，前後呼應，絲絲入扣，看似一件有機組合，彷彿劇中社會關係是固定及不可改變，劇中人的下場

是神推鬼使的無可避免。布萊希特因此認為自然主義劇場是基於「幻覺主義」，假設了戲劇表演可以反映及做擬外間現實，觀眾只是被動地吸收一件已完成了的藝術品,而這件藝術品的成就，正是它能使觀眾以為它就是現實。

資本主義劇場的組織，固然是一種商品交換，而資本主義裏主流的自然主義劇場，卻正好有一種意識形態，支撐這種商品交換。自然主義劇場裏，觀眾是被動的消費者，而不是主動的生產者。成功的自然主義劇，台上出現的一切，都有其位，一切似乎是無可避免，一切似乎是事出有因。觀眾在台下消化一件完整的、完成了的藝術。將一件人工的產品，一件歷史特定情況下堆砌出來的現象，當作完整無缺的既成事實，正是統治階級最心愛的意識形態。

布萊希特認為社會主義理性的劇場，應該能更深入的展示現實的多面（包括可以形象化的及不可以形象化的），提高觀眾的警覺，要他們成為主動的批判者。

布萊希特稱自己的劇場為「斷續劇場」（episodic theatre）[22] 或「史詩劇場」（epic theatre）。每齣戲並沒有平衡，亦不連貫，有時數場戲同時出現舞台，有時加插幻燈片、電影、歌曲、舞蹈，使觀眾察覺到台上有數種表現模式。戲劇明顯地表明自己是斷續的，開放的，內部矛盾的，而不是完成了的作品，「完成了」的意思是劇中過程看似先決地不能改變。

斷續劇場的劇情，每段都可以改寫至別個樣子，劇中

---

22 Episodic theatre, 一般稱為epic theatre，中文譯作史詩劇場或敘事劇場，其實用文學類型作譬喻，中譯亦可作「章回劇場」或「折子劇場」，我這裏大膽用已格頓的提示，譯之為episodic斷續劇場

人物的遭遇，因此亦非命中注定，而是有所選擇，是有改變機會的，正如外間社會的關係，亦是可以改變的。

資本主義現實的複雜，只有通過理性思考活動才能生產出整體的瞭解。斷續劇場，不惜借用圖表、數字、旁白、戲中戲……一切你可以想到的技巧，去提高觀眾的理性，鼓勵觀眾對現實及戲劇進行「多重的觀看」。

布萊希特所說的「間離效果」（alienation effect），就是要觀眾保持理性，以批判的眼光，主動參加戲劇活動的意義生產。至少，不要將舞台營造的假世界當成真世界。

斷續劇場，要觀眾覺得台上發生的一切難以令人相信：那人為甚麼要做出如此荒誕可笑的事，無理由人會被逼入如此絕境，為甚麼他不另尋出路？沒有一件事是不可改變的。舞台上在哭泣，我在笑；舞台上在笑，我卻在哭泣。

故此，斷續劇場的演員，亦如中國京劇的演員，並不努力代入角色，並不理會第四堵牆。與史坦尼斯拉夫斯基的方法演技相反，斷續劇場的演員與所演的角色保持距離，以表明他們是台上的演員。唸台詞時，亦不故作自然，而是好像在轉述別人的說話。就算用「逼真自然」的演技，但同時的燈光卻充滿表現主義味道，以搗亂觀眾的慣性，使觀眾想起了，所謂「自然」的演技，是否最有真實意義，抑或只是同樣人工化的演技，只不過觀眾看慣了，習以為常，誤以為是最自然的，布萊希特要觀眾理性地看戲，不要感性地代入劇中的處境。觀眾是參與者、批判者，共同在一件開放的文藝實踐中作理性對話，而不是被動地消費掉一件包裝得很完整的商品。舞台與觀眾、作者與作品、演員與現實人物，他們之間的功能關係，都改變了。

五十年代，布萊希特認為斷續劇場這名稱，仍有形式主義味道，索性叫自己的劇場為「辯證劇場」。

本書第三章將說到，藝術品及其生產過程的關係是內在的。作者並不是無中生有的創造主，作品不是完整不假外求，觀眾不是被動消費者。正如馬克思指出，產品只有通過消耗才成為產品，生產與消耗是同一過程，藝術作品與它如何被消耗是分不開的，藝術作品獨立存在時並無意義，意義是由作品與觀眾／讀者共同生產出來的，更否定了唯心主義的假設：藝術只是先存現實的反映。

現在輪到批評布萊希特。

盧卡契晚年有一段評語很對：布萊希特忘記了科學地表現現實與藝術地表現現實之間的分別，因此低估了藝術「想像」的重要性[23]。

詹密遜亦指出，布萊希特認為斷續劇場比自然主義劇場更能表現現實，斷續劇場更理性、更科學。但布萊希特所理解的科學，類似舊的一套機械學及家中實驗科學[24]。現代社會正如現代科學，已非三言兩語可以交待，布萊希特劇場，或高達某些時期的電影，可能比布爾喬亞劇場及電影更能接近現實，但到底仍有簡化及掛一漏萬之嫌，未必是最整全的教育方法。

反而，過份科學理性的文藝，往往意識形態上帶動群眾的能力降低了。馬克思主義若要真正成為群眾的東西，除了需要一套馬克思主義科學外，還需要一套馬克思主義意識形態，類似布洛克所說的「烏托邦衝動」。此所以無

23　引自Arvon 1973, p. 110.

24　Taylor., ed., 1977, p. 204.

政府主義對自由的嚮往，及基督教的神貧觀，仍然可以打動人心[25]。

事實上，布萊希特的作品在資本主義社會公演時，觀眾並非來自工人階級[26]。

布萊希特流亡外國前的作品，都是以積極份子的身份寫的，帶有明顯的訓示性。當時他仍天真地希望工人階級站起來對抗法西斯主義的日子不會太遠，故此在著作方面，亦帶有急功傾向。但功利主義藝術觀，到了法西斯當權後，社會主義運動變成長遠事業時，便可信性大減。

然而，布萊希特不失為今日馬克思主義文化工作者的英雄，他在困難的環境及壓抑的教條下，做到了很多。一般的前衛藝術，主觀上雖然進步，客觀上是優異份子的，正如商業文化，客觀上是普及的，主觀上卻是反動的，布萊希特對闖破這困局，比別人更成功。

布萊希特的左翼功利主義雖然與盧卡契的學院形式主義有着很大差別，但兩人亦有相似處。兩人都貶抑杜斯妥耶夫斯基，都以墮落（decadent）斥罵之，而實際上，我們不能將布萊希特的左翼前衛主義，與政治上曖昧的現代主義劃一等號：布萊希特絕不欣賞非歷史化現代主義感性意識。

布萊希特及盧卡契都注重同一問題：革命時局下，戰鬥性的社會主義藝術應該是怎樣的？布萊希特的城市現代主義強調群眾的革命潛力；而盧卡契則注視工業現代文明導致整體理性的沒落及社會間離的加劇[27]。

25　詹密遜持此觀點，見其Marxism and Historicism, *New Literary History*, Vol. xi, 1979 No.1及Imaginary and Symbolic in Lacan, *Yale French Studies*, 55/56, 1977.

26　Taylor., ed., 1977, p. 64–67.

27　Lunn E., Marxism and Art in the Era of Stalin and Hitler, *New German Critique*, No. 3, 1974.

這點卻不是班傑明或阿道諾關心所在。後二者緊張的是：先進資本主義的鞏固統治下，前衛藝術（包括現代主義）在商業文化工業裏所處的位置。

班傑明

班傑明與布萊希特一樣，對現代媒介及普及文化，感到莫大興奮。

但同時，作為傳統讀書人，班傑明面對舊世界的沒落，有着無限幽怨。他說，歷史如一個身不由己的天使，腳步奔向未來，但頭卻望着過去。

「牠面向着過去。我們看到的，是一連串的事件，牠卻看到一整場災難，正把殘骸一堆又一堆地拋擲到牠的腳下。天使很想停下來。喚醒死者，並將被摧毀者還原。但地堂上吹起狂風，强暴地打在牠的翅膀，合也合不攏。此狂風無可抗拒地推動牠，邁向牠背着的未來，眼前的瓦礫堆半天高。此狂風就是我們所說的進步。」[28]

班傑明是新舊交替人物，先知先覺的掌握到新生事物的含義，但亦綣戀着過去。他的興趣是收輯前人語錄及逛馬路。他引布萊希特之句：「不要從好的舊事物開始，而應該從壞的新事物開始」。他的幽怨姿勢，正好是西方馬克思主義者普遍悲觀的寫照。他的著作亦充滿了矛盾的心態，超現實主義者的幽怨，及布萊希特式馬克思主義的進取。

法西斯主義的興起，打破了西方左翼知識份子的夢想。

一九三三年，納粹上台，左翼知識份子紛紛逃難。

---

28 Benjamin W., *Illuminations*, Schocken 1969, p. 257.

法蘭克福社會調查學院的有關人等，亦前後離境。霍克海默及阿道諾先後去紐約的「社會調查學院」任職。韋特佛戈坐了九個月牢，取道中國赴美。班傑明亦滯留巴黎，靠學院的津貼維生，並與布萊希特有着對話。由三三年直至四○年，班傑明發表了多篇啓蒙性的文章，使他成為最有同代價值的左翼理論家之一。

在「作者是生產者」（一九三四年）裏，班傑明解釋布萊希特所說的「功能的衍化」[29]。進步的藝術工作者，不應毫不批判地沿用既有的藝術生產方式，而應致力改變既有藝術的生產力及生產關係。單從現存的藝術媒介中傳播革命訊息，是不足夠的。譬如說一個戲劇家，只在布爾喬亞觀眾光顧的劇場表演，革命訊息是否就能傳到去工人耳中呢？要接受革命的，恰恰是現存的藝術媒介本身。藝術的進步性不單是指政治主張的正確性，而是更重要的指藝術家如何將現存的藝術形式改組，將既有的藝術與群眾關係改變。電影、無綫電、攝影、錄音科技的出現，難道不正是催生了新的藝術類型，並且改變了藝術整體與群眾的關係？一個攝影工作者，若能突破傳統展示自己作品的方式，不就是已改變自己作品與群眾的關係了嗎？

許多左翼文化工作者，以為進步是指自己思想的正確性，卻忽略了藝術形式及組織的缺點，結果得出來的作品，形式上完全用當時主流的庸俗手法，甚至布爾喬亞藝術家亦不屑一顧的技巧，竟仍在社會主義藝術作品裏出現。以攝影為例，就算拍攝的全是赤貧現象，但技巧卻是最保守的沙龍攝影，然後在高級畫廊展示，那麼，仍

29　Benjamin W., *Reflections*, Harvest-Hbj 1978, p. 220–238.

不免為布爾喬亞的消費品。誰說形式及技巧是次要？

在《機械化反複生產年代的藝術作品》（一九三三年）裏，班傑明強調現代媒介如電影及無綫電的民主功能。傳統藝術媒介是很難普及的，該類藝術，離不開周圍的氣氛，故此只限於一小撮人在特定環境下面對面地將藝術吸收。傳統藝術，因此總與「財產」連在一起，藝術品與其附屬的靈氣，所謂「渾氛」，是不分開的。

機械複產改變了一切，一幅油畫的複製，可以在千萬個不同的環境下與欣賞者相遇，不需要依賴渾氛。報刊的出現，打破了文學類型的楚河漢界，成為一「巨大溶化過程」，讀者可變作者，作者亦是讀者。班傑明認為最低級的文字媒介是報紙，但該處正是文字挽救手術起飛的地方。現代城市生活是斷續及支離破碎的，逛街往人堆裏鑽，得到的可算是「震驚效果」，電影亦是擅長震驚效果，將事物及經驗的整全渾氛解散，大特寫之類的技巧，更打破了事物與旁觀者之間的人為距離。蒙太奇技巧，因此是現代經驗的共通原則，斷續劇場是利用蒙太奇美學的另一例子。

芸芸眾精研好的舊事物的傳統讀書人，班傑明是少數提倡壞的新事物者。班傑明站任新科技時代的第一潮，卻有足夠的敏銳看到現代媒介的重要性。

班傑明甚至看到現代媒介危險的一面，因此他強調對現代媒介的民主控制。但他似乎認為只要將媒介政治化了，藝術亦會政治化。在他的時代，簡單如攝影蒙太奇，亦會成為連繫到政治性的辯論，故此班傑明似乎認為，技巧改變本身是政治上有效的行動。

班傑明眼中，藝術再也不是自足自給，而是社會活動、生產過程。他將左翼文藝討論推至以往忽略的領域：現代媒介、普及文化、形式及政治的關係、各藝術類型之間相互影響的生產關係等等。

班傑明主張對藝術作出科技上改革，以便利群眾去接觸藝術。電影因此是理想媒介。但是，班傑明似乎以為，機械複產等於普羅大眾化，渾氛（幻覺主義）等於反動藝術。其實，普及文化往往配合着傳統的幻覺主義美學。班傑明因此高估了普及文化，大多數普及藝術並非如他所說的「非渾氛化」，而是變本加厲的幻覺主義化，好萊塢電影是最好例子。阿道諾說班傑明犯了列寧批評的「自發主義」（Spontaneism），以為媒介一普及化了，工人階級就可以直接無阻地掌握新藝術形式的進步含義。

阿道諾面對二次大戰後，壟斷性的普及文化工業的興起，在隨着而來的意識形態操縱，自然不會再為現代媒介感到興奮，改以堅持前衛主義，作為對文化工業的否定。

班傑明注意的，是藝術反複生產帶來的各種可能性，而阿道諾的興趣所在，是每類藝術的內部規律的變衍。班傑明認為科技改革是現代媒介的特點，但就連傳統藝術如音樂，同樣的改革亦曾出現，維也納的無調性音樂即為一例。藝術的科技化並不限於現代媒介。

班傑明顯然高估了後世的普及藝術，阿道諾似乎亦高估了前衛藝術。阿道諾捧前衛音樂而貶爵士樂及電子音樂，班傑明不喜歡電影變了有聲，兩者都有其唯心浪漫的成份。

4

文化工業

　　二次大戰後，阿道諾回到法蘭克福，事業如日方中，在大學的庇蔭下，享有言論及思想自由。班傑明已死，布萊希特在東德負責劇團，聲譽雖隆，無甚可觀著作，五三年東德工人起義，遭蘇軍鎮壓，布萊希特更加迷惘，五六年逝世。盧卡契戰後仍震懾於斯大林主義淫威下，後積極參加非斯大林運動，攻擊為禍多年的日丹諾夫浪漫主義教條，五六年參加匈牙利第一次起義新政府，蘇軍入侵後遭軟禁於羅馬尼亞，學說受官方文化打手猛烈攻擊，他在五十年代初撰寫的《近代現實主義的意義》一書，要送到西方才獲發表。故此，在冷戰的五十年代，只有阿道諾有條件清靜地去替一連串的德語馬克思主義文藝討論作出檢討。

　　阿道諾正確地指出，盧卡契忽略了藝術形式的考慮。盧卡契維護反映主義現實主義，所謂「對經驗層面現實的模仿」，故此硬把現代主義看成扭曲了現實。盧卡契忽略了美藝形式及科技，經過發展後，在每個歷史階段有其「自主性」。阿道諾指出，貝克特、卡夫卡及霜薄等人的價值，在於他們拒絕任何形式上的妥協。

　　一九六二年，沙特發表了「甚麼是文學？」一文，強調作家對社會的積極參與，這篇犯了「本質主義」毛病的文章，頗受傳誦，譯成德文，阿道諾亦就作家責任問題發表意見，矛頭指向布萊希特。在複雜的先進資本主義社會裏，布萊希特的理性訓示劇場及民粹主義美學──布萊希

特的左翼功利主義——無法簡單明瞭地使群眾掌握到社會規律。推論之下，似乎只有前衛藝術，既不見容於消費群眾，又不易為制度所規限，才算是進步藝術。

法西斯運動是有賴對現代傳播媒介的操縱的。戰後的美國意識形態，亦是由普及文化中散佈出來。阿道諾認為，古典的布爾喬亞文化，仍嚮往一個日常生活之上的更美好世界，可以靠個人修養去實現的。但放任時代資本主義的「內心自由」，到了壟斷資本主義時代，亦受操縱性的普及文化所侵蝕。在阿道諾及法蘭克福學派次級思想家霍克海默眼中，冷戰時代的東西兩大集團，同樣是極權性的，要想不為制度所吞噬，唯有靠自己。在極權社會裏，普及文化及現代媒介，不論是流行音樂、小說或電影，功能是操縱群眾。阿道諾稱之為「文化工業」，因為普及文化一詞仍假設文化是從群眾中來的，但其實先進科技社會，文化工業是由上而下的操縱群眾意識的[30]。先進科技社會如一極權整體，要控制每一範疇，由文化至經濟皆不放過。

阿道諾認為文化工業製造的是假個人主義。資本主義文化市場及商品看似可供自由選擇，但其實每樣文化商品都是基於「劃一」原則，預先估計好了市場的反應，個人只是被動的接受。譬如說流行音樂，每多少首歌，必有幾首高踞流行榜，音樂消費者以為這是個人自由選擇的民主結果，其實是音樂工業推銷商品的劃一伎倆[31]。

阿道諾的立場是文化優異份子的，不商品化的文化產

---

30 Adorno T., Culture Industry: Reconsidered, *New German Critique*, No. 6 1975.

31 Adorno T. & M. Horkheimer, The Culture Industry: Enlightenment as Mass Deception, 收集於 Curran J. M., Gurevitch & J. Wodllacott, ed., *Mass Communication and Society*, Edwyrd Arnold 1977.

品，在他眼中才算是眞正的文化。因此，只有最堅決的前衛藝術是值得推崇的。在極權社會裏，前衛藝術做着負面的、「後衛的」反抗。

阿道諾的文化觀，因此亦是很悲觀的，而且退縮至孤立的個人。不過，阿道諾的晚年，似乎對自己的觀點有所修正。他指出意識的雙重性，或許文化工業尚未能完全成功地操縱人類意識。當群眾參與普及文化活動時，雖為尋求娛樂，但我們不應單方面地用道德禁慾主義眼光譴責這種行為，群眾的心理，可以是同時向文化工業妥協，同時又作出抗拒。文化工業生產出來的逃避主義普及文化，未嘗不是同時生產出它的反面：群眾對更美好世界的烏托邦夢想及要求[32]。

法蘭克福學派另一要員是馬爾庫塞。他說，相對於既有制度，思想一定要變得更加負面及更加烏托邦化。在《一度空間社會》裏，馬爾庫塞認為現階段工業社會是最高度發展的社會，可以將內部矛盾溶解，工人階級經濟水平相對提高，已缺乏了革命進取性。馬爾庫塞唯有另尋「負面主體」。他探求經濟以外的人性需要，尋找未制度化的邊緣力量。他鑽入生物層的原慾及本性衝動，將年青人視為新的負面主體。六十年代年青人抗拒競爭性經濟制度的表現原則，一度似乎應驗了馬爾庫塞所說。布爾喬亞青年運動，是反布爾喬亞的，但亦正如法蘭克福學派將馬克思主義由政治經濟批判退縮至哲學批判，青年運動亦不能從反布爾喬亞文化發展至一個超越制度的替代[33]。

32　Huyssen A., Introduction to Adorno, *New German Critique*, No. 6, 1975.

33　Therborn G., The Frankfurt School, *New Left Review*, No. 63, 1970.

總結

　　西方馬克思主義注意所在，正是第二國際及第三國際所忽視的。由盧卡契開始，馬克思主義重新捕捉人性解放的問題，突出了意識形態的重要性，引進了蘇維埃馬克思主義以外的思想，如黑格爾、齊克果及佛洛依德，對布爾喬亞文化及先進資本主義作出了充滿見地的批判。

　　但西方馬克思主義亦一度將馬克思主義的重心，由着重社會調查及政治經濟學批判，變為注意哲學上的認識論及美學。

　　這未嘗不是因為政治實踐上，三十年代以後社會主義運動受到重大挫折所致。反斯大林的馬克思主義者，只可以如羅曼羅蘭所說：「理智上悲觀，意志上樂觀」。

　　西方馬克思主義的主要成就，與文化藝術分不開，但他們並沒有留下容易的答案或現成的出路。幾個主要人物，分別將自己的立場推至邏輯的極端，互相抗衡。正因為如此，後世主觀上前進的文化工作者，很難不為現實所逼，採取其中的一個立場。

　　盧卡契竭盡所能，維護理性傳統，打擊前衛主義；布萊希特用震驚及間離的方法去刺醒工人意識；班傑明在寄望新科技時代之餘緬懷往日餘暉；阿道諾認為負面辯證的革命力量，已不是無產階級，而是藝術本身。

　　盧卡契對啓蒙運動的景仰，導致他推崇經典小說；布萊希特及班傑明想改變當前各意識形態的力量對比，寄望現代媒介；阿道諾在音樂裏找到最不寫實及最難商品化的前衛藝術類型[34]。

34　Eagleton T., Aesthetics and Politics, *New Left Review*, No 107, 1978.

盧卡契的學院派及布萊希特的功利機會主義，用今天的眼光看來都是有局限的。

　　今天先進資本主義裏的文化工作者，與社會主義及後進國裏的文化工作者，面對的難題已有很大的差別。蘇維埃馬克思主義理論實踐上都不能帮到資本主義裏的社會主義者；蘇維埃現實主義教條，搬到資本主義就更只會產生反動劣拙的作品。此所以資本主義裏的前進工作者會傾向保衛當地的前衛藝術。

　　但是，西方馬克思主義者只帶出了重要的問題卻未有答案。舊日的前衛技巧，是今日百老滙甚至電影的慣常手法；霜薄的學生現替好萊塢電影配樂；商業性的媒介如劇情片，卻有許多進步的表現，雖然，商業反動電影仍然是主流。故此阿道諾及班傑明皆不能完全言中。

　　三十至五十年代的西方馬克思主義文藝討論，幅度至廣，涉及表現主義、現實主義、普及藝術、自然主義、社會主義藝術、前衛主義、現代主義、現代媒介……視野是超過其他的文藝辯論如法國的超現實主義辯論等。歐陸幾位重要思想家驚心動魄的爭持，到今天我們還未能好好總結以作超越。

　　最後，回到現實主義的問題、文藝檢查嚴屬的社會，一定亦是有諸多禁忌及非完全開放的社會。一以貫之的現實主義作品，自命要反映現實，必會觸及各種禁忌。因此，非開放社會的官僚大抵亦寧取一廂情願的浪漫主義多於嚴謹的現實主義。有文藝檢查的地方，必有禁忌，暴露性的現實主義意識形態，在這類情況下可說是有進步意義的。

　　但在自由主義社會，明顯的禁忌不多，似乎甚麼都

可以用文藝去表達。歷史證明，現實主義文藝是所謂開放社會的主流。群眾心目中的現實，往往只是現實主義文藝所提供的現實。這時文藝生產者及批評者是有責任時刻提醒群眾，文藝作品裏的「現實」，是由一種叫做「現實主義」的特殊生產方法包裝出來的幻像，是一種瞇眼法。現實主義意識形態在這類情況下卻不一定是進步的，甚至可能有不自覺地欺騙操縱群眾之嫌。

　　中心問題似乎是：在先進科技社會，是否進步的藝術，一定是小圈子的？而普及的文化，則散播統治階級意識形態？

III

亞爾杜塞爾派與結構主義

1

緒論

詹密遜在「馬克思主義與歷史主義」[1]一文裏，概括地講述了結構主義之後的馬克思主義文藝批評立場。

每一類批評活動，背後必假定了一套批評準則。結構主義着重的是語言及溝通；佛洛依德主義着重的是慾望；容格主義着重的是集體潛意識；現象學着重的是暫時性；各種心理或倫理人本主義着重的是身份、間離、人性等等。

馬克思主義批評亦假設了一套準則（符碼）：社會歷史。社會歷史是永遠無法在符號活動（包括文藝活動）中完滿地表現出來的。但另一方面，我們只有通過符號的活動（以故事體或符體形式）才能談論社會歷史。

其他的批評準則，都有自己的強調點，亦即有着極限，或稱「閉限」（closure）。譬如說佛洛依德主義的模式，在一定的閉限內，有着強力的詮釋能力，但該模式是建立在一種社會歷史現實之上：家庭制度。有了這份瞭解，佛洛依德主義所能做到的及所不能做到的，亦顯示出來了。

每一種批評準則，因此皆有其閉限。在「續結構主

1　Jameson F., *New Literary History*, Vol. xi, 1979, No. 1.

義」裏，急進者如德路西及賀塔尼，因此索性否決任何詮釋，概因詮釋假設了準則（符碼），亦即假設了閉限。

馬克思主義的批評符碼是社會歷史，理論上可以界定其他批評符碼的位置性。以住，馬克思主義犯了目的論歷史主義的毛病。亞爾杜塞爾及佛科爾皆曾大力批判這種歷史主義。馬克思主義的背後假定符碼，不是狹義的經濟生產，也不是特殊的階級鬥爭，而是「生產模式」。「生產模式」有其系統性、共時性的一面，是一套套的「分別」，但每一種生產模式，亦引申了其他生產模式。馬克思所提及的生產模式，有原始社會、亞細亞生產模式、德意志形態、希臘城邦制、奴隸制、封邑領主制（一般作封建制）、資本主義、共產主義 …… 每一種模式，並非注定一個接替一個，各模式並非直綫進化階段，亦非「歷史潮流」的必然時刻。各模式皆為共時性分別系統，是用唯物理性思維生產出來的。同時，每一模式，不單指涉某類經濟生產、勞動過程及科技，並指涉一些文化及語言生產。

馬克思主義以社會歷史為符碼，故此可以統籌解釋其他批評符碼。但社會歷史不是預先包裝好的物件，而是需要用勞動生產去表現的，亦同時是可以改造的。故此，馬克思主義不單是解釋社會歷史，同時亦已改造了社會歷史：社會歷史是「有待翻建的符體」。馬克思主義既是科學，亦是意識形態。

本章將是以上緒論的引申及鋪陳。

§

哥白尼認為地球不是宇宙的中心，革了神權天文學的命，建樹了新的宇宙觀。

現代量子物理學及相對理論，推翻了牛頓物理學所描塑的世界。

馬克思、佛洛依德、尼采及索緒爾，亦分別對社會歷史研究、主體理論、形而上學及語言學作出了同樣的顛覆。

以上這些「解散」的學問，將原本視為中心的神、精神或人替代了，將中心「非中心化了」，將「不在」代替了「實在」、「關係」代替了「物」。以上的學問，認識論是有殊途同歸跡象的。

所謂自然科學與所謂人文科學，基本的認識論應該一樣。以往，自然科學受實證主義所支配，那些追隨自然科學的人文科學，亦自覺或不自覺地跌進實證主義的框框。於是，另一類人文學家，看到了實證主義的局限，乃鼓吹自然科學與人文科學分家，結果往往使人文科學走進另一胡同：唯心主義。二十世紀自然科學的重大改革，揚棄了許多實證主義的假設。而今天的人文科學，亦正在經歷同樣的自我批判。兩者都變了，變得可以再對話，新的科學（自然及人文）在認識論上匯流，既反對用兩種不同認知方法看待自然問題及人文問題，亦強調「科學」不等於實證主義科學。當然，其間的重重困難尚有待克服，亦毋須太着急地消除各學問的特殊自主性。

文學理論的整理，不單沒有因而失去作用，反而只會擴大了作用。二十五年來，文學批評亦進行着類似的革命。文學不可能是孤立的學問，無可避免地受其他學科發展所影響，同時，文學理論的發展，亦衝擊了其他學科。

本書第三章，是要交待這個新趨向。

§

傳統人本主義的文學批評，假設了一套「作家是完整個人」的佛洛依德之前的心理學，很懶惰地把文章當作是你腦中一些先存見解的表達而已。所以，叫他們評你的文章，他們卻只顧去挖你的生平資料，以為這樣做便可實現那輝爛的一刻：鑽入你的腦袋中。

庸俗社會學的文學批評者，看似相反。他們想確實知道你的文章的內容，是否有着外間的「社會等同物」。他們認為好的文章，應是反映他們所理解的現實。庸俗社會學及人本主義文學批評的相同處，就是假設了文字只是中性媒介。

但你知道文字不是中性的。你選用的類型（小說、雜文、詩等等）是先於你存在的。你用的句子、風格、詞藻，大部份是現成的，是前人用過的。大抵上，如果你想文字淺白易懂，你就只好用一些慣見的表達方式。如果你是詩人着重的又是文字上的實驗，那麼你可以引進一些罕見表達方式，但除非你完全不打算溝通，否則你在詩的體裁、編排及供閱讀的情況（如詩集），總難免沿用一些讀者習慣了的形式。

§

古典的現實主義作品大抵可看性甚高，欣賞者只要被動地接受，就迷迷糊糊的會投入了作品裏。好萊塢電影、暢銷小說及電視劇皆遵從這種原則。先進科技社會的塑造下，群眾空閒之時自會尋找「消閒」娛樂，而好萊塢式電影、暢銷小說及電視劇正好配合這點要求，將欣賞者界定為消費者。

西方馬克思主義思潮裏，布萊希特、班傑明及法蘭克福學派皆有這方面的觀察。

作為積極份子，布萊希特試圖用自己的劇場，打破消費循環，將欣賞者提升為社會主義人：理性的意義生產者。相對於主流的現實劇，布萊希特建立的是「另一種劇場」。

既要打破消費循環，亦要同時提供古典現實主義以外的文藝活動。布萊希特在政治上及文藝形式上是為 最引人入勝。

後世政治上及形式上自覺的文藝工作者，仍是在摸索布萊希特闖出來的各種綫路。

但布爾喬亞的主流文藝，是有一套文藝批評的意識形態來鞏固、聲援、支撐的。這套文學批評的主流意識形態，現在是受到了挑戰。布萊希特的劇場先例、亞爾杜塞爾的意識形態理論、拉康的語言心理分析、德利達的拆建分析及巴爾特的符號學成為了挑戰者的理論泉源。現實主義意識形態是矛頭所指處。

主流的文學批評者，多卑視理論，認為靠常識及修養便夠了。但其實常識是在某特定時空裏選擇及營造出來的，修養更是一種意識形態的姿勢。凡批評皆假設了理論立場，只可能該批評者自己不自覺而已。

§

本章首先講述馬克思主義陣營裏的亞爾杜塞爾派。亞爾杜塞爾論意識形態的文章，幾乎是以後討論的必讀。

俄國形式主義可說是被重新發掘出來的思潮。該學派在三十年代受斯大林主義壓迫而沉寂下來，卻促生了捷克

結構主義，後者與詮釋學的關連，更啓發了近年德國的閱讀理論。另方面，五十年代末的一些蘇聯學者，再提出被遺忘了的形式主義，加上符號學及英美訊息理論，開創了蘇聯符號學派。

捷克的布拉格語言學派轉折影響了列維斯特勞斯，從人類學的研究，掀開了法國結構主義熱潮。世紀初語言學家索緒爾的概念，成為馬克思及佛洛依德以外的另一套巴黎知識份子的共同語言。當時頗有其他學者，心態上接近列維斯特勞斯，一舉起義，結構主義遂成國際性思潮。列維斯特勞斯所代表的結構主義，容或有機械化之嫌，催生了不同方向的批評，產生「續結構主義」的局面。其間，巴爾特、德利達及拉康的介入至為重要。

為方便討論起見，本章把現代批評及有關思潮歸入三大節裏，分別以亞爾杜塞爾、俄國形式主義及索緒爾為討論起點。

2

早期的亞爾杜塞爾派

熟悉蘇式馬克思主義及人本馬克思主義的人，可能會發覺亞爾杜塞爾筆下的馬克思主義異常的陌生及困難。一個可以活潑運用黑格爾主客體辯證法的馬克思主義者，第一次碰到有人將「總決定」（overdetermination）、「假定問題範圍」（problematic）及「認識論決裂」（epistemological break）等概念當作馬克思主義的字彙時，真可能懷疑自己以前明白的一套馬克思主義去了哪裏。

亞爾杜塞爾派馬克思主義甫出現，即引起了強烈反應及爭辯，批評者與追隨者頓時冒現。一個思潮的出現，大概都需要有這樣的條件。很快，亞爾杜塞爾派馬克思主義已成為不可忽略的物質性力量，任何馬克思主義理論探討都不可以忘記它的存在。短短幾年間，馬克思主義者已進而打出了「續亞爾杜塞爾派」的旗號，不過，就算現在那些被認為不再受亞爾杜塞爾派理論結構規劃的理論探討，能夠有今天的高水準，亦必須感謝亞爾杜塞爾。無可否認，亞爾杜塞爾將馬克思主義理論爭辯提升到一個前所未有的嚴謹精密境界，任何認真的馬克思主義學生必須認真學習亞爾杜塞爾派對馬克思主義的介入。

　　西方的馬克思主義者，揚棄斯大林主義後，首先的反應是將馬克思主義看作人本主義，大致上發掘了馬克思年輕時代的人本主義思想，同時認為黑格爾的辯證法及費爾巴哈的人本唯物主義是理解馬克思思想的途徑。「間離」（alienation）這個概念，可說是最具代表性：既是馬克思的中心思想，又是那些對蘇維埃教條主義失望的進步人士最喜愛的名詞。其後的歐美新左派以至布爾喬亞知識份子更將「間離」兩字普及化，成為時髦心態。

　　不過，人本馬克思主義雖然頗符合西方先進資本主義社會的要求，但章法亦甚混亂。這時候，有幾名法國馬克思主義者，認為就算要批判斯大林主義及經濟化約主義，或以人本主義角度來看待馬克思主義，亦總得有堅固的理論基礎，要經得起理論的考驗，不能折衷地見有合用者就收受入馬克思主義裏。只有通過仔細的理論澄清，馬克思主義才能夠真正與其他非馬克思的哲學劃清界綫。這幾名

學者以亞爾杜塞爾為首，環繞着他的有麥雪雷、普蘭沙斯、巴里巴、朗西亞及德布雷等。近十五年來，亞爾杜塞爾派的著作，重要地改變了馬克思主義論述的面貌，並搖動了許多鞏固的傳統學科如哲學、政治學、教育學、社區工作、人類學、歷史學、電影研究及文學批評。其間，亞爾杜塞爾本人及他周圍的人的思想，亦有着變化，並對外引發其他人來超越他們。至少就英語系國家而言，今天該等地區馬克思主義討論水準之提升，在前十五年仍是不可想像的，亞爾杜塞爾派著作的英譯所起的作用，實不單止是催生而已。

亞爾杜塞爾介入（intervene）了當時歐陸盛行的人本馬克思主義討論，將馬克思成熟時期的重要思想範疇重新放在論壇的中央。一方面，他想將馬克思主義與其他思想體系分開，強調馬克思主義的特殊性，以抗衡主觀論、經驗主義、實證主義、實用主義、歷史主義等流行思想傾向，特別是指出馬克思之不同於黑格爾，不單止是一般所說的馬克思將黑格爾顛倒的思路再顛倒過來，而是徹底與黑格爾及其負面費爾巴哈的思想範疇作一決裂。另方面，亞爾杜塞爾指出這個決裂，見於馬克思成熟時期的著作，故此馬克思的思想歷程亦可分為兩個階段，早期用黑格爾及費爾巴哈等的範疇而未加以批判，後期則通過決裂產生所謂「科學的假定問題範圍」。這個「科學的假定問題範圍」是與他早期唯心的「意識形態的假定問題範圍」（ideological problematic）有着「認識論決裂」[2]。

2　Althusser L., *For Marx*, Allen Lane 1969, p. 12–13. 認識論決裂(break)，有時亦作認識論轉移(shift)。

成熟馬克思的思想，故亦是對年輕馬克思的思想的一個批判（critique）。譬如說，在《一八四四手稿》裏，馬克思未加批判地運用了一般政治經濟學的範疇（category），並誤將這些範疇看作對經濟現實的正確描述。但在一八五八年給拉薩爾的一封信裏，馬克思指出，研究經濟現實首要之務，是先將政治經濟學加諸現實上的範疇作徹底批判。後期著作中，馬克思因而分清楚政治經濟學的範疇及概念只是一種「論述」（discourse），而不能混淆為經濟現實[3]。

這裏，馬克思對自己早期著作有了一次「認識論決裂」。亞爾杜塞爾說，這個決裂關乎假定問題範圍的轉移。「假定問題範圍」這個概念來自科學哲學家巴茲立德，他認為「批判」的目的，是建立新的假定問題範圍，所謂科學，不是笛卡兒式從懷疑中取得知識，而是假定問題範圍的成立：「科學調查的要求，是一個假定問題範圍的建立」[4]。

「假定問題範圍」一詞，在亞爾杜塞爾派的字彙裏，佔有特別重要位置。「一個字或一個概念不能孤立來考慮，它只存在於那個運用它的理論或意識形態架構裏：它的假定問題範圍裏」[5]。

3　Ranciere J., The Concept of "Critique" and "Critique of Political Economy", *Theoretical Pratice*, No. 1, 1970. 及No. 2, 1971論述 (Discourse) 是指享有共同概念假設的寫作、思考或談話，如物理學論述，日常生活式的論述，馬克思主義論述等，各有各的意識形態及假定問題範圍。

4　見Lecourt D., *Marxism and Epistemology: Bachelard, Canguilhem, Foucault*, New Left Books 1970, p. 80.

5　Althusser 1970, p. 253，這個定義是譯者Ben Brewster替亞爾杜塞爾撰寫的，附在英譯本的Glossary裏，problematic多數是指同一架構的思想相隨的疑題。

任何論述，都有其假定問題範圍，不論當事人自覺與否。我們從論述的表面一字一眼，是抓不到該論述的假定問題範圍的，因為除了論述表面所說的之外，它所不說的，亦是我們研究假定問題範圍時所要注意的。在論述中，問題及概念的「不在」（absence）與「既在」（presence）同樣重要。換句話說，以一篇文章為例，它字面所說的是建築在它字面沒有明白說出者之上的。這種情況下，正確的閱讀，就不能單注意文章所說者，然後作經驗主義的歸納，亦不能作黑格爾式的閱讀，試圖從文章裏找尋那精華、那本質，所謂從「神秘的外殼」中抽取「真正的果仁」。要明白論述假定問題範圍，要以「不在」配合「既在」，就只有通過所謂「徵兆閱讀法」（symptomatic reading），即佛洛依德「閱讀」病人口述病況的方法。在心理分析裏，病人的情況是只有通過病人自己的口述才可以探知的，但病人未必能對自己的狀況作正確的描述，心理分析家因此要用「徵兆閱讀法」，從病人所說，加以病人所不能說的，去構造出病人的情況。同樣，讀文章論述時，要用「徵兆閱讀法」去構造該論述的假定問題範圍，或者說，去構造該論述的「非意識」。亞爾杜塞爾就是這樣的去閱讀馬克思的著作，指出它後期的假定問題範圍與以往有了認識論決裂，所以成為科學 —— 歷史唯物論。至此，亞爾杜塞爾有效地介入及改變了馬克思主義討論。

亞爾杜塞爾最顯見的建樹，是批判了以往對馬克思主義的兩種普及觀點。一種是經濟科技主義，對「物質基礎」及「上層建築」作出機械決定論的理解。另一種是人本主義（humanism）及馬克思主義裏的歷史主義（historicism），將人

看作歷史的中心（主體），而且將歷史看作有目的之過程[6]。他認為兩種觀點都犯了「本質主義」（essentialism）的毛病，將歷史及社會看作一個擁有先存本質的整體，而該整體在漫漫時空上展示自己。這個被賦予特殊決定一切地位的「本質」可能是所謂「精神」、「思想」或「神」，亦可能是籠統的「人」，亦可能是經濟主義裏面的所謂「經濟因素」。西方思想，一直都有本質主義的傾向，這正是歷史唯物論要批判的對象。

歷史唯物論認為「歷史」或「社會」是沒有「中心」、「目的」、「方向」、「一切力量的最後依歸」或「萬物之始源」的，也就是說歷史沒有先存的本質。換言之，歷史唯物論視「社會形態」（social formation）為多個特殊實踐「層面」（levels、instances、agencies）的結合。為方便討論起見，我們描述時暫且說主要的實踐層面包括經濟層面、法律政治層面及意識形態層面。記着，這些層面之外還有其他層面，而且各層面並不是先存於現實裏，而是由思想構造出來的。

以往的所謂歷史唯物論，往往將經濟實踐看作「物質基礎」，其對法律政治及意識形態等所謂「上層建築」的範疇起着決定性的作用：上層建築只是物質基礎的反映，兩者的關係是一種「表達」（expression）的關係，近乎本質與現象的關係。但亞爾杜塞爾則指出各層面的關係，並非反映及表達的關係 —— 法律政治及意識形態並非經濟的副現象。政治法律及意識形態不是「現象」，正如經濟不是

6　亞爾杜塞爾對經濟主義及歷史主義的批判是否足夠，見Hirst P., Althusser and Theory of Ideology, *Economy and Society*, Vol. 5 No. 4, 1976.

本質。社會形態的各個層面，享有「相對自主性」（relative autonomy）：每個實踐層面有自己的特殊規律，不能化約為另一層面，不過這種自主是相對的，各層面之間互相牽制、互相決定、互相依賴，故此不是絕對的自主。

歷史唯物論所認識的社會形態，就是各相對自主實踐層面的結合。但各層面的關係並非固定不變或平衡相勻，而是充滿矛盾衝突，有主宰亦有被主宰。社會形態這個整體，因此不是和諧靜態的，而是一種「結構化了的複雜整體」（structured complex whole），各層面在社會形態內有不相同的決定能力，有不同的「特定有效能力」（specific effectivity）。

從不同的社會形態裏，我們可以看到各層面的實際運作。任何社會形態裏，漸漸都會出現所謂「主導結構」（structure in dominance）。封邑領主制社會裏，政治可能屬於主導結構，而在納粹德國裏，意識形態可能是主導結構。故此有兩點需要記着：一、各層面是相對自主的但不平衡，造成其中一層面有主導地位,成為社會形態裏的主導結構；二、主導結構會因繼續存在於社會形態內的矛盾而轉變，出現主導結構的轉替（displacement）。暫時的總結是，每個社會形態都是有主導結構的結構化了的複雜整體。亞爾杜塞爾因此說，每個社會形態都已有了「永遠預先提供」（ever pregiven）的主導結構。任何社會形態都不是從空無一物開始，而是一開始已經要承受以往的主導結構並構造自己的主導結構，現在是由過去構造出來的。引申而言，任何社會轉變，不能化約為某不變因素（如經濟）或單一原因，亦不是某神秘原始本質的逐步呈現。轉變是

可以理解為那「永遠預先提供了」的「結構化了的複雜整體」內，各層面及決定勢力的複雜接合（articulation）。社會結構故此是無中心的（decentred）。

這樣說，經濟基礎便不再享有單線直接決定的地位，社會轉變亦無一定的方向、步伐或目的 —— 社會主義革命亦不是肯定會出現。各層面都有特定有效能力，但在一個情況下，有一層面會成為主導。各層面互相決定，但某一層面在特定情況下可以產生所謂「總決定」，有如一群野馬互相衝撞，直至有一匹衝了出來，而其他馬匹不由自主地跟隨。

不過，亞爾杜塞爾強調一點，每個社會形態與其特定的經濟生產模式是分不開的[7]，故此，我們可以一方面說經濟結構不一定是主導結構，但另方面說經濟結構「在最後的關頭」（in the last instance）是決定性的，甚至可以決定當時主導結構。這只是理論上的假設，因為實際上，社會形態既非從空無一切開始，決定因素在結構化了的複雜整體裏，就永不可能是單純的，故此亞爾杜塞爾又撰寫了名言：「從第一個時刻至最後一個，『最後的關頭』 —— 那孤獨的時刻 —— 永遠不會來。」後來的學者指責批評亞爾杜塞爾仍擺脫不了他拼命清除的經濟主義包袱[8]。這點下文再談。

亞爾杜塞爾的社會形態理論，其實等於在說，生產力與生產關係的矛盾，不一定足以急劇地改變社會[9]。我們面對的歷史既然非單純從頭開始，而是複雜的結構，那麼在

7 社會形態是指現實，如今日香港資本主義工業社會，但生產模式是指概念，如資本主義、封邑領主主義等。

8 Hirst 1976.

9 Giddens A., *Central Problems in Social Theory*, Macmillan 1979, p. 155.

· 87 ·

每一「轉折點」（conjunture）上，決定性的勢力亦是來自多方面的，在複雜的矛盾關係裏，各勢力互相「總決定」，結構化及固定化為主導。

這裏，「總決定」的概念，不能以傳統觀念裏的決定概念來解釋，傳統對因果關係的理解，是笛卡兒及休謨的機械論，接近馬克思主義裏的經濟主義，而尼布涅茲及黑格爾的表達式因果關係（expressive causality）則接近馬克思主義裏的歷史主義 —— 前者不能理解整體對個體的決定，後者則視個體為整體的本質的呈現。亞爾杜塞爾提出「結構因果關係」（structural causality），或稱「換構性因果關係」（metonymic causality），既要照應到個體與整體之間的互相決定，又要清除「表達式因果關係」對先存本質的唯心假設。照史賓諾沙的意思，「結構」的整個存在，除了它底「效能」（effect）外無他物，結構是因它的效果而存在。但同時，是結構決定其中的成份而不是成份決定結構。這裏我們未詳細考慮將心理分析概念「總決定」搬入馬克思主義時的難題，只好暫且接受亞爾杜塞爾的自辯，馬克思及佛洛依德思想裏都運用「結構因果關係」，故此借用「總決定」的概念並非無根據。

以上的介紹，我們可感覺到，亞爾杜塞爾對一向以來「物質基礎」與「上層建築」討論的重要介入。至少，他為發展意識形態（ideology）理論提供了很好的理由。意識形態層面相對自主地亦可以對社會主導結構作出總決定，不可為社會主義者所忽視。再引申一步，既然社會形態裏各實踐層面互有決定效能，那麼各實踐層面至少有一共同點：大家都是「物質」勢力。意識形態是物質的，起着物

質作用，並非如反映主義所認為是「物質基礎」的第二重（非物質）現象。

意識形態的活動，因此亦是一種實踐的活動。所謂實踐，就是廣義的「生產」：「每一轉化過程（實踐）假設了運用特定的生產方法將原料轉化為產品」[10]。生產就是將原料通過勞動在特定生產科技及關係下轉化為產品。亞爾杜塞爾的重要性在於他將以往限用於經濟方面的馬克思生產概念，搬去用在社會形態裏其他層面。我們甚至可視藝術活動為生產：將原料在特定方法下變成作品，因此藝術活動亦不再是神秘不可理喻的了。以往馬克思主義內的經濟主義及黑格爾傾向，都有濃厚的化約主義（reductionism）味道，意識形態被視為「上層建築」的問題，可以化約為「基礎」裏某些因素的表達，意識形態只反映了基礎本質上一種簡單的矛盾。基礎的改革，自然一舉而就地改變上層建築，意識形態本身沒有物質的存在，只是反映「基礎」裏的本質。亞爾杜塞爾的馬克思主義則沒有陷入這類化約主義裏。

他第一本重要典籍是六六年的《擁護馬克思》，裏面意識形態被視為是任何社會形態的必有層面。在每個社會，意識形態都扮有特定角色，起着特定的實際社會作用（practico-social function）。實際社會作用是相對於科學的知識作用。馬克思早期的社會人本主義思想，便有實際社會作用，但卻非科學知識。一八五七年後的馬克思思想，便與以往的馬克思思想發生了認體論決裂，構造出科學知識的新大陸。不過，科學並不是藏在意識形態裏的「真

10　Althusser 1969, p. 184.

· 89 ·

理」。並不是說科學是眞的，意識形態則是蒙騙性的，或後者只要矯正了，便可提供完滿科學眞知了。這種是「本質主義」的思想方法，這種論調並將意識形態僅僅化約爲「世界觀」[11]。事實上，意識形態與科學是截然不同兩回事，後者要構造自己認識的對象。這點下文再談。

　　這裏要進一步掌握意識形態這概念。意識形態完全不是指「意識」（consciousness）。如果「意識」是以「人」爲中心及出發點，意識形態則是一種無中心、無出發點的客觀系統。傳統的及盧卡契的馬克思主義，將意識形態理解爲階級意識，每個階級應有自己的意識形態/意識，否則可能是受「謬識」所蒙蔽。亞爾杜塞爾所謂的意識形態與這種反映主義大異其趣。首先，意識形態不是與階級對應的，同一意識形態可出現在不同階級的人士身上。其次，意識形態雖非眞正的知識（只有科學才稱得上「知識」），但卻不能以「假的」視之：意識形態根本無分眞假，更不是「眞相」外面的煙幕。更重要的一點是，意識形態並非某些反映基礎本質的表象，而是物質地活生生的存在於任何社會，起着實際作用。意識形態不是個人意識與現實之間的一重煙幕，而是每個社會必有的構成部份。

　　雖然意識形態永遠只是某些特定的意識形態，在特定的歷史時空出現，沒有抽離時空的籠統意識形態，而每個社會裏通常有多於一個的意識形態，我們仍可以如下勾

11　Hall S., The Hinterland of Science: Ideology and The "Sociology of Knowledge", 收集於Schwarz B.,Ed., *On Ideology*, Hutchinson 1978. 盧卡契爲例，意識形態被理解爲各階級的世界觀，無產階級受資產階級世界觀所蒙騙，忘記了自己眞正的世界觀，但所謂社會眞知，則是指無產階級的應有世界觀：無產階級是唯一可以掌握歷史眞理的階級。盧卡契的理論正是屬於本質主義。

劃意識形態一般的內在邏輯及特點：每一意識形態是一種表現（representation）的系統，如影像、語言、符號、儀式、情緒等，不同的意識形態就涉及了不同的表現系統，並與社會現實保持不同的關係。雖如此，意識形態不是社會現實的反映，而是構成社會現實內在的一股積極生產勢力，一股物質力量。換句話說，每個社會都有自己的表現系統，即意識形態。每個人都是生活在意識形態裏：每個人都通過意識形態而自以為知道了個人與社會的關係。故此意識形態是「生活着」的及「物質」的，它涉及人怎樣去理解及生活在人自己與世界的關係中。但是，只有科學才能確知人與世界的真正關係，意識形態表現的不是這個科學關係，而是人們如何生活在自己構思出來的人與世界關係。故此，意識形態本身雖然不是假的而是實際力量，但它表現的社會現實卻只是一種「想像」（imaginary）的社會關係。亞爾杜塞爾因此巧妙地一方面肯定意識形態是有實質及是「生活着」的，另方面指出它只是社會現實的「想像」表現系統，不同於科學描述的真正社會現實。總括說，所有意識形態都只是不同的表現系統，關乎人與世界的生活着的關係，有別於科學提供的人與世界的真正關係，故此意識形態提供的，只可能是「想像」的關係，有重大的實際社會作用，但卻欠缺科學的知識理論作用。

在亞爾杜塞爾與巴里巴合著的《閱讀資本論》[12] 之中，意識形態更明確地被界定為相對於科學真知。科學被認為是一種過程（process），而不是現實本質真相的反映。科學是將現實裏的物體/客體，與科學研究的對象/客體分開，科

12　Althusser L. & E. Balibar, *Reading Capital*, New Left Books 1970.

學的對象不是預先存在的物體，而是科學自己界定及生產出來的。知識並不如經驗主義者認為是由先存物體中歸納出來，或將物體的本質公諸於世；。其實，科學所做的，是界定自己的假定問題範圍及研究對象，科學知識因此只是生產出來的，是實踐出來的，而不是預先收藏在這個世界某處的真理。同時，知識沒有中心主體（subject）：伽里略的物理學、哥白尼的天文學、馬克思的歷史學、佛洛依德的心理分析，共同點在於各人拒絕將主體放在知識的中心[13]。科學是一種無主體的論述形式，知識是無中心的：一、知識是非個人的，不能化約還原至「我」；二、科學是歷史過程，沒有最終境界或完整的階段，亦談不上有目標及固定方向；三、科學與其他認識方法的不同在於前者是無主體的表現系統。黑格爾視歷史為「沒有主體的過程」。對馬克思來說，歷史沒有目的或終結，沒有必然內在意義或方向，歷史轉變是社會實際矛盾運作的後果，正如伽里略排除了地球作為宇宙中心主體的概念，馬克思亦將歷史看作實際物質鬥爭過程，而不是歸根結底依照人或精神的意願運行；四、科學是「理論的實踐」，特點在於其「知識效能」。科學並不等同現實，科學的特殊性是開啟了新的概念境地，利便知識能夠源源不絕的生產出來。意識形態系統往往是封閉的系統，並以「真理」自居，但科學是開啟的，它界定了對象就可以繼續生產知識。馬克思的歷史唯物論如果可以成為科學，並非因為馬克思一勞永逸掌握了歷史的全部真諦，而是因為他

---

13 Mclennan G., V. Molina, R. Peters, Althusser's Theory of Ideology, 收集於 Schwarz Ed. 1978.

使歷史成為科學檢視的對象、成為可供研究的問題[14]。

這個階段的亞爾杜塞爾派學說,將意識形態界定為科學在認識論上的相反。意識形態提供的現實關係只是一種想像的現實關係,但人們依賴意識形態才能有效地生活在現實裏,故此意識形態雖非科學知識,卻亦不是虛幻的。

亞爾杜塞爾論文學及藝術

文學與藝術皆為意識形態表現系統內的部份,意識形態理論的新爭辯故此亦牽涉到文學及藝術。意識形態既然非現實的反映,而是構成現實的物質基礎之一,那麼文學及藝術亦如是。意識形態既然非階級世界觀/意識,文學及藝術亦再不能簡單地視為階級性質的表達。這樣一來,馬克思主義者便必須對文學及藝術理論作重新考慮。

亞爾杜塞爾有意勾劃一套文學的理論,來配合他對馬克思主義重讀後的各重要結論[15]。在《列寧與哲學》一書裏,他刊登了一九六六年的文章「一封關於藝術的信:答安德烈達士佩」[16],試圖解釋藝術、意識形態、科學三者的關係:「我不會將真正的藝術排在各意識形態之列……我相信,藝術的特殊處,是令我們看到、令我們察覺、令我們感到一些暗喻着現實的東西……藝術令我們看到的……是它從而誕生的意識形態……」。藝術雖是從意識形態中來,但它並非完全只是意識形態,而且可以反過來

14　Bennett T., *Formalism and Marxism*, Methuen 1979, p. 118–120.

15　同上,p. 12.

16　Althusser L., A Letter on Art in Reply to Andre Daspre, 收集於*Lenin and Philosophy*, New Left Books 1971.

使我們察覺意識形態，即那藝術包含的所謂現實。藝術既不全是意識形態，亦不是科學，因為藝術提供的不是「知識」——依亞爾杜塞爾的界定，只有科學的，才能稱得上是知識。藝術與科學不同者，前者令我們看到、察覺、感到，後者使我們「知道」，故此兩者不同的只是形式。不過，科學更可以「知道」藝術生產那「美藝效能」的過程。科學與藝術都視意識形態為原料，加以轉化，前者產生知識效能、後者產生美藝效能。

亞爾杜塞爾試圖將他的認識論的理論用在藝術上，這雖是馬克思主義文學理論發展上的重要里程碑，但本身卻頗有漏洞。亞爾杜塞爾想將文學及藝術從意識形態堆裏「拯救」出來，卻免不了用上了唯心主義的範疇，賦予文學及藝術一個不可理喻的特殊地位。亞爾杜塞爾的錯誤，是先將「文學」、「藝術」、「美藝」等概念不加思索的看成固定及有本質的先驗範疇，然後才出發考慮文學、意識形態與科學的關係，忘記了首先要批判的，正是「文學」、「藝術」、「美藝」等傳統概念。例如亞爾杜塞爾說，只有「真正的藝術」，不是那些「中等及平庸」的藝術，才能令我們察覺作品與意識形態的距離。這裏，亞爾杜塞爾免不了犯了本質主義的毛病，假設了有一種真正的藝術本質或模範，否則，如何能分辨真正與非真正的藝術呢？亞爾杜塞爾因為毫不批判的接受了「藝術」作為先驗範疇，假想有「真正」的「藝術」，使他的藝術理論從一開始就陷入唯心主義。跟隨着這樣的邏輯，亞爾杜塞爾無法完滿解釋藝術與「它從而誕生的意識形態」之間的關係，他只可以說藝術「從內裏」令我們察覺意識形態，結

果更陷於主觀主義，被逼以「我們」讀者消費時刻的反應來判斷作品是否「真正的藝術」——讀者如能從作品裏察覺「它從而誕生的意識形態」，作品便算是真正的藝術了，否即只是「中等及平庸」的藝術[17]。

亞爾杜塞爾試圖超越反映主義，所以強調作品為實踐生產過程、轉化其他意識形態的表現系統，產生實際「效能」，起着實際社會作用。但他卻沿用了唯心的概念，將「文學」視為永恒固定的一種形式範疇，亦即視為有本質及有所謂真正與非真正之分。當亞爾杜塞爾說「我們要生產關於藝術的知識」，這麼一句矛盾的話時，他將唯物的生產觀排列在唯心的「文學」之旁，將毫不批判地運用的「藝術」範疇當作知識的對象。這是近年馬克思主義者對亞爾杜塞爾批判的課題。

麥雪雷與已格頓

亞爾杜塞爾的社會形態理論，影響了麥雪雷六六年的《文學生產的理論》，從而再影響了已格頓七六年的《批評與意識形態》。

在此之前，馬克思主義文學批評大抵都沿用「反映主義」、「現實主義」等概念，之後的趨勢則着重批評這些概念的唯心成份，即亞爾杜塞爾派批評的所謂「經驗主義」成份。

麥雪雷可說是第一個撰寫亞爾杜塞爾式的文學批評的人。他率先與新黑格爾式批評決裂，秉承了班傑明所說的

17　Eagleton T., *Criticism and Ideology*, New Left Books 1976, p. 86.

「作者是生產者」的思辯，一反人本馬克思主義文學批評的基本理論。以往馬克思主義與經驗主義文學批評，在亞爾杜塞爾派的眼中，犯着相似的認識論毛病。經驗主義假設了預先存在的主體及預先存在的客體（對象），知識對經驗主義者來說，是指主體將客體的本質抽取出來。他們將關於客體的知識視為先存在客體裏面，是客體一直擁有的特質。主體不論用甚麼角度（心理的、歷史的等等），而客體不論是動態還是靜態、連續還是斷續，這個主客體的關係仍然是經驗主義的。古典唯心主義、費爾巴哈及馬克思早期認識論都可歸入經驗主義[18]。

亞爾杜塞爾派馬克思主義則認為文學批評的對象，不是泛指「文學」這人為名稱，不是現成的，而是在批評的過程中慢慢界定出來的。換句話說，文學批評似科學，通過界定對象（生產過程），將一特定的現實轉化為知識的對象。

經驗主義假定了外間客觀現實的存在不成問題，而知識就是逐步的認清楚那個現成的現實，讓「應知的被知道」，視知識為表達顯示一些以往被隱藏的現實本質，知識越進步，思想與對象距離就越近 —— 知識應是逐步接近它反映的先存現實，知識的目的是實現一剎那的光輝時刻：真相的呈現。到時，科學及思想的責任也完成了，溶入了那個呈現了但不一定改變了的現實。在文學批評裏，經驗主義見於所謂「闡釋批評」，目的是顯示作品的內在含義及技巧，一切已存在於作品的字面，批評的責任是將那些真正的含義公開。這類批評頗為自相矛盾，它自以為

---

18 亞爾杜塞爾所謂的經驗主義，未必與傳統哲學分類中經驗主義的界綫完全相同，亞爾杜塞爾的經驗主義接近亞里士多德及神學裏多瑪主義對抽象理論的理解。

任務是將作品的內在意義說出來，以幫助讀者更完整地明白那個「真正」的作品。但這樣做，其實卻將批評放在了作品與讀者之間，以自己帶有意識形態的眼光去修改、矯正、引申作品，限定作品本來多元化的用意，清除作品令人不安的「含糊」部份，雖以方便讀者對作品的正確吸收為目的，但卻引導了讀者從某一意識形態角度去閱讀作品，限制了作品的多元可能性。於是，經驗主義批評只好陷入自我取消的困境，最好的批評亦只是重覆一遍作品的本質，作品既有「真正意義」，那麼完整的批評亦只有一種，並可以此量度其他較片面的批評。麥雪雷稱這類經驗主義批評為鑑賞藝術，不能提供知識。

唯物批評則不同，要生產自己的對象，所謂「為批評而設的符體」（text-for-criticism）。這裏可以加一句，同一件作品，我們可以生產出多種「為批評而設的符體」。對麥雪雷來說，經驗作品裏說了些甚麼，並非批評主要關注的對象，反而，經驗作品沒有說出來的——作品的生產過程、假定問題範圍、非意識——才是批評的對象。這種批評對象，作品字面並沒有提供，完全是批評過程自己界定及生產出來的。

麥雪雷將亞爾杜塞爾實踐（生產）概念運用到文學批評上。作家不是無中生有的「創造者」，不似上帝般創造一切所需的材料，作家寫作已因襲了各種文學文化形式、價值觀、神話、象徵符號、意識形態，更遑論生產技巧。這些在不同程度上是現成的，是寫作的原料。作品生產，因此不應是神秘不可知的過程，而是接近其他的實踐：作者用特定的生產方式（他底藝術技巧）轉化語言及經驗而生產

特定的作品。作家因此是將原料變成產品的生產者。再看文學與意識形態的關係：麥雪雷追隨亞爾杜塞爾，認為藝術及文學有特殊暴露意識形態的效能。每個社會形態皆有多個衝突的意識形態，其中有的佔主導地位，有的佔輔導地位，每個意識形態的局限，往往從另一些意識形態的角度是可以察覺得到的，使生活在那些意識形態的人可以反省自己。藝術及文學似乎是有此作用的媒介[19]。

麥雪雷認為作品並非反映現實，或附屬於階級觀點，每個歷史階段有多個意識形態，作品則是建基於一個或以上的意識形態。分析的首務，因此先是構造一個歷史階段，看看裏面的各種矛盾傾向，不過這不是文學批評可以做到的。作品不是反映時代，作品認同的可能是該時代的次要或隱藏的意識形態。故此，作品與歷史的關係是錯綜複雜的，不是單純的反映或對歷史本質的表達。同時，歷史階段與作品對象，不能混為一談。

麥雪雷說：如果意識形態是由一連串未系統化的含意構成（signification），作品則提供一個對這一連串含意構成的閱讀角度，將意識形態變成符號，而批評則教人怎樣去閱讀這些符號。

作品的價值不在乎政治觀點的進步或反動，而在乎它底「虛構性」（fictive element），以它底不能化約（non-reducible）為意識形態作衡量。這就是托爾斯泰作品的價值。他出身貴族，但以農民階級觀點寫他的時代。他看出該時代的動盪性，及貴族與農民的處境，他卻不能掌握資

19　Burniston S. & C. Deedon, Ideology, Subjectivity and The Artistic Text, 收集於 Schwarz ed., 1978.

產階級秩序的特色。出色的作品，可以將多個矛盾的意識形態運作起來，直至矛盾再不能由意識形態去解決。中庸的作品則完全等同某些意識形態，故此看上去沉悶乏味。

　　但是，作品是用自己的規律去營造意識形態的矛盾的。作品的意識形態矛盾只是虛構的，只是想像的，而作品則試圖為這個想像的矛盾提供想像的答案及出路。麥雪雷稱此為「文學風格」：矛盾及答案都只可以在一個層面處理，就是「語言」。至此，所有生活着的表現系統（意識形態），在文學作品裏都以「語言」來轉化。不過麥雪雷並沒有完整的語言理論，更缺乏個人與語言關係的理論。

　　麥雪雷提議的文學批評，是「徵兆閱讀法」。作品是有許多內部矛盾的，這是來自它與意識形態的關係。經驗作品並沒有統一真正的內在意義，因為意識形態使作品「有所不說」。這些不「在」或「不說」（non-said）正是意識形態存在的表示。批評的對象因此不是在經驗作品的層面，而是解釋「不說」部份對作品的必需性。意識形態的特色之一是使某些東西不能說明出來，而作品就如心理分析病人的口述，從已說加上未說之中我們知道了生產作品／病人的過程。既然作品的已說及不說同時有重要性，那麼沒有作品可被視為完成了的形式，亦談不上所謂真正的作品。故此，作品都是無中心的、無固定本質的。批評的對象不是去補充作品不說的部份從而使作品變成完整（這根本無可能），而是尋找作品意義衝突的規律及指出作品的不完整是如何源於它與意識形態的關係。

　　在《批評與意識形態》裏，已格頓亦試將生產概念放在文學理論的中心，以闡明文學、意識形態與科學的關

係——文學被視為生活與科學之間的認識形式。文學作品生產是受多方面因素決定的，不過作品在讀者眼中，卻往往被認為通順自然、本應如是，本來是約定俗成的人為設計被看成了天經地義。作品——特別是現實主義及因襲化了的作品——的生產過程是不容易為讀者察覺的，作品的效能是將自己裝扮成完成了的、自然的及非人工化的，使讀者只注意到那些經驗作品而非作品「不說」的部份，忘記了作品的意識形態及生產過程。事實上，作品的出現，有如生產過程，是將原料經生產方法來轉化，故此不是「自然」的。已格頓將作品決定因素分成六個分析範疇：一般社會生產模式、文學生產模式、一般社會意識形態、作者意識形態、美藝意識形態，及作品的內部規律。這六個相對自主範疇互相轉化、衝突、調和，在轉折點上不斷有總決定，生產了「作品」。作品並不是這些範疇的反映，而是這些範疇的生產。原料是來自文學傳統、類型及成規（美藝意識形態）甚至來自價值觀及表現系統（社會意識形態），經過作家的勞動加工（作者意識形態）及現有的資源（社會生產模式及文學生產模式）的影響，再加上作品生產過程中出現的作品內部邏輯，成為了產品/作品。批評的功能，是指出作品的非天然性，使真正的決定因素冒現。

　　麥雪雷及已格頓的建議雖然值得考慮，但他們的兩本書卻未能清楚的解答文學如何與「它底從而誕生的意識形態」做成視野距離的問題。其中，缺乏一套語言理論是一個原因。此外，兩人因為沿襲了亞爾杜塞爾的認識論，故後者的局限大致亦是前兩者所未能解決的。

較後期的亞爾杜塞爾派

六八年的法國人民運動，引發亞爾杜塞爾撰寫了著名的《意識形態與意識形態國家機器》，簡稱ISA[20]，可說是他自己理論發展的第二階段，並關鍵性地擴展了該派文學批評所關注的問題[21]。

較後期的亞爾杜塞爾，修正了他對意識形態的看法。在《擁護馬克思》及《閱讀資本論》裏，他將科學看作認識論決裂的效能，並將一般的意識形態看作一般的科學的對立面。亞爾杜塞爾稱自己犯了「理論主義」的毛病。除了從認識角度去談意識形態外，真正應該做的反而是：一、各層面之間關係的理論；二、知識生產必需條件的理論[22]。

亞爾杜塞爾對「政治」及實際功能分析的新偏重，使他更接近另一創見性的馬克思主義者葛拉姆西。在ISA裏，亞爾杜塞爾引進了三個理論問題：反複生產（re-production）[23]、意識形態國家機器（ideological state apparatuses）、主體的形成。

以資本主義為例：資本主義的產生，固然有跡可尋，但資本主義的延續，亦是值得研究的。從上文我們知道，一種社會或主導結構的繼續維持，除了經濟原因外，還有法律政治及意識形態原因。資本主義可以延續，是因為它

---

20 ISA是指 ideological state apparatuses.

21 Mercer C. & J. Bradford, ed., An Interview wth Pierre Macherey, *Red Letter*, No. 5 1977.

22 Mclennan et al, 收集於 Schwarz ed. 1978.

23 Reproduction一般譯作「再生產」，但「再生產」雖有延續之義，但無轉化之味道。故改用「反複生產」。

底生存條件能夠不斷地維持、翻新、改造，換句話說，它底生存條件可以「反複生產」下去。每一個層面，都對這個生存條件的反複生產有着實質的影響。資本主義生產關係的反複生產，意識形態扮有顯著角色。例如資本主義不可以沒有了工人階級，但除了養活工人外，資本主義還要教育工人，使他們有一定科技水準及工作紀律，甚至自願接受資本主義的生產關係。故此，資本主義生存條件的反複生產，可說是階級在經濟、法律政治及意識形態及其他層面的角力。意識形態的鬥爭，亦實質的影響資本主義的反複生產，甚至能對其他層面起着總決定的作用。

亞爾杜塞爾進而分辨壓逼性國家機器（repressive state apparatuses）及意識形態國家機器。兩者在形式上有分別。前者如軍隊及警察，是以暴力姿勢出現，至少亦可以恐嚇說會使用暴力，以此維持政治局面。後者用意識形態的控制。許多看似特殊性的社會機構及措施，如學校、家庭、傳播媒介、教會，在功能上是往往聯合在統治意識形態之下，成為國家機器的一部份。意識形態問題，亦因配合了國家機器，成為階級統治的問題。一個階級要長期壟斷 國家權力，不能單靠暴力恐嚇，必需同時在意識形態方面取得領導權（hegemony）。資本主義生產關係要能夠反複生產的話，統治階級必須取得意識形態領導權。事實上，每個統治階級都要製定及發揚有利自己的意識形態國家機器，這樣才能助長對統治階級有利的意識形態成為整個社會的統治意識形態。這裏，亞爾杜塞爾亦顯示了意識形態是要通過機構才能夠反複生產下去，這是意識形態物質性的證明。他說，在先進資本主義如法國，最重要的意識形態國

家機器是教育機器，因為所有適齡兒童都要入學，有利灌輸劃一意識形態。先進資本主義的教育加上家庭已代替了的封邑領主制社會的教會加上家庭，成為最有效散播統治意識形態的機構。

亞爾杜塞爾跟着試圖解釋意識形態一般怎樣運作，涉及了主體形成的問題。意識形態國家機器的目的，可說是使人們自願接受社會現存的生產關係。要達到這個目的，必須使人們在面對着生產關係時，自覺或不自覺地接受了一種特定的生產關係位置。這正是意識形態一般的效能。當然，實際社會，只有特殊的，沒有一般的意識形態。但理論上，意識形態既是任何社會必然的組合，那麼亦有非歷史的一面，使我們可以研究所謂一般的意識形態（ideology ingeneral）。一般的意識形態所扮演的，是個人對真正社會關係的一種想像關係：是關係（人與世界）的關係（個人想像中的人與世界關係）。它表現的是個人與外間的「生活着」的關係，而不是人與其世界的真正關係 —— 後者只有科學才可探知。由於意識形態有實際社會作用，它亦是物質的：它存在於物質的機構及實踐裏，遵從物質實踐的規律，並物質地表現於個人的行動裏。意識形態雖不是以個人為中心基礎，但卻向着個人說話，將個人變成主體。自此，個人還以為自己當家作主，而看不到所謂「自己」是由意識形態營造出來的。神權社會將上帝當作主體，布爾喬亞人本主義將個人當作主體。個人除了嬰孩時期一個階段外，其後通過意識形態，竟將自己視為一切的中心及起源，自以為有意識、身份、角色，是歷史現實裏的基本單位。資本主義裏，個人將自己當成了自由人，不受外間

決定，其實意識形態已進入他/她的非意識，凡他/她自以為是自主的行為，只是意識形態的運作，日常生活亦可說只是意識形態的樂園。故此意識形態可說是將個人變成主體——將矛盾的真人變成自以為自洽的主體，並以此作為個人行為的基礎。

　　總括如下：任何社會生存條件的反複生產，不單是靠經濟實踐。以資本主義為例，經濟實踐生產了工人受薪者及資本家等生產角色,但這些角色必須是真有其人，必須自覺或不自覺地接受了那不同的生產角色。如果資本主義要延續，就必須令到真實人物配合了階級結構裏的各階級位置。教育、家庭、傳播媒介、教會等國家機器正起着這樣的功能，使個人活生生的接受生產角色。資本主義生產模式，工人勞動 力是要一代一代的補足，勞動力的反複生產不單是給薪金請工人，並要調整工人人力的供應、技術、教育、操行、體能等。資本主義意識形態之一是「自由工人」，工人覺得自己在人力市場上是自由人，出賣勞動力以取薪酬，故此制度是公平的。這樣的意識形態絕非虛幻，而是活生生的個人行為塑造。意識形態最有效的時候，主體將本來是想像的社會關係看成最合理的自然關係，自然關係當然無需亦無法改變。意識形態將個人生產視為主體，使個人可以一以貫之的在一個矛盾的社會活動，便利該矛盾的生產模式生存條件的反複生產。

文學的反複生產

　　ISA一文發表後，反複生產的問題成了馬克思主義文

學批評的新對象。麥雪雷稱自己以往犯了形式主義及文化主義的毛病，改而強調文學批評必須配合對意識形態國家機器的研究──文學批評不單是注重作品的生產，更應研究作品的反複生產。作品本身沒有固定不變的價值，等待批評者去呈現出來，任何價值都只是後來賦予的，是社會性生產出來的。作品並非是封閉的物體（thing），作品是要被閱讀的，而且必然是在不同的意識形態關係影響下被閱讀。每次閱讀要自己生產意義。作品因此甚至不是意義的供應站，只是生產意義之所。從來沒有單一完美的讀者，每個讀者都是歷史唯物的真實人物，他/她底閱讀，無可避免地是一種意識形態的活動。馬克思認為，一件產品的生產過程，是要到它被消耗時，才算完結。文學生產與反複生產可說是同一問題，同屬批評的對象[24]。

麥雪雷因此介入了傳統批評的「作品形而上學」。沙特曾想解答「甚麼是文學」，但這問題本身是謬誤的。是甚麼標準選擇了某些作品，然後將這些作品的一些特點看成文學的本質，而且不單止用來描述文學的性質，並用來規範及評價其他作品？傳統美學先驗地假定文學有本質（故此問「甚麼是藝術？」），並以此排斥其他寫作，包括被認為次等的作品及其他類型的寫作模式，舉例如新興寫作模式住往要經過很長時間才被納入文學殿堂。文學因此只是權威批評勢力定下來的「偉大」或重要作品，並以先驗標準如「深度」、「永恒」來劃界線。那些幸運的作品被捧為文學本身。傳統美學注意作品的特殊性，卻忽略了

24 Coward R. and J. Ellis, *Language and Materialism*, Routledge and Kegan Paul 1977, p. 62–74.

各種寫作的相同點。麥雪雷則持相反見解。他認為首先要考慮的，是所有文字活動及各寫作的相同點。一般所說的「文學」，就是有所謂「虛構效能」（fiction effect）的寫作。這樣，文學便不再等同於「重要」作品，而成為其中一種的寫作模式。麥雪雷進一步指出這樣還未足夠，除了虛構效能這相同點外，更重要的是指出作品的不同。他強調文學不是有本質的單數，而是永遠的眾數：沒有「文學」，只有「文學們」[25]。「文學是實際物質性的轉化過程，意思是在不同的特定歷史階段裏，文學存有不同的形式。要研究的是這些形式的不同處」。「文學」一詞，有如意識形態一詞，並非含有本質的範疇，因此要研究的不是一般文學與一般意識形態的關係，而是不同的特定的文學們怎樣轉化不同的特定的意識形態。反複生產的概念，引發巴里巴及立普特去研究文學作品在十九世紀法國教育制度裏的作用。在舊帝國裏，文學及非文學等於寫作與非寫作——所有寫作都是文學，並等於閱讀與非閱讀。文學於是幾乎等於文字，成為文字壟斷者的專利。文學的範圍包括哲學、神學及小說等等，功能上助長了官方文學文化與民間口語文化的分野。稍後，當寫作及閱讀已不是社會階級的分野工具後，統治階層又將某類方式的寫作及閱讀抽出來，捧成高於其他寫作及閱讀。這種特定的寫作模式，即現代社會所謂的「文學」了。將本來是少數人專利的閱讀及寫作能力，加以推廣，以有利資本主義的擴散，因為商品在全國流通，需要有統一的全國性語文，有了這樣的

25　麥雪雷說，沒有大草的LITERATURE，只有小草的literatures，沒有"THE" literature，只有現實社會裏的literary、literature及literary的現象及實踐。

國家法定語文，才可以制立合約及買賣法例，建立一個基於合約的法律制度。此外，統一語文將一般人變成公民，有利共和政體。地方語受摧毀，統一的文法及言語成為法定。此時，布爾喬亞的地位日著，接管了本來為貴族而設的正式教育機構。為了建立領導權及地位，布爾喬亞將某類寫作方式推崇為優異份子的學習對象。這就是他們的「文學」，被認為高超於其他文字及寫作模式。到了十九世紀下旬，正式教育稍為普及，學校分成小學及中學。普通人只在小學裏，機械地被動地學習文法，幫助他們將文字作為生產工具。多樣化創作性的文字，則留待中學，該處學員多為布爾喬亞子弟，他們可以接觸被選出來的寫作（文學），以學習比較性文化及創作。文字的運用因此隱藏了階級的界限，新近取得「文學」地位的某類文字寫作，被利用來進行階級分化。在全國同一語言的旗幟下，文學卻延續了兩種閱讀程度：普通文法及「文學語言」。在另一篇文章裏，巴里巴更展示了作品的功能如何受制於運用的情況，進一步否定了「作品形而上學」。他從法國小學及中學課本中，分別選出兩篇署名喬治桑的同樣文章。小學課本那篇，是改寫及縮短了的，用來做文法練習，學生的注意力被引導至抽象的文法運用，目的是使學生完全服從既定文法規律，而非提高學生的理解能力。同一文章的全文再在中學課本內出現。文章的文字運用及文法倒置，顯示出豐富映象感，與小學課本的那「同一文章」大異其趣。故此，兩篇被認為是「同一」的文章，在不同的情況下（工人小學及布爾喬亞中學）及在不同生產目的下（文法訓練及文化欣賞），扮演了截然不同的角色。兩篇都是真實

的文章，有真實的作用，任何一篇自稱為「原本」或「真正」的作品，並不會改變情況。從它們的反複生產而言，則它們根本成為兩篇不同的文章。引申而言，就算是喬治桑首次發表該文章的特定時刻也不能自誇比其後的版本更真實。文章在不同情況下反複生產，就有不同的功能及意義，而且全部都是真實性的。是文章的消耗完成了文章的生產（consumptional production）[26]。

文學生產與其反複生產之間沒有先存的界限，文學沒有本質，亦不能問「甚麼是文學」，因為帶有「虛構效能」的寫作模式的界綫是經常在變的。同時，不再將某些作品當作完美，不再將文學當作崇拜對象，清除「文學」神秘的超越性，用唯物的眼光看寫作，則正如麥雪雷所說，不但沒有減低，反而只有擴大了寫作的重要性。

評亞爾杜塞爾派

馬克思主義的發展，是充滿矛盾及折衷的。馬克思本身的學說，已包含數個不能完全融匯的「假定問題架構」，如人本主義及唯物主義，科學的交換式社會主義及烏托邦的共產主義等等。第二國際及蘇維埃馬克思主義，則夾雜着經濟決定主義及反映主義。西方馬克思主義的部份學說，亦帶有本質主義及歷史主義的假定。

亞爾杜塞爾總括這些毛病為經濟主義及歷史主義，並率先與這二大傾向進行理論化的決裂，以便建立一套真正的唯物科學。

26　Bennett 1979, p. 158–168.

亞爾杜塞爾亦提高了馬克思主義者對意識形態問題的認識，便利更深入理解一些意識形態帶動的社會運動，如法西斯主義、婦女運動、中國文化大革命等。當然，部份論者過份着重了意識形態的相對自主性，將西方馬克思主義重視文化領域的偏頗更加誇大了，使後學者的注意力由政治經濟實踐轉移至意識形態，則會產生以偏概全的危險。

　　亞爾杜塞爾似乎將「科學」抬升至一個自足自給及不受外間決定的認識論地位，故此帶有康德主義之嫌。不過，亞爾杜塞爾並不否認科學發展是有社會因素的，他只是正確地指出，科學知識不可以化約為它底社會條件。知識不是如經驗主義所理解的是「來自」現實世界，亦不是社會先存本質的反映，而是科學家們通過理論化的實踐，生產出來的。如果亞爾杜塞爾應批評者的要求，放棄了對知識及科學作出形式上的界定，那麼很容易又滑回去經驗主義及人本歷史主義的框框。

　　亞爾杜塞爾對意識形態的界定，則同時是形式上的，亦是功能上的。一方面在認識論上，他將一般的意識形態界定為一般的科學的對立面。另方面，他視意識形態為社會形態的內含部份。他的意識形態理論，鄭重地與以往反映主義本質主義的意識形態理論作了決裂。

　　亞爾杜塞爾是很有理論味的，但坊間馬克思主義卻大多數時候過份反理論。不是常有人喊口號，要「回到實踐去」？其實，這種口號，是將籠統未經理論支撐的一般性「實踐」看作歷史推動的主體。另外，一般所說的「階級鬥爭」，亦只是指經濟主義者眼中的鬥爭。無理論支持的實踐，及經濟主義式的階級鬥爭，其實將「實踐」及「階

級鬥爭」看成為先於理論而存在的現實本質及歷史主體，正是犯了形而上學的毛病。

　　認識論上，對亞爾杜塞爾作出最令人困擾的批判者是賀斯特[27]。他讚揚亞爾杜塞爾對傳統馬克思主義裏的經濟主義及人本歷史主義作出了理論上的決裂，但認為亞爾杜塞爾仍未夠徹底。例如ISA一文裏，經濟的生產模式仍被視為本質上有決定作用，意識形態及國家機器等的功能皆連繫於此，可說是經濟主義陰魂不散。亞爾杜塞爾最重要的概念，「相對自主性」，邏輯上是矛盾的，介乎自主主義與經濟主義之間。賀斯特因此說，要與本質主義決裂，就得視法律政治及意識形態層面為完全自主，否則就只有完全視為可以化約以及受經濟層面決定，不能神秘地走中間路綫。當然，賀斯特的急進批評，是形式邏輯上的，而非歷史的。因為，如果一以貫之的堅持自主，就不再有統籌整體的馬克思主義了，我們只好回到去康德。但若完全化約以及被決定，則又擺脫不了蘇維埃馬克思主義的經濟主義及決定主義。看見近年馬克思有關的意識形態問題研究，充滿了發展，「相對自主性」這概念，又豈止是折衷權宜之計[28]？

　　另外，接近心理學分析的論者，認為ISA一文所說的主體，雖然被認為是受「多元決定勢力的綜合」所決定，但卻未能突出主體本身的物質性。ISA裏的主體理論，可說是停留在「佛洛依德之前」的。後學者因此每試圖以拉康的

27　Hirst P., *Problems and Advances in the Theory of Ideology*, Communist University of Cambridge Pamphlet 1975.

28　Mclennan et al., 收集於Schwarz ed. 1978, 作出了類似的結論。

語言心理分析的主體觀，去補足亞爾杜塞爾的意識形態理論。這點正是本章以下各節的重點之一。

已格頓曾總述亞爾杜塞爾派馬克思主義的毛病。一、功能主義：社會形態的各種構成部份，預定地被看作有功能及「着意」地去反複生產該社會形態的生存條件；二、經濟主義及科技主義：意識形態的功能效果，是維繫以經濟為定義的生產模式如封邑領主主義，同時是與社會分工有關的；三、結構主義：主體在結構的位置是預定的；四、經驗主義：主體並非矛盾及實踐地構造出來的；五、唯心主義：經濟單位是由個人性的主體組成。已格頓認為亞爾杜塞爾理論雖可被挑剔，但不失為富啓發性的起點[29]。已格頓可說總結了英語系的「新左評論」派多年來對亞爾杜塞爾的愛恨關係，及格魯斯曼、席勒斯等人對亞爾杜塞爾的批判。

另一種批評指出，亞爾杜塞爾的意識形態理論，是功能主義的，意識形態效果被認為必定是反動的及無可抗拒的，個人更只是被動。自覺的革命活動，在亞爾杜塞爾的理論中並無角色可以擔當，階級鬥爭的問題，亦沒有具體地受到考慮。

英語馬克思主義陣營裏，反對亞爾杜塞爾的近期大將是湯普遜[30]。後者代表了英語馬克思主義裏的反法國派。他不認為有了先驗的認識典範，才能產生知識。他否認亞爾杜塞爾派是馬克思主義一系，認為必須全盤的否定，不能批判的接受。他說整個亞爾杜塞爾熱潮是由業餘知識份子

29　Eagleton T., Ideology, Fiction, Narrative, *Social Text*, No. 2 1979.

30　Thompson E. P., *The Poverty of Theory and Othe Essays*, Merlin 1978.

及布爾喬亞優異份子吹捧出來的。亞爾杜塞爾批評別人為唯心主義，但湯普遜認為亞爾杜塞爾主義才是神學。亞爾杜塞爾推揚後期馬克思的學說，湯普遜認為後期的馬克思是一種倒退兼收窄。湯普遜頗正確地指出，亞爾杜塞爾混淆了經驗主義（包括實證哲學）與實際經驗式的具體歷史社會分析。湯普遜直稱亞爾杜塞爾派為功能斯大林主義，為斯大林主義提供完整理論。亞爾杜塞爾派的確帶有先鋒黨傾向，由偏重科學真知，到認為群眾需要一個擁有科學真知的先鋒黨，只是一小步之差而已。

湯普遜屬主張社會民主的反斯大林派，政治上積極，他對亞爾杜塞爾的批評，是偏重政治角度的，恰恰忽略了近年馬克思主義者對各種實踐層面的分辨。反而亞爾杜塞爾在這方面貢獻良多。

湯普遜認為亞爾杜塞爾的理論收窄了馬克思主義者的理論及實踐視野，但他對亞爾杜塞爾的全盤否定，卻代表了另一種的收窄。湯普遜說馬克思主義收窄了的後果是斯大林主義，這未免是過份簡單的形式決定主義，將這罪名加諸亞爾杜塞爾派亦不能成立。

歷史唯物主義是要繼續發展的，部份英語馬克思者擁抱亞爾杜塞爾派，正好顯示以湯普遜等人為代表的英語馬克思主義的理論的真空。湯普遜的英式經驗歷史學，亦有其局限。英式歷史唯物主義，實應該與歐洲哲學馬克思主義互相批判，而不是排拒[31]。亞爾杜塞爾派先對哲學上的唯心主義、經驗主義等作出批判，然後以此批判檢視各種

---

31 Nield K. & J. Seed, Theoretical Poverty or the Poverty of Theory: British Marxist Historiography and the Althusserians, *Economy and Society*, Vol. 8 No. 4 1979.

學說及著作，忽略了非哲學的因素。亞爾杜塞爾自認針對「隱藏的邏輯」，而非歷史的批判。但湯普遜視「理論」為歷史唯物論的沒落，亦不能成立。沒有人再會迷信古典的亞爾杜塞爾學說，但從亞爾杜塞爾派、「續亞爾杜塞爾派」及其他受影響者的著作來看，相信沒有任何一個認真研究馬克思主義的人可以漠視亞爾杜塞爾引起的風暴。

§

科學知識與現實，是兩個層面的物質活動。舉例說，經濟學與現實經濟生產活動是兩回事，歷史學與歷史真實生活亦是兩回事，並不是一種本質的表達或反映的關係。科學要生產自己的研究範圍、界定研究對象、認清自己的假定問題範圍。

資本主義是馬克思的科學對象。可是，長久以來，馬克思主義並沒有好像馬克思研究資本主義一般，去研究意識形態各表現系統的各特定實踐範圍。

以文字寫作為例，經驗主義的觀點，以為文學批評與作品是兩位一體的，但真正的唯物觀點，應知文學批評與作品是處於兩個不同層面，正如經濟學的層面，不同於股票市場、工廠、銀行等的日常經濟生產層面。文學批評要追求科學性，就要與經驗作品「分家」，界定自己的研究對象。每件經驗作品是有無盡可供談論之處的，譬如你可講述作品引起你的胡思亂想，或作者的生平與作品的關係。但唯物批評的對象，應可說是針對文字寫作的物質性（materiality），正如馬克思是研究資本主義經濟活動的物質性。

但要研究文字寫作（或其他藝術類型）的物質性，單靠

傳統馬克思主義的範疇是不足夠的，必須借助其他唯物理論如心理分析及符號學。

亞爾杜塞爾試圖建立的，是一套擺脫了經濟決定主義及人本歷史主義的馬克思主義認識論。但亞爾杜塞爾的論據亦有自己的難題。為了抗拒經濟化約主義，但又不想完全捨棄馬克思裏的決定觀念，他用了「相對自主」的解答。他的困難來自兩方面：一、「相對自主」將邏輯上兩個排拒的概念（自主及決定）放在一起；二、馬克思主義對各種知識對象及實踐範圍的自主性（內在關係），缺乏研究，因為一向注重的是各範圍的決定性。譬如說，符號表現系統的運作規律，便不曾太受以往的馬克思主義者關注。又譬如說，主體構成過程，亦是馬克思主義陌生的課題。

普爾杜對決定與自主的兩難式作了如下解答[32]：符號學可以對含意構成系統的運作，作出重要的理解。但符號學在早期往往將研究的對象劃規成封閉的系統，忽略了各系統之間的互相決定關係。唯物意識形態理論則缺乏一套表現系統的理論，故此對意識形態的形式及運作知道得不夠。普爾杜指出，如果杜幹至列維特勞斯等人，所總結了的立場，是各知識對象及實踐範圍的內在關係，那麼馬克思主義所強調的，則是表現系統的政治功能，即各知識對象之間的決定關係。第一類「總結」以為知識對象的內在關係自足自給，故此是自主主義，第二類「總結」（馬克思主義）則容易陷入化約主義。

普爾杜說，各表現系統、知識對象及實踐範圍，正因為是自己做自己事，才同時產生了互相決定的政治功能。

32　引自Hall, 收集於Schmarz ed. 1978.

換句話說，每個「分類範圍」（field of classifications）有自己的特殊規律，在自己的反複生產過程中，亦反複生產了其他分類範圍，結果大家都變了形（transfigured form）。

符號學的智慧是，符號並不直接指涉外間世界的某物某事，亦不是孤立地擁有意思。意義是由符號之間的關係產生的。普爾杜更推進一步，他說意義既不是先存於外間世界裏，亦不是純粹由符號之間的關係產生的。意義是由符號系統（分類範圍）與另一分類範圍（譬如說歷史）之間的關係產生的。換句話說，意義既不是由一系統內之個別單位（符號）與另一系統內之個別單位的互相對應吻合所產生的，因為個別符號並不直接反映外間某單位；但意義亦不是由一個符號系統內的單位之間的關係所產生的，因為任何系統單獨而言，並不能產生意義。這樣，普爾杜試圖同時避免化約主義及自主主義。

第三類的「總結」，將結合「相對自主」及「最後關頭決定」這兩個衝突性的概念。

3

俄國形式主義

俄國形式主義傳統湮沒了三四十年，才再為發現。在法國，形式主義配合了前衛藝壇及結構思潮；在蘇聯，形式主義發展為現代蘇聯符號學[33]。

33　Erlich V., *Russian Formalism: History, Doctrine*, The Hague-Mouton 1955, p. 52. 此書為交待俄國形式主義的經典。

§

　　一九一七年前後，至到大約三〇年，蘇聯的人文學科有着革命性的成就。一群所謂俄國形式主義者（russian formalists）的學者，在文學及有關研究上取得了長足的進展。他們大致主觀上並不反對布爾什維克革命，在藝術上並且支援了當時的前衛運動如建造主義（constructivism）。托洛茨基、布哈林、盧那察爾斯基都注意到這一「形式主義」思潮，不過當時的馬克思主義理論家大致對該思潮抱有批判的態度。終於，因為斯大林時代的來臨，「形式主義」亦如其他革命性的活動一樣，消聲匿跡。形式主義一詞更被濫用為攻擊異己的罪名。到了五十年代以後，當時人物之中的幸運者，才非官式地在自己的國家重見天日。今天，形式主義者的思想傾向，仍未能得到蘇聯官方肯定，但卻已在該國學術界散播，並且受到西方知識份子的重視。

　　與索緒爾的語言革命相似，俄國形式主義開始時亦是一種負面的運動，對當時各主流文學理論採取「戰鬥的態度」，對手包括普列漢諾夫的機械化約的社會學、俄國民粹主義及象徵主義。艾肯勃姆說，首批形式主義者之所以聚集在一起，是想將詩的世界從哲學及宗教的束縛中解放出來。爾立自說，形式主義的根源可溯至一八八〇年代，但作為一喧嘩的運動，有着主張，發表着宣言，吸引着追隨者，則是一九一七年前後的事。它的特色就是強硬地只注意文學效能的「怎樣」（how），相對於傳統批評的「甚麼」（what）[34]，例如只問某效能是怎樣營造出來的，不問某

34　同上，p. 60.

句語是反映甚麼外間現實。這個重點偏向，或許可以成為逃避政治現實的藉口，卻不表示形式主義是反革命。詹密遜說，強調文學作品內在形式的首要性，使每類寫作得到了特殊考慮，否定先驗地用某幾類作品的特點去判斷其他作品，因此辯證而言是反唯心主義的 [35]。事實上，形式主義者布力克是積極的「文化戰綫」革命工作者，耶古賓斯基則是布爾什維克黨員。

希柯拉夫斯基一六年的「藝術作為機設」（Art as Device）一文，普遍被認為是形式主義的創始宣言。他攻擊別林斯基式的對形象的理解，強調詩的形象運用有異於日常語的形象運用，其中有着「獨特的語意轉移」。文字藝術並非將現實形象化或集中化，而是令到我們對習慣了的所謂現實再次「看似陌生」。所謂形象，只是詩化語言的機設之一，而詩化語言的機設亦絕不止於製造形象。文學藝術並非要忠實反映現實，相反地，「詩的藝術的任務是回復我們新鮮的視野，如小孩子看世界。」爾立自說，這樣的觀點，與所謂現實主義美學的衝突不言而喻。文學不單不可能是用具體形象去代表現實，而且必然是通過藝術家掌握的一套套的機設，創作性地歪曲現實。

艾肯勃姆因此說，文學藝術作品，永遠是製造、改形、發明出來的，不單是藝術化，而且是名副其實的人工化。

形式主義的基本假設，因此已否定了「做擬」（mimesis）在文學的規範（normative）或訓令（prescriptive）的地位：文學不可能反映現實。文學是一種特殊的符號組織，按自己的方針辦事，文學效能是歪曲現實使後者「看

35　Jameson F., *The Prison-House of Language*, Princeton 1972, p. 43–45.

似陌生」，打破我們慣常看待現實的習慣而提供新的意識經驗。詩化語言的不同，在於前者能對現實作出「非慣性化」（defamiliarization）的轉化[36]。我們的日常經驗，往往流於「慣動」（automatization），約定俗成的人工化情況變成了不假思索的自然。文學的進步效能因此可視為對既有經驗的搗亂。

非慣性化可分兩方面：將現實經驗的轉化，或將既有及主流的文化形式轉化。俄國形式主義因此視文學藝術為一種實踐活動，將日常語言、主流意識形態及主流文化的「規範」（norm）所營造出來的「現實」加以轉化，是對規範的必須偏離（deviation）。故此，形式主義的見解亦更接近現代前衛藝術，着重將藝術的人為性及內在機設暴露出來，而不是如現實主義作品刻意將自己的生產過程掩飾起來，使作品看上去是完整和諧的，以便消費者即時享用。

非慣性化效能的產生，並非因為文學濃縮了現實，而是「拖長」了經驗。同樣描述一塊石頭，實用語只用了「石頭」二字，詩化語言則可用上許多字、許多角度、許多閱讀時間，這樣，讀者才能如小孩子般再看「石頭」。藝術最重要的既然是「非慣性化」，那麼重要的也不是作品本身，而是讀者參與的經驗過程。非慣性化可以是指風格、觀點等等，甚至是橋段的各出奇謀，以刷新及再發現所謂「生命的觸覺」。同時，任何藝術風格被人受落及因襲化之後，便會失掉非慣性化效能。故此藝術演變及實驗是必須的，而且是辯證地形式上的更替。藝術的因襲化是各形式主義者針對的主題之一。

---

36 Scholes R., *Structuralism in Literature*, Yale 1974, p. 83.

希柯拉夫斯基攻擊某些批評家，只顧所謂內容，只將形式當作「必需的障礙」：基本上形式是對內容（真實事物）的掩飾。他說，人們想在油畫裏找答案，有如玩填字遊戲，但想抽去油畫的形式以便看清楚那油畫的內容。他亦反對專門以作者生平來解釋作品。他說，作者如武士，行為古怪者眾，而且必有其因，但這方面的知識不能幫我們明白作品的效能。文學科學要關注的，主要是作品是如何實現的，即研究那些使一件作品之成為該件作品的機設。

這個形式主義運動的啟蒙期，主要人物如希柯拉夫斯基，關注的問題頗為有限，主要是詩的形式。希柯拉夫斯基將詩化語言等同文學，以別於實用語言，並將後者看成美藝上中性的。詩化與實用的二分，犯了將語言對立為感性（主體中心）與認知的毛病。他的「機設」觀念，亦無「結構」的考慮。他所謂的「規範」，只是籠統地假設每一情況下都有規範，更無闡明是文學還是包括其他範疇的規範，故此只是含糊的口號。他在二一年說，「一件文學作品，是所有運用在其中的風格化機設的總和」，顯示了形式主義早期的機械論傾向。當時索緒爾的符號概念亦未受到重視。

大概在這個時候，形式主義進入全盛時期，口號及宣言由學術研究所替代，研究對象亦多元化了，注重了語意方面及文學類型的探討。這個新氣候，在雅克慎一九二一年以捷克文撰寫的「關於藝術裏的現實主義」一文可以看到。雅克慎強調語言藝術在傳播過程中，兩邊的參與者（作品及讀者）同樣要研究，並提出了在文字藝術裏，有兩套符碼（code），一套是語言本身的，一套是藝術上的，重疊

在作品上，而語言符碼與藝術符碼有相互的功能。形式主義運動開始時，已分為兩個討論圈子，一是雅克慎及伯卡狄列夫等莫斯科語言學圈，另一是希柯拉夫斯基、艾肯勃姆、耶古賓斯基等的詩語言研究會，簡稱OPAYAZ[37]，加上了國家藝術史學院的謝孟斯基，托瑪謝夫斯基及因亞諾夫等。兩個圈子的着重點稍有出入。前者如雅克慎，認為詩只是語言的美藝功能，視文學為語言學的一部份。後者則比較集中在歐洲主要文學問題，如詩的形式、文學史及評價等，認為文學應有獨立的研究方法及對象，文學運作不等於語言運作，反之，文學轉化語言，特別是日常實用語言。希柯拉夫斯基及艾肯勃姆的意思是，語言研究，只是文學研究外最有用的「輔助學科」。

雅克慎前被譏為「語言學帝國主義」，雖然他認為在實際運用時亦不是原封不動硬搬語言學於文學.詩是將平常用語的字句與含義拆開，語言在平常運用時指涉的意義，在詩裏分散了，字與字之間有了新的自由，意義重叠在意義之上，產生日常用語裏沒有的豐富意義遊戲。換句話說，詩化語言就是以語言的美藝功能來掩蓋語言平常的實用溝通功能，使語言的內在關係暴露了出來。

不過，兩個圈子都傾向對文學的「科學」研究，他們的對象不是所有文學問題，後者由創作心理至經濟科技影響，可說是無窮無盡的。形式主義的興趣是「文學性」（literariness），在這點上其他的方法如心理學或社會學派不到用場。形式主義者認為以往的文學批評，其實只是思

37　OPAYAZ亦作OPAJAZ 、OPOYAZ；俄文名字在英文著作中出現，串法並不劃一，如Lotman一人的前名，分別曾寫成 Ju、Juri、Jurij、Iu、Yu、Yury、Yurij等。

想史、傳記、社會學或心理學，而不能解釋文學這種特殊陳述方式的原理。用亞爾杜塞爾派的語句，則可說文學研究作為科學，必須界定自己的對象。經驗主義的批評，將「文學」當作既存的外在資料，裏面包含着真理，好像一件物件般收藏在作品內，批評者只要剝去包裝，便可取經回來。形式主義批評，則會將「文學性」看作早已存在，只是將它作為批評者理論生產的結果。文學批評的對象，不是選擇某些作品然後捧之為「文學」，而是研究「文學性」的性質。「文學性」是文字寫作可達到的效能，並非某些作品的專利。以「非慣性化」為例，作品是否有「非慣性化」效果，並不是單看作品，且要計算其作品與其他意識形態形式的關係。故此，形式主義不可能單單崇拜技巧，因為「非慣性化」就不是決定在技巧而是決定在消耗時的情況[38]。索緒爾的概念，一個語言單位的意義是從整個語言系統的關係而得來的，不是由該單位的始源及歷史轉變決定。形式主義亦認為始源研究，只可能是澄清某一機設的歷史變化，但不能解釋該機設在某類作品中的文學性功能。同一機設，在不同作品可以有不同效果，故此文學的歷史研究必須承認共時性詩學的重要性。文學不應被視為某類作品，而應理解為一種特殊性的現實的視野，有別於實用語言及抽象科學的現實視野。文學不但搗亂其他表現系統所表達的現實，並搗亂了那些表現系統的表達「方式」。詩化語言將日常用語的符徵與符念拆開，以便再造及生產日常用語達不到的意義。不過，今天的反叛（非慣性）文學形式，可能是明天的常規，文學故此永遠是形式

---

38 Bennett 1979, p. 50.

加諸形式的遊戲。對主流的論述形式來說，文學永遠在搖頭：「不，不，現實並非如是的」，不過，作品很少完全與主流決裂，大多數時候，作品內有幾個層面，慣性化與非慣性化共同矛盾不和諧地存在。沒有永遠的非慣性化形式，亦可說沒有永遠的慣性化。故此，形式主義的辯護者可以說，形式主義並非認為文學是獨立不受歷史限制，只是反對用始源分析代替系統分析。

　　形式主義更不是將作品孤立看待。被認為最出色形式主義者之一的因亞諾夫，主力於文學演變的理論，將作品放進文學系統，再將文學系統放進其他非文學的文化系統內檢視，將形式主義推入了結構主義，並啓發了以後的捷克結構主義及蘇聯符號學。例如他說，文學類型的變遷，是一種「負面的負面」。某些本來是邊緣性的作品，或被潰忘的作品，甚至一向被認為次等及低級的作品，到了不同的時代，竟可 更替了主流的類型。杜斯妥耶夫斯基借用了偵探小說的技巧，卻以現代小說的姿勢再出現，代替了傳統的小說。托爾斯泰則以被遺忘了的十九世紀早期小說來抗衡當時流行的浪漫主義文學。這樣俄國的歷史考慮便與作品價值及功能有了密切關係。因亞諾夫的特點，是兼顧了文學與非文學系統之間的關係。

　　此外，形式主義者對紀錄文獻、報導、自傳、日記等寫作模式的關注，使他們不會將想像性的書寫作出靜態的定義，把某類作品看成為「文學」本身。艾肯勃姆於一九二五年回顧地說，所謂形式主義者，的確是堅持以文學性為文學科學的對象，以抗衡各種折衷主義。但形式主義並非另一種「為藝術而藝術」的論調，更非試圖將文字藝

術用機械化的概念化約為教條系統。他說，「我們不是形式主義者，只是說明者（specifier）[39]——如果你要的話。」

不過，時不我予，當時的蘇維埃馬克思主義向形式主義夾攻，一面是源自俄國民粹主義以及文學為革命服務的無產階級文化派，一面是正統守舊現實文學的高爾基。在二四年，形式主義者還可以作出反駁，艾肯勃姆並撰文評論托洛茨基對該派的看法，說形式主義與馬克思主義並非是不可並列的思想，雖然暫時兩者處理文學研究時，手法頗有出入。就當時所謂的馬克思主義而言，艾肯勃姆說它可能是在社會學裏有用，但對文學研究卻沒有多大帮助。到了一九二八年，雅克慎及因亞諾夫聯同發表宣言，承認文學史與其他歷史有緊密關連，但各有獨特的結構規律。未能明白這些規律前，無法建立文學及其他文化現象的關係。只顧研究「系統的系統」，而不顧各系統的內在規律，是嚴重的方法學謬誤，相反亦然。舉例說，文學史的轉變可能真是有複雜的規律，但就算知道了這些規律，卻並未有解釋，為甚麼文學史會走上「這樣的」一條道路。只有同時研究文學系統與其他現實系統的關係，才可以在明白文學史演變規律外，亦明白為甚麼有這樣的規律。但這個關係研究，又是文學系統與歷史其他系統之外又一思想對象了[40]。艾肯勃姆亦試圖安撫來自馬克思主義者的攻擊。他在二九年的文章裏，再次闡明形式主義對文學史及歷史的看法。他首先說「歷史」只是思想及理論構造出來

39　見 Matejka L. & K. Pomorska, ed., Readings, in *Russian Poetics*, Mit 1971. 編者前言及Erlich 1955, p. 171.

40　Tynyanov J. & R. Jacobson, Problems in the Study of Literature and Language, 收集於Matejka et al., ed.1971.

的，歷史事實亦只是一面現實——一個非常接近近年唯物觀點的說法。「歷史」只是後人生產出來的，不是甚麼眞相的化身，故此，不同理論可生產不同歷史，形式與內容不能分開而談。歷史將生活事實來編選，而小說的情節亦是將原始資料（故事）來編選。虛構文學的藝術，正是人為地將有時間性的故事輯刪為情節。他繼而指出文學演變，並不是直綫的，不似一般人心目中的歷史。不單文學會變，文學研究亦會變，但天眞的研究者卻想追查那決定文學作品的最早因素，即始源研究。文學正如其他特定的秩序，是不能化約看成為另一秩序裏所謂現實的反映。外間事實對文學的決定，不是因果關係，而是依賴、左右、對稱及交流的關係。文學不是沒有歷史因素，而是不能單以後者來解釋。況且，對文學作品最有決定力的，往往正是文學本身的傳統及成規[41]。

這些自辯並未能挽救形式主義思潮。一九二九年後，理論攻擊變成政治壓力，雅克慎移居捷克，艾肯勃姆寂靜，希柯拉夫斯基發表自我批判，說文學系統最終是由經濟過程決定。一九三四年後，社會主義現實主義將形式主義打成布爾喬亞墮落文化。

爾立自評說，只要馬克思主義不變成僵化的教條，形式主義應可以有更好的被聆聽機會，因為後者代表了一種嶄新科學的方法去面對一些極需澄清的問題。

41　Eichenbaum B., *Literary Environment*, 收集於同上。

巴哈田派

二十年代末期，蘇聯的教條主義已漸抬頭，形式主義運動的阻力越來越大，但在這艱難的時代，列寧格勒的馬克思主義符號學者，卻曇花一現的作出了承先啓後的學術貢獻。他們是自覺的馬克思主義者，亦深受形式主義及索緒爾的符號理論所吸引，他們的主導人物是巴哈田。直至近十數年，這個過渡性的思潮，才被新的蘇聯符號學家發掘出來，並逐漸為西方的馬克思主義者重視。

巴哈田以他學生霍洛新諾夫的名義於一九二九年出版了《馬克思主義與語言哲學》一書，坦承馬克思主義關於語言的考慮全無。霍洛新諾夫於是出發建立了一套馬克思主義範疇的理論，但是三十年代之後，霍洛新諾夫這個名字便消失了，由三十年代至五十年代，蘇聯的語言研究，並沒有發展他的見解，反而陷入機械化約主義的死胡同。那時期當權者是政客兼學者的馬爾，視語言為上層建築的形式，是物質基礎的反映。當時蘇聯另一位重要的語言學家是朴李凡諾夫，他曾是形式主義運動OPAJAZ的成員，亦被馬爾派打手逼死，直至五十年代伊凡諾夫令其學說重見天日[42]。很奇怪，在馬爾派教條主義語言學盛極一時的年代，可以提出異議的只有斯大林本人。他的《馬克思主義與語言學》一書，認為語言並非經濟基礎的產物。斯大林的政治政策，強調經濟發展以創造共產主義社會，無論如何解釋都是經濟決定論，而且是完全忽略意識形態的重要

---

42 Matejka L.,S. Shishkoff, M. E. Suino I. R. Titunik, ed., *Readings in Soviet Semiotics*, University of Michigan 1977, p. 2.

性 —— 除了殺戮異己之外。但是斯大林的語言觀卻出奇地並非經濟決定論，而是布爾喬亞人本主義。他對語言作出負面的定義。他說語言不能化約為上層建築，因為民族語言並非一個階級的語言，而是全民的語言。同時，他說語言只是溝通的工具，因此與唯心人本主義的假設相同[43]。如果霍洛新諾夫一九二九年的著作是一次未能實現的高峰，其後近半世紀的馬克思主義語言學則陷入了中世紀。要到了近十數年，霍洛新諾夫的學說才再被提出，威廉斯稱之為「出奇地重要」[44]。

霍洛新諾夫因為沒有馬克思主義語言學前例可援，只有另闢起點。他的想像力始於唯心語言學的荷姆伯特，將語言視為創作，提議語言分析應注意「講者在社交口語的交流時實施的不斷衍變過程」。故此，霍洛新諾夫可說是自覺地作為索緒爾的反證。他常引索緒爾的話並加以駁斥，稱索緒爾思路來自尼布涅茲的共同文法概念及十七、十八世紀的笛卡兒主義及理性主義。他反對將語言視為機械的系統，抨擊那些語言的聲音研究者將某些「記示」看作明白語言及人類心理之鑰。但他亦反對所謂「經驗主義」的研究者，只注意反應學（reflexology），只顧研究動物對外間刺激的反應。

霍洛新諾夫嘗試一方面強調語言及意義生產是一種富創意的積極活動，另方面吸收索緒爾派意義的生產是系統的關係性運作觀點，批判地兼顧唯心語言學及結構語言學。他的做法是堅持實踐與系統同為社會性的實際物質生產。

43　Coward et al., 1977, p. 78–79.

44　Williams R., *Marxism and Literature*, Oxford 1977, p. 35.

這就是他強調的「對話」概念。他同意將語言視為符號系統，他認為在索緒爾的語言學裏，意義完全是依附符號之間的關係，不受客觀社會情況影響，但實際的語言運用裏，同一符號關係在不同社會的處境下，可以有不同意義。他因此認為語言學的對象不應是封閉的語言系統，而應是語言系統的規律怎樣在實際運用時改變了及修飾了。符號的兩面性，因此是：一、符徵與符念的配合；二、實際參與有意義的溝通。在各種符號實踐中，他認為口語言談的符號是最有代表性的：實際說話處境加上講者的社會背景內在地決定了說話的意義及結構。口語符號因此亦是最「純正」及最敏感的社會溝通，可以揭示人及社會「心理」。他說馬克思主義的社會心理學，忽略了口語交流的實際過程，容易加進神秘的唯心概念如「集體靈魂」、「集體內在心理」及「人民精神」等。

口語符號基本上是一種交談行為，參與者一邊是講者或作者，另一邊是聽者或讀者，每個參與者都已是結構化了的社會性個人。口語溝通的基本模式就是「對話」，不單止面對面溝通是對話，其他文化溝通亦可以對話視之。甚至自言自語者所說的話亦每聽似對話。對話是符號對符號的反應──用已明白的符號去明白另一些符號。

對話絕不是唯心語言學所認為的個人決定語言，而是指出符號的兩面性：既屬於相對自主的關係式系統，亦是實踐活動，帶入了外間現實。霍洛新諾夫亦同意語言及各符號系統是相對自主的，它們內在的組織，本身已是一種現實，不能化約為經濟或階級關係。他主要是想建立一些言談的形式類型──言談的類型學,並以社會語言學來解釋

這些類型的出現，例如看看飯後的交談形式如何指示了社會關係。由於言談類型不同，一個字在不同情況有不同意義，故此是「多義」的（polysemanticity）。這點索緒爾的語言學便不能處理。霍洛新諾夫認為，一個符號系統在實際運作時有多種社會趣味，可以用來分析階級社會。語言亦非中性的，亦無固定意義，只是階級鬥爭的場所。

霍洛新諾夫並認為，個人的意識，是由符號模造出來的，反映了符號的邏輯及規律，但個人並非被動者，因為符號真正發生功能時，是一個物質過程，由個人積極地參與，是社會化的。凡符號（sign）都是社會化的，相對於「記示」（signal）。實證主義及行為主義的毛病就是將社會化的符號化約為中性的記示，用機械的模式視之，例如行為主義裏的刺激/反應假設。

不過，說符徵與符念的關係是強定的及因襲化的同時，並不應將這個概念理解為符號是完全獨立於歷史過程外，不應將「強定」當作「偶然」（random）看待。

霍洛新諾夫的「對話」概念，故可說是以「過程」（process）代替了「系統」，以「結構化過程」（structuration）代替了「結構」。但另方面，他的馬克思主義語言學，卻出奇地接近現象學。注重「言談」實踐的文學理論，會偏向了人本主義，忽略了作品的物質性，假設了一種自然透明的「主體間」（intersubjective）關係。霍洛新諾夫對索緒爾的批評，往在很接近現象學者如李歌艾對結構主義的批評，及吉頓斯用他認為介乎科學 識與非意識之間的日常生活「實際意識」（practical consciousness）以補足機械的結構觀。

暫時要注意的是，霍洛新諾夫基本上是為語言學建立

言談類型的類型學，將言談模式的形式比諸它們的社會情景，然後再檢視這些情景表現了甚麼政治或經濟關係。這樣，從每一系統的內在研究，符號學可以轉折地幫助解釋社會形態。從文學研究來說，作品分別屬於某些類型（或稱寫作模式），而每個類型的出現有其歷史社會背景。類型或寫作模式的更替因此可以最終視為階級力量及關係的轉變。這樣，我們才可以發覺，現在一般稱為「文學」的，其實是歐洲近代的「純文學」，只是一種特定的寫作模式。整類寫作模式與其階級背景的研究，以後見於巴爾特的文學批評。暫時我們看看巴哈田自己的文學批評。

霍洛新諾夫的對話，包括講者與聽者的相互關係，「說話」（utterance）的意義，因此是視乎「誰說的」及「為誰說的」兩面。這個「對話」概念，見於巴哈田二九年評論杜斯妥耶夫斯基的著作。

巴哈田放棄傳統風格分析對「獨白」（monologue）的看法。他認為作品有兩種「獨言的說語」（single voiced utterance），一種是作者的聲音，另一種是作品內角色的聲音。作者利用角色的聲音，達到作者的目的，作者可說是將自己的意圖加諸「別人」毫無抗拒能力的說話上：這就是「風格化」及「諧仿」（parody）了，所謂由作者獨白為主導的「同音異形」（homophonic）的結構。但另有一類作品，「別人」的話可以反過來規限作者的獨白，或者說，兩者皆為主動，在這種情況下，作品多會顯示「多音多形」（polyphonic）的結構，作品角色的聲音成為中心，成為對話，而非被動的受作者獨白所擺佈。這就是杜斯妥耶夫斯基的多音多形藝術了。巴哈田可說改變了風格研

究的對象，將注意力放在了言語構成的動態系統[45]。

托鐸洛夫稱巴哈田的論杜斯妥耶夫斯基，「無可疑問地是詩學領域其中最重要」的成就。論者並認為他的見解類似後來的沙特。巴哈田說：「對自我的認識，是從別人對其認識的背景中，不斷察覺自我，『是為我』相輔於『我為他』」。與愛因斯坦以後的科學相似，巴哈田眼中的杜斯妥耶夫斯基，是沒有「擁有特權的旁觀者」，只有多元化的「參照架構」（frame of reference）——現實沒有中心，對「一個單一現實的科學描繪，可以及必須是多元化的」。因此論者並指出巴哈田與東方哲學的接近。

杜斯妥耶夫斯基的思想，永遠是對話式的思想，包括自覺英雄的內心對話。巴哈田說杜斯妥耶夫斯基小說裏，個別思想與其內在系統是不能分開的。杜斯妥耶夫斯基心目中有一群體感，一個是由有智慧的人組成的世界，作者即以一個理想的人或耶穌的角度，去為各意識形態找答案。各人物說話時，好像是有另一人物在作出反應，說話因此包含了它假想的聽眾，亦因此所有說話，只有在明白了說話背後的關係後，才真正有意義。伊凡諾夫因此說巴哈田指出了杜斯妥耶夫斯基的共時性，巴哈田所謂的「杜斯妥耶夫斯基藝術觀的基本範疇，不是「將然」（becoming），而是「共存」（coexistence）及「相互影響」（interaction）。

一九三八年，巴哈田說長篇小說（novel）的藝術類型，是「時間層次的革命」：史詩的價值是過去，小說則是

---

45 Titunik I., The Formal and Sociological Method in Russian Theory and Study of Literature, 收集於 *Volosinovv., Marxism and Philosophy of Language*, Seminar 1973.

「不完整的現在」。這個類型學觀點，表現在對文藝復興期文學的研究，比諸中古與現代的過渡，這就是一九四〇年對勒貝雷著作裏嘉年華文化（carnival culture）的研究。

嘉年華文化是中世紀時民間的市集俗文化，特色是「笑話」，表現在民間儀式及慶典裏，是相對於神權社會的官方文化。勒貝雷的著作，就是這種嘉年華文化的文體。巴哈田認為這樣的文體，是對主流的官方意識形態的搗亂，有着一種「刷新」（renewal）的效能。巴哈田的看法，在二十年後由結構人類學家李區所證實。李區認為在嘉年華慶典裏，個人將自己的「社會性」及官式地位隱藏了，正統生活的形式化規律被遺忘了。嘉年華因此是僵化的神權社會的一種解放。

勒貝雷的嘉年華文體，出現於中世紀與現代更替的文藝復興時期，一方面本來被壓抑的民間文化被抬了出來，顛覆中世紀的官方意識形態，另方面預告了以後一種新的寫作模式，即今天歐洲正統的「純文學」寫作（belles-letters）。嘉年華會文體崇尚人本主義，抗衡着中世紀的神權，並接近了近代歐洲文體。這種看法顯示了每種寫作模式的出現，是歷史的產品。現在，我們每將當代歐洲文學，特別是小說，看成了文學本身或文學的模範，但巴哈田的歷史詩學指出，當代歐洲文學，亦只是一種特定的寫作模式，所謂文學，並沒有獨立固立的本質性範疇，只是歷史性範疇。此外，人本主義文學在文藝復興時期的進步效能，未必可以搬到今天。中世紀的民間幽默，對官方意識形態是威脅，但到了十七八世紀布爾喬亞勢力及君主制度穩定下來之時，幽默便不再是社會威脅，只就是幽默而

已。故此，作品的功能及效果，不是固定的，而是視乎它在每個時代文學系統內所佔的位置。

論者稱說巴哈田論勒貝雷是「巴哈田創作性發展的新階段」，關注的不單是口語說話的符號運作，並比較了口語、圖畫、動作等符號系統，視各文化為多形式的符號系統，將作品放置在豐富繁複的中世紀及文藝復興文化背景裏面。巴哈田論杜斯妥耶夫斯基與勒貝雷，涉及了一、對話與獨白的關係及講者與聽者的關注；二、作品與類型之間的因襲性（conventionality）；三、類型的變更。

巴哈田的兩本文學批評，已為世所推頌。伊凡諾夫說他「遠比他的時代先進」，將他論勒貝雷看作列維斯特勞斯的神話學的同時代心態，並認為對近年蘇聯符號學的超語言（第二重）符號模式系統的理論有重大貢獻。伊凡諾夫並說，巴哈田式的將不同文化來作比較，應該是理解個別文化的基礎工夫。論者因此說這位符號學的俄羅斯先驅，是嘗試為「馬克思主義意識形態研究」找尋新的根據。[46]

西方的馬克思主義者到了近年才注意到巴哈田派的成就，而在蘇聯提出霍洛新諾夫的名字仍是冒險。這個慘痛的現象之所以特別慘痛，是因為巴哈田派是自覺及誠實的馬克思主義學者。巴哈田曾以他學生梅維迪夫的名義說：「我們相信，馬克思主義科學應該感激形式主義者，感激的原因是因為形式主義者的理論能夠好好的建立起來，成為被認真批評的對象，而在這個過程中，馬克思主義文學學問的基礎得以澄清，並應變成更堅強。任何幼嫩的科

---

46 Ivanov V., The Significance of M. M. Baxtin's Ideas on Sign, Utterance and Dialogue for Modern Semiotics, 收集於 Baran H., ed., *Semiotics and Structuralism: Reading from the Soviet Union*, International Arts and Science 1974.

學 —— 馬克思主義文學學問是非常幼嫩的 —— 都應器重優秀的對手多於拙劣的同盟」。

巴哈田派不同於俄國形式主義之處有二：一、巴哈田並非單單關注「文學性」；二、不同雅克慎及索緒爾，巴哈田一開始就抗拒任何非歷史及系統化的語言模式。這二點使巴哈田派比俄國形式主義更接近歐陸的所謂「續結構主義」[47]。

捷克結構主義及閱讀

雅克慎移居捷克後，匯同馬狄司爾士及杜培治克艾等布拉格語言學派同人，繼續發展語言學。其後，雅克慎再移居美國協助美東的語言學發展。這位對蘇聯、捷克及美國語言學有重大貢獻的學者，終於六十年代應伊凡諾夫邀請重訪蘇聯。至於他在美國時對列維斯特勞斯的影響，將不是本節的範圍。

索緒爾、俄國形式主義、布拉格學派，加上了現象學的胡塞爾及恩格登等，催生了捷克結構主義，其中最著名者為穆可羅夫斯基。

依照爾立自等的看法，捷克結構主義拓展了俄國形式主義的幅度，將詩學看成符號學一部份，而不是語言學的一部份，加進了結構或系統的觀念，「使單純形式主義讓位給了結構主義」[48]。

---

47 Hall J., *Mikhail Bakhtin and the Critique of Systematicity*, University of Hong Kong 1981,未刊登的影印稿。

48 Erlich 1955, p. 132.

雅克慎曾界定詩化語言是語言的美藝功能掩蓋了實用功能。不過，有美藝功能的語言形式不單止是詩，而詩亦不全是美藝功能，詩也有社會功能等等。故此，單元美藝主義（崇拜藝術，為藝術而藝術）及多元機械化約主義（視藝術為文化、社會等的副產品，為人生或為政治而藝術），同樣有所偏頗。藝術作品只不過是將美藝功能放在「主導」（dominance）的地位，而將其他功能放在較不矚目但卻不一定是低微的地位。

穆可羅夫斯基進一步將「主導」概念變成動態的。他採用了因亞諾夫的見解，並不孤立地看作品及文學。作品的評價是與社會的轉變有關的，當接受作品的文化社會變了，對作品的解釋及評價亦會不同。同一件作品，在不同的接收情況下變成了不同的美藝對象。

沒有一件東西可稱永遠擁有美藝功能，沒有一件東西可以超越時間、空間及接收情況。同時，另一件東西，卻可能因上列因素的轉變，而有了美藝功能。現在被認為是「藝術」的東西，擁有的美藝功能，是可以被削弱、掩蓋、忘記或破壞的。同樣地，暫時被認為「非藝術」的東西，例如裝飾工藝、社交儀態、食品準備等，可能因時移勢遷而有了美藝功能。故此美藝功能不是那東西的真正特質，美藝功能是在特定社會情況下出現的[49]。藝術因此不是甚麼先決地超越的東西，只不過是在某情況下，它的美藝功能掩蓋了其他功能。

一件作品，因此可有多個解釋及評價。作品有兩面：製成品（artefact）及美藝對象（aesthetic object）。製成品是固

49　Williams 1977, p. 152–154.

定的，只有一個，但批評及鑑賞的對象 —— 美藝對象 ——
卻未必一樣。這樣說，一件製成品如果不為人知，那些它
底美藝價值亦不存在。

　　穆可羅夫斯基並將「結構」視為結構化的過程而不是
靜態的固定關係。他沿用因亞諾夫及雅克慎的看法，指出
文學系統的轉變，是受其他系統所影響的，故此單從文學
史的內部變化，是解釋不了為甚麼系統的演變會在紛紜方
向中走向一個特定的方向。

　　穆可羅夫斯基的結構主義，深受現象學的影響。如果
每一代要對以往的作品重新評價，那就涉及詮釋學的問題
了。以往及不同文化的延續與闡釋，傳統與詮釋，昨天的
意義與其對今天的重要性，都可以說是一種過程。換個角
度看，今天的文學研究者，怎樣去解釋及評價以往作品呢
（不要忘記研究者本身亦非中性）？以往的作品又怎樣替今
天的讀者生產意義呢？接收（reception）的問題，因此成為文
學研究的對象。

　　爾斯拉說，文學作品，只有在「被閱讀」時，才能
產生效能及反應，故此效能及反應既非作品亦非讀者的特
性，而是閱讀過程的效果。作品只是代表了潛在的效能，
閱讀過程則將之實現。讀者必須從作品裏，自己去堆砌出
意義。爾斯拉稱這樣的過程為「反複創作的辯證法」（re-
creative dialectics）。單單追求作品的「真正」意義故此是徒
勞無功的，作品並非外間現實的直接等同，作品內的意義
亦有很大程度的「不確定性」（indeterminacy），用不同的
文化眼光去讀它，當然有不同的意義。作品故此是開放的，
只有通過閱讀過程，作品才算完成 —— 從每一讀者的角度，

「不確定性」消失了，產生了看似確定的意義。讀者將作品拆散，然後用自己的想像去重組作品的意義。作品因此並不代表先存的現象，而是帶進一個以前不存在的新現實。

現時一般所說的「接收美學」（aesthetics of reception）的理論，分別是從歷史學、詮釋學及結構主義裏找合用的概念。佛克馬等指出，學者如舒雅斯嘗試聯合接收理論與知識社會學。他的觀點來源很多，包括李法台爾行為主義的「超級讀者」概念，貝格及勒克曼現象學的知識社會學，李歌艾的詮釋學，以至賀伯漠斯與蓋德瑪爾著名的關於傳統的辯論[50]。接牧研究所用的觀點，是謹慎的折衷主義，這其實頗為反映人文科學近年的一般趨勢：詮釋學、符號學、語言學，加上結構主義、馬克思主義、現象學及維根斯坦的後期語言哲學，又走在一起互相衝擊[51]。

結構主義者大抵都應對作品的接收研究感到興趣。由因亞諾夫、巴哈田及霍洛新諾夫、雅克慎以至穆可羅夫斯基，文學研究的對象已不是作品內在關係或孤立系統，而是涉及作品、文學系統及非文學系統的相互關係。巴爾特有作者已死之論，德利達雖不注意閱讀研究，但卻否定了作品可以有任何先驗意義，克麗斯第瓦則注重主體的社會位置性如何為作品所搗亂。

亞爾杜塞爾派亦有反複生產及作品的生產要到消耗的時刻才告完成的觀念。已格頓提出，所謂文學性的閱讀，其實只是其中一種閱讀模式而已，使那被閱讀的論述，亦

50　Fokkema D. W. & E. Kunne-Ibsch, *Theories of Literature in the Twentieth Century*, C. Hurst 1977, p. 174–179.
51　Giddens 1979, p. 234.

不單純地只有字面指謂的意思。既然閱讀是意識形態的實踐，閱讀可說亦是階級鬥爭[52]。

大致上，近年西方文學研究的重點，由作者的一端，慢慢擴散去讀者的一端。

不過，現階段接收理論，仍很雛型。它固然可將作品從作者權威中解放出來，讓讀者參與多重意義的生產，但有時接收理論卻界定了一種理想讀者，以為是作品的最佳接收者，結果又陷入了限制作品意義的老路[53]。

蘇聯符號學

俄羅斯的符號研究，到斯大林時代幾乎停頓了。官方教條主義將馬克思主義及學術討論規限在狹窄的範圍內，窒息了形式主義者開創的批評思想。三十年代巴哈田試圖以馬克思主義名義處理索緒爾的符號學，但亦受到阻攔。到了五十年代中，赫魯曉夫上台，學術管制稍為放鬆。俄國形式主義的部份著作得到印行。這時蘇聯官方強調迎頭趕上西方科技，許多新的思潮及研究才得以在這大前題之下出現，蘇聯新的結構符號學運動亦從而在不斷受攻擊的情況下冒現。近年，官方管制又再加強，不過蘇聯符號學已為全世界所注重，成為真正有影響力的思潮。

五十年代的科技競賽，特別是電腦的發展，是需要有現代科學觀念的。其中，符號學、現代邏輯學及結構語言學的發展不可忽略，官方人士唯有將學術討論的界線放

52　Eagleton, Social Text 1979.

53　Belsey C., *Critical Practice*, Methuen 1980, p. 29.

寬。官方人士明白到現代觀念可以幫助工業生產、社會控制及戰爭準備。溫納爾的「控制論」（cybernetics)及尚能的訊息理論都能夠順利地介紹給蘇聯的知識份子。故此，蘇聯符號學借控制論及訊息理論的討論而得以復活，同時亦因為對控制論及訊息理論的掌握，使蘇聯符號學有別於西方的符號學及結構主義研究，成為獨特的思潮。

順理成章，該思潮最初的關注對象是實用的：機械翻譯（自動語言過程)。但要做到這點，卻先得發展語言理論及形式模式；此外，翻譯更需要顧到語言與其他符號系統的關係，即語意(semantic)的問題。這樣一來，不單止傳統的歷史比較語言學及西方的結構轉化語言學有了共同基礎，並預告了將來的研究，包括各符號系統及文化符碼的探討。蘇聯符號學因此可算是「現代化」的禮物。

但蘇聯符號學的發展，到了最近的十年，已在多方面超過了西方，麥第卡所說的「世界思潮最前綫的一個強力現象」[54]。部份歸功該思潮裏出現了特殊優秀的學者及學生。伊凡諾夫是五十年代改進蘇聯學術氣候的功臣。他敢於在教條主義氣候下擁抱西方學術成就。五七年時，他譯寫了流亡美國的雅克慎的一篇文章，將雅克慎對索緒爾的闡釋及兩個重要概念，「符碼」及「消息」介紹入蘇聯，對啓蒙中的蘇聯符號學有着「深邃的衝擊」。科學院的斯拉夫及巴爾幹研究學院成為中心，聚集着著名學者如伊凡諾夫、括普洛夫、李夫辛等，通過了研究會及講課，並吸引了其他名學者如莫斯科國家大學的尤斯班斯基、以及索戈夫斯基，斯各洛夫，梅爾乞克，雅迪戈斯基，史高及梅拉克等。

---

54 Matejka et al., 1977, p. ix.

到了一九六四年，泰杜（Tartu）大學舉辦首屆「夏令班」。這是該思潮的重要日子，出現了更嚴謹的組織及方向，創刊了自己的學刊《符號系統的著作》（TRUDY），並加入了著名的泰杜俄國文學教授洛特曼。此後該思潮亦被稱為莫斯科及泰杜學派。研究的範圍至為廣闊，由基本認識論，以至語言學、文學、視覺藝術、音樂、電影、民俗學、人類學以至幾乎任何文化現象[55]。例如在民間故事的研究中，同時代的形式主義者普樂樸及列維斯特勞斯的一些見解都為該思潮批判地吸收了。該思潮開始時，試圖以精密科學的態度治理傳統人文的學科，在「科學樂觀主義」的影響下，着重建立「系統的系統」，帶有形式化及化約主義的傾向，雖然這可能正是該思潮能夠在短期內取得重大學術成就的一個原因[56]。到了六九至七一年洛特曼與尤斯班斯基承先啓後地開展了「文化」的符號理論，成為該思潮近年的重點。蘇聯符號學因此不單繼承了俄國形式主義的傳統，並與其他現代思潮有着建設性的對話。

洛特曼可說是形式主義的承繼者，他批判地借用了希柯拉夫斯基的「機設」兩字，發展了布力克及因亞諾夫對文學與非文學系統關係的注重，並沿用了巴哈田的見解——文化領域裏不可能清楚的分開形式與意義，追隨着穆可羅夫斯基對文化與藝術關係的興趣及雅克慎對「不說」的研究。不用說，洛特曼還加入了其他現代思路如訊息理論。同時，洛特曼發展了接收理論，認為閱

---

55 Eimermacher K. & S. Shishkoff,Ed.,*Subject Bibliography of Soviet Semiotics*, The Moscow-Tartu School, University of Michigan 1977, 前言。

56 Matejka et al., 1977, xii–xv.

讀規律的改變，引出了作品內本 來不矚目的意義[57]。

以下的簡述，是介紹洛特曼重要的「第二重模式系統」的概念。

語言是「基本模式系統」（primary modeling system），而詩化語言或文藝化語言（belletristic）及其他藝術形式是「第二重模式系統」（secondary modeling system），是加諸「基本模式系統」之上的系統。文學作品處於文字第二重模式系統內。

非文藝化的文字作品，我們只是用一種符碼就可以解釋的了。但文學及藝術是以一個或多個其他符碼去混和那基本符碼的。「多系統化」是藝術的特徵，這是文藝可以防止日常視野變成慣動化的原因。

日常用語裏，聽者可以慣動化地接受消息。但在多系統化的藝術語言裏，是有許多層面的意義的，不單是字面意義，並有美藝、意識形態或文化意義。藝術語言的符碼與消息、形式與內容因此分不開。一件文藝作品的訊息，是只能在該等文字組織的情況下才可表達出來的。多系統化的藝術語言，因此亦比日常用語帶有更多訊息。在訊息理論裏，訊息是選擇（Choice）多寡的一個函數。每一系統，是只可能出現有限的選擇。兩個系統同時運作在一件作品上，很明顯會增加選擇的數量，因此可盛載更多的訊息。同等長短的作品，文藝性的會比非文藝性的有更多訊息。這裏，訊息固然不是單指作品的詞句上意義，而可說是包括所有作品內做成對讀者衝力的因素。與許多其他現代批評者（如托鐸洛夫）不同，洛特曼並提議了評價作品的標

57　Isler W., *The Act of Reading*, John Hopkins 1978, p. 231.

準——「美麗就是訊息」。一首壞的詩，訊息不足，沒有出人意表之處；一首好的詩則帶有更多訊息，而且不能預料其發展。

其中一個增加訊息的方法是負面的，就是故意避開主流形式的一些慣見機設。洛特曼稱這種負面態度為「減號機設」（Minus-Device）。例如每當某些文藝類型過份精巧及造作時，比較原始的作品反使人喜悅。對文學批評來說，作品所說的與不說的，因此都要注意。

洛特曼的方法，是一種謹慎的折衷主義，但卻可視為到現時為止「文學結構主義」的最廣闊的說明。

洛特曼的學說，若受到更詳細的介紹，應該引起中文知識界的興趣。蘇聯的學術界氣氛不同西方，官方意識形態與學術的討論之間的界綫不穩定，洛特曼及同僚，是在這樣的情況下發展世界重視的符號學，其過程本身對知識社會學來說已頗值得留意。其次，東歐學術界與今天的中文知識界相似，有很深的歷史研究偏向，就算是俄國形式主義者，亦要考慮歷史及社會與文學轉變的關係，雅克慎及因亞諾夫二八年的自辯是例子。故此，當西方結構主義令順時性及歷史性的研究一時失色的時候，蘇聯符號學反強調了順時研究，洛特曼的學說即是 能結合結構與歷史。中文知識界想補足本身過濫的歷史觀，引進了西方結構觀，洛特曼近期的發展可供借鏡。此外，近年洛特曼及尤斯班斯基的野心是發展「文化」符號學，對文化作歷史符號研究。「文化」有如「歷史」，都是今天中文知識界心愛的名詞，中國文化的承繼及延續（反複生產），更可說是第一位受關注的命題，洛特曼的文化理論，或許可以對現

下混雜的中國文化討論提供一些思考的基礎。蘇聯文化符號學的長足發展正好對比了我們的拒絕長大。

中國近代知識傳統頗受俄國影響，譬如兩者皆認為文學是一個時代價值的乘載者。蘇聯符號學初復甦的時候，曾帶有機械化約的傾向，但在六十年代後期已矯正了這點，例如洛特曼強調作品與讀者期望的關係，並發展了相同美學（aesthetics of identity）及相異美學（aesthetics of contrast）之說。後來他更說所有符號系統皆存在於「文化」裏，雖然他所說的文化未必如我們一般所謂的文化，但蘇聯符號學着實由注重靜態系統發展至注重產生符號系統的大背景。

洛特曼有以下提議：

一、文化應界定為人類的生產、交換及保存訊息的活動，可用整體性的系統觀念視之，內分多種個別系統；

二、這些系統之間的相互關係，及與整體的關係，是研究對象；

三、文化必須結合非文化一起研究；

四、各個別系統及各文化，在分類後可用不同的標準來研究；

五、文化的進化動力亦應包括在研究裏[58]。

文學研究只是文化研究的一部份（這點我喜歡聽），但洛特曼緊接着說文化又只是非文化世界的一部份。

文化是符號化的、系統化的、組織化的、充滿訊息的；文化是集體記憶。非文化是混亂的、傾向不規則的（en-

58　見A. Shukman, Lotman: *The Dialectic of Semiotician.* 收集於 R. W. Bailey, L. Matejka, P. Steiner, Ed., *The Sign*, University of Michigan 1978.

tropy）；非文化是「遺忘」。轉變來自文化與非文化關係。

洛特曼已理論化了文化轉變，並解釋甚麼叫文化的失落——「非溝通」（non-communication）。任何溝通，發訊者及收訊者的符碼必有相同之點，但很少會完全一致（完全溝通）。不完整的溝通——符碼有所差別——是難免的，這不單止促使一個系統內有多樣化解釋，而且根本就是文化進化的機能。任何文化，必一面傾向組織化，建立統一的後設語言，消除內部矛盾。但同時卻一面傾向分化。如果前者成功了，溝通已不需要，如果後者佔了主導，溝通已不可能[59]。是甚麼推動文化呢——不論是走向組織或走向分解？洛特曼提出三點：

一、非文化及非系統介入了文化及系統，造成衝擊。這點俄國形式主義者亦提出過，例如低微或邊緣性的現象取代了原是正統及中心的現象，創造了新潮。

二、文化內每一系統，會慢慢偏向自主，抵消文化整體的集權性。到了極端，則出現「文化精神分裂」，產生敵對性的自主系統，如巴比爾之後的人類語言，互不溝通。另一極端則是文化過度統一，中央集權，至出現萎縮（atrophy）。任何仍有生機的文化皆見到這兩傾向的此消彼長。

三、符碼各異，溝通不完全，逼使收訊者自作創造性的解釋及重整，因此出現新形態。情況有點似翻譯，既要存真，又明知無望，故此只得借用隱喻及各種映射。洛特曼認為，明知不能翻譯的，卻偏要去翻譯，是創新的機能。

洛特曼並有許多描述性的分類概念：文化有邁向「終

59　這裏，洛特曼已指出溝通過程，不能化約為雅克慎的六個功能,見下章論雅克慎部份。

結」的，有邁向「開始」的；有注重象徵的（如中世紀），有反象徵的（如啓蒙時代）；有字構型的（封閉的、集中化及組織化的），有事構型的（開放的、歷史主義的）；有近「符體的」（注重表達）[60]，有近「符碼的」（注重內容）；有重視神話的，有重視科學的……這些概念，只是為了方便討論開展而設（heuristic）。

4

結構及系統思維

　　封邑領主制社會的主導意識形態是神，布爾喬亞意識形態的基本假設是：人。不論是個人的還是群體的，人被視為是一切的量度標準。人是社會組織的推動力兼且是目標，一切為了實現人的先存本質及潛力。人有所謂人性本質，先驗地存在，可以超越身處社會的限制，並且可以此運作社會。本質可能是潛伏的或顯露的，但其存在及不變無可置疑。人既有「本質」，那麼本質一定是在人進入社會關係之前已經存在的了，換句話說，人的本質是先驗的、超越的（transcendental）。布爾喬亞意識形態的特點，就是將社會看成為由一群自由自決的個人所組成。決定個人在社會的「命運」的，是一些本質性的個人先天特性，如「天份」、「能幹」、「懶惰」、「淫賤」……人本主義因此與唯物主義有着不同的起點，後者認為個人性（主體），是由他/她所佔的社會特殊的意識形態位置所生產出

60　符體即Text，見下章。

來的。這裏要強調的是，唯物主義並不是庸俗集體主義所謂的整體高於個體，而是指出個人主體的形成是有社會性的。沒有一個人可以不受社會模造，正如沒有一個人不存有「非意識」（unconscious）：「非意識」亦是社會地生產出來的。自由個人的假設，基本上不能成立，更不能用作解釋社會運行的基本範疇。

配合著人本主義的，是一種玄想的歷史觀，將歷史看成有目標及有注定方向。換句話說，歷史被看成有本質的物件——將歷史「物化」了。實踐的社會時空活動，被解釋化約為某本質的逐步自我呈現：那本質可能是上帝、精神或「人」，而歷史過程只是那本質的表達。人本主義否定了神學的上帝，但仍視「人」為歷史中心。

至於語言及符號表現系統，則引申而言只是工具：是完整有本質的個人，將先存在他/她之內的「意義」及「訊息」，傳遞給另一些完整個人的一種工具。意義被視為先於語言及符號實踐而存在於個人裏，意義可以脫離它底表現工具而獨立存在。語言只是傳遞意義及訊息的媒介，本身是中性及透明的。

沿用以上假設的人文科學，往往偏向歷史主義及經驗主義，更擺脫不了本質主義。

反本質主義的學問，必須建立在另一套假定問題範圍上。馬克思的成熟期學說、佛洛依德的心理分析、杜幹的社會理論[61]，即非個人為中心，而是將學說中人的地位非中心化了。

---

61 杜幹常被認為是經驗主義社會科學的始祖之一，但這是因為後人忽略了他的「結構主義」及「康德主義」的一面。與摩斯合著 *Primitive Classification* 裏，他並不如功能學派般認為「分類」是先存於社會現實

近年的反人本主義思潮，往往被統稱為「結構主義」（structuralism）。不過，較準確的稱呼應該是「續索緒爾」（post-Saussurean）思潮，因為濫觴於 一九〇七年至一九一一年之間索緒爾講課裏的結構語言學。

結構語言學（structural linguistics）的研究對象，是「語言」這個相對自主範疇的內在規律：各語言符號之間的關係。結構語言學並無意去關注所謂語言的問題，例如一個字的發音轉變，或某些語句的社會性起源等等。作為科學，語言學是要界定自己的研究對象，並且不能等同於我們日常的語言活動。

既然語言的內在關係值得研究，那麼其他的質踐範圍，特別是各種符號表現系統，可能亦值得以結構觀點來檢視。後來法國古典結構主義的代表人物列維斯特勞斯即以這樣的角度去研究神話、圖騰、宗親關係等等。

索緒爾

索緒爾時代的語言學主流是所謂「新文法派」（neo-grammarian）。在古典思想裏，語言被認為是由固定不變的規律所控制，與邏輯相似，有着肯定的「文法」，用者只能跟隨不能改變。到了浪漫主義時期，動態代替靜態，語言的轉變受到注意，但當時強調的是發音、字義、甚至某種語言體系在歷史上的變化，他們用來代替「文法」研究

裏，他相信社會只不過提供了一些「範疇」使人類可以去想像及分類世界，但歸根結底分類是人為的，後來列維斯勞斯說結構人類學可塑源至杜幹，見Hall, 收集於 Schwarz Ed. 1978.

的「語文學」（philology）因此主要是語文的歷史研究。再進一步，語文的歷史變化，被認為有一定的規律，遂成「新文法派」，着意記錄及制定語文各方面演變的規律。當時的語文學家認為，凡不是歷史語文學，就不能算是科學的語言學[62]。

索緒爾的結構語言學則在研究對象上有別於新文法派。他認為新文法派從未科學地嘗試界定研究對象的性質。在不可勝數的語言現象裏，語言學必須有自己的理論對象，才可算是科學。新文法派注重語文的歷史發展，但卻忽略了語文研究的另一重要層面：語文系統的運作規律。語言歷史研究，不能達到語言學最重要的知識——語言是如何運作的，意義是如何生產出來的。歷史語言學的對象只是個別語言事實的起源及演變，它的所謂歷史規律，必然是地區性及短期的。舉例說，就算歷史研究可以掌握到字音的演變規律，亦解答不了，為甚麼在每一個時刻，言談都能產生意義。要解答這個問題，就必須從語言的系統內在關係說起。一個語文單位的功能及價值，它所產生的意義，決定於它與同系統內其他單位的關係。我們甚至可以引申說，不論語文單位是否分分秒秒在變動，系統本身仍然是分分秒秒「完整」的。

索緒爾可說是肯定了語言的物質性，不再將語言看作中性的媒介。語言是有自己的含意構成規律的。既然對語言可以有這樣的理解，其他社會活動亦可以作同樣的理解——可以用語言分析作為榜樣。語言及其他社會意識形態表現系統都不是中性的，而是先於個人存在的物質系

62　Jameson 1972, p. 5.

統，並且對個人有重大影響。是它們生產出個人主體，而不是先有了自洽的主體才用它們作為表達媒介。語言的唯物分析，使到主體也可被唯物地看作生產過程。所以，是存在決定意識，不是意識決定存在。個人並非建立社會的基本單位，正如原子不是物質的基本單位。我們的注意力，應放在「關係」上，而不是「單位」上。

這些概括，未必是索緒爾說的，但可以從他的符號哲學裏引申出來。暫時，我們要先熟習幾個下文會不斷出現的概念，簡述如下：

平常所謂的「語言」一詞，是指英語、華語等，或指人類這種特殊技能的一切。前者是歷史研究的對象，後者則太籠統，皆非結構語言學的對象。語言學的對象是「語言系統」。索緒爾分辨開「語言系統」（lanque）與「言談」（parole）。日常的「言談」，變化多端，每個情況都有特殊性，而且是個人實踐，很難作科學研究，故只可以將研究對象界定為「語言系統」——「言談」只是「語言系統」的個別實踐。「語言系統」提供語言的可能性，個別「言談」因而有意義。「語言系統」是有秩序的符號系統，「言談」只是「多元化的混體」。「語言系統」是「系統」，「言談」只是個人的口述或書寫個例。「語言系統」是社會的，「言談」是個人的，前者是「基幹」，後者是「偶合」。語言學的對象只是「語言系統」，不是日常言談。換句話說，「言談」是「語言系統」的實踐，但後者才是科學的對象。

索緒爾沒有用上「結構」（structure），只說了「系統」（system），但他實際上為以後所謂的「結構」提供了初步的

概念。我們可以說「言談」的「結構」是「語言系統」，但我們不要忘記，「語言系統」只是分析者自己製造出來的科學對象，並非甚麼五官可以感覺到的物體，正如物理學規律並非實質地存在於宇宙某處。「語言系統」——正如所謂「結構」——是思想範疇，只是概念上存在。它的物質性，或者說它的實現，就是個別的「言談」。「結構」並無獨立存在，只是等同它的效能。換句話說，「言談」並非語言學對象，「語言系統」則是，但任何語言系統的唯一物質性，就是當它實現在「言談」的時候。「中文」語言系統本身並非實質地存在，但它提供給個人使用者無窮的「言談」潛力，「中文」只有在個別中文言談時才實現。不明白語言系統者，便無法作「言談」。

文學的情況亦然，個別作品或語句（言談），如果抽離了它所處的文學「系統」，便沒了意義[63]。

跟着，我們要看看分析「語言系統」的方法。語言的基本組織是「符號」（sign）。以往本質主義反映主義的假設是，每個符號一定有一件外間世界的等同物，要研究的當然只是外間等同物如何決定那符號。歷史語言學即用這樣的假設。索緒爾的大膽之處，是他宣稱符號與它代表的事物的關係，完全是強定的（arbitrary），不是科學考慮的對象：語言學只是檢看各符號之間的關係。

符號不是某外間事物的反映——這是石破天驚的見解。索緒爾更大膽指出一個符號的兩面，一邊是聲音／映象，叫做符徵（signifier），另一邊是該符徵在個人腦中產生的概念、影像或意義，叫做符念（signified）。符徵與符念

63　Scholes 1974, p. 14–15.

同時組成一個符號，無先後之分，拆開而論就不能產生意義，但是某符徵與某符念之所以能夠成為某一個符號，完全是因襲性的（conventional），故此亦是「強定的」。「強定的」因此只是指符號裏的符徵與符念的關係。譬如英文「貓」（cat）一字，符徵包括了k-a-t的音響及cat的字形，而符念則是關於一隻「貓」的概念。符徵與符念共同組成「貓」的符號；換了法文，「貓」一字的符徵是chat或chatte，雖然加強了性別，符念仍是一樣。又例如中文的「樹」、英文的「tree」、拉丁文的「arbor」，符徵各異，符念相同。故此符號的符徵與符念的關係是約定俗成的，是強定的，沒有特定符徵先存地必須配給某符念。就算是故意模仿自然聲響的「擬聲」符號（onomatopoeia），在各語言裏仍有差別，有着不同風格化及因襲化的用法。「擬聲」在符號系統內自成一體系，是例外不是常則，更顯出大部份符號的強定性。符號是將特定符徵與符念強定地揉為一體。不同語言的存在，證明了符徵與符念的關係是強定的。考拉爾說，如果語言只是某些世界性固定概念的紀錄，那麼翻譯就不成問題了[64]。事實上，每個語言系統不但有不同的符徵，更有不同的符念。正因為符徵與現實無必然先決關係，故此可以反過來決定現實。顏色系統就是最好例子：顏色是連續體，每個語言體系可對之作出不同的分類，而且是分之不盡。譬如說黃色，其實有許多許多種黃色，但永遠不可能對黃色作出全面的界定，因為黃色是個連續體，分之不盡。每一語言系統，都用自己發明出來的名詞指涉黃色這概念，但這種名稱分配，只是人為因襲

64　Culler J., *Saussure*, Fontana 1979, p. 21.

性的，並不表示現實（黃色）真的有一件物件可以用一個名詞完滿地代表了。甚至，「黃色」一詞，本身亦無「內容」或外間現實的等同物，無所謂「真正」的黃色，它的意義，是建立在它與其他顏色字的關係上。

符徵與符念的關係是強定的，不過，個人使用符號時，卻不由自己隨意強定地選擇，個人只可以沿用建立了的符號，否則無人會明白你。這裏暫且不談創新符號的問題，只重覆索緒爾認為無可爭辯的一點：符徵與符念的關係是強定及因襲性的。

如果「強定」的意思是語言有物質性，不可視為某類現實的反映，那麼的確是無可爭論。問題是索緒爾將符號的兩面（符徵與符念）之所以是這樣的符徵、這樣的符念，看成「強定」，則難免有混亂之處。班汎湼斯特指出，所謂符徵與符念的強定，其實只是指符徵（聲音/映象）與現實的強定關係。索緒爾的符徵及符念，其實擺脫不了「第三個名詞」：物自體[65]。符念與物自體的分別很含糊。他在其他引申「強定」概念的例子裏，都只是注重「符徵」。索緒爾所說的因此只是：符徵（符號）與客觀世界的關係是因襲性、強定及無動機的（unmotivated）。

「強定」問題暫這樣解決，符徵之間的關係產生意義，符徵因此亦是語言學及以後符號學研究的對象。

語言符號之所以有意義，是因為各符徵之間的「分別」（difference）。在語言系統內，每個符號的身份是建立在與其他符號的對立或「分別」之上，而不是各自有「內在的內容」。英文字母「T」，可以有無窮的寫法，及可以

65　Benveniste E., *Problems in General Linguistics*, University of Miami 1971, p. 44.

用不同的工具去寫，發音上亦可以有差別，但它的身份，只要不與其他字母混淆（例如讀了「D」），便仍然明確，因為「T」的身份，並非依賴外間現實，而是來自字母系統裏各字母的「分別」。嚴格地說，我們日常碰到的「T」字母，聲音及形狀不可能是相同的，但我們仍然認得出它，這是因為它與其他字母有分別。聲音可以不同、形狀可以不同，但符念仍然一樣。

索緒爾另一著名例子是「八時廿五分日內瓦至巴黎快車」，這班車的職員、乘客以及火車可以不同，甚至可以遲到或早到，但只要它不與其他班車掉亂了，我們仍然認得出那是「八時廿五分日內瓦至巴黎快車」。

引申而言，「分別」產生意義，而語言系統從一個角度看亦是「自足自給」的：語言單位的身份「完全」是來自單位之間的界綫。而且，語言系統或符號系統內的所謂「分別」，是一種「沒有正面字眼的分別」（difference without positive terms）：例如沒有「真正」的黃色。每個符徵，可能與許多其他符徵相近，但不會與另一符徵完全相同，而於含意構成（signification）過程中，並與它之前及之後出現的符徵有不同的功能。故此，符徵的身份，是負面地產生的，或者說是從符號與符號之間的關係產生的。

符徵無論是影像（例如文字）還是聲音，往往要在一段時間空間內徐徐出現。語言就有這樣的需要。所有語言有着直綫的性質。文學裏，這接近故事體——說故事的特質[66]。

索緒爾的理論裏有着「時間」的觀念。以住的語言學只注重語言的起源及歷史，索緒爾則以語言內在關係的構

66 Scholes 1974, p. 14.

成，作為研究對象，分辨出兩類分析模式：一是注重語言在某特定時刻的結構狀況，即研究語言系統內在的形式，因為凡是系統及整體的研究，都只可能抓緊某一時空接合點，將時間因素凍結，以研究其內在關係；二是研究語言在實際運作時的表現，即對「言談」的分析。

用索緒爾的字彙，第一類分析模式，是「共時性」的（synchronic），第二種是「順時性」的（diachronic）。語言問題分別是用其中一種分析模式。例如一個字的聲音（符徵），可以共時性地研究，將它與同一語言內其他有關連的符徵一起考慮，亦可以順時性地研究，將它與以前或以後在音韻上或字形上有關連的符徵一起考慮。無論哪一種分析，都否定了十九世紀流行的原子論歷史主義語言學。在結構語言學眼中，語言系統只有變化，沒有「進」化。

索緒爾強調共時性與順時性是互相排斥的方向。共時性語言學研究的是某時刻裏語言系統的整體狀況，順時性語言學只顧到了語言內某單位在一段時間內的變化。故此，只有共時性的研究可以掌握整個系統，而順時性研究只可以掌握系統之外的現象，雖然這些現象或許可以改變整個系統。索緒爾因此認為共時性與順時性的觀點之間，絕無妥協餘地。同時，若果研究對象是系統的內在狀況，則必須放棄兼顧其單位的獨自演變。

與共時性概念相輔的是「字構」（paradigmatic）研究；而與順時性概念相輔的則是「事構」（syntagmatic）。

以一句子為例，一個單字的意義，視乎它在句子裏出現的次序，加上它與文法單位及其他字的關係。這是句子的事構層面，可以說是順時性的（依次出現的），在橫寫的

英文字句裏，事構就是橫綫面的。但句子裏的每一位置，理論上都有一個以上的字可以補入。句子裏每個得以出現的字，必定是排斥了其他所有可以在該句同一位置出現的字，這就是字構，是共時性的，在英文句子裏可理解為直綫面。被排斥了的字，與那出現了的字，可以有三類明顯字構組合：文法上同樣功能、同義詞/相反詞或類近聲響。我們選用一個字時，其實是迅速地排斥了其他所有類似的字，故此從字構角度，我們可以看到每個字與語言系統的共時性關係。這個見解，成為其後文學批評的重要啓發。

索緒爾的檢討及影響非本書可以處理，這裏只需要指出，他提出符號的強定性，啓發了各符號系統內在結構關係的共時性研究，這就是一般所說的結構主義了。本書之後會再講述這類結構主義的優點及缺點。此外，他指出含意構成的過程，意義因此是物質生產，是符徵關係製造出符念的。這個觀點打擊了各種唯心主義，為以後唯物語言學及主體理論鋪好了路。

法國結構主義

法國結構主義將索緒爾的語言概念運用在其他人文學科上，並從而發展出一套康德式的哲學 —— 各種人類現象可以化約為一些普遍固定的心智（mental）範疇。結構主義既是一種方法，亦是一種哲學，最具代表性的人物是列維斯特勞斯[67]。

以上的界定未必能夠概括法國結構思潮的複雜衍化，

67　方法結構主義與哲學結構主義之辨，見雷蒙布當。闔姆斯基的語言論，

但足以成為我們討論的起點。任何新名詞都應該是幫助我們澄清界綫，而不是濫收附會。我相信唯有作如上的「古典」界定，「結構主義」一詞才不會因為含意太濫而失去討論作用。

依上述的界定，馬克思及佛洛依德便不是結構主義者了，雖然各人都是對表面現象背後的決定因素感到興趣。

瑞士心理學家皮阿遂試圖推廣一種系統思維，宣稱在數學、邏輯學、物理學、生物學及各社會科學裏，都有着「結構主義」的傳統[68]。他這樣做是兼承着五十年代以來西方學者對「統一科學」的憧憬[69]，但對幫助我們理解過去廿五年的法國結構思潮的獨特發展來說，皮阿遂的處理似太粗放了。

蘭稜在六十年代末，將結構主義視為一種方法，用研究語言的方式來研究文學、藝術、歷史、社會等等。這個方法的特色是注重研究對象的內在關係及整體性，同時不單是關注經驗現實，並且尋找經驗現實背後的「結構」。

五十年代以來，不少歐陸的學者，傾向於反抗英美實證主義及經驗主義學術，但亦不滿歐陸本身的現象學，特別是存在主義的現象學。在法國，這一傾向的重要人物除了列維斯特勞斯外還包括亞爾杜塞爾、思想史家佛科爾、心理分析學家拉康等。他們都是反現象學者 —— 反對從主觀意識角度去理解事物。但若以語言模式為界定結構主義

只屬前者，列維斯特勞斯則兩者兼備，所謂法國結構主義，以列維斯特勞斯的學說為經典主義，其他同路人只是變奏。

68　Piaget J., *Structuralism*, Basic Books 1970, 他以「整體」、「轉化」及「自我調節」來界定結構主義。

69　見本章「符號學」一段。

的基礎，嚴格來說亞爾杜塞爾、佛科爾及拉康不能算是結構主義者：意識形態、檔案（佛科爾的「世界觀」）及非意識都不能找到等同於語言句子的單位[70]。

考拉爾指出，結構語言學不單啓發了各結構主義研究，並且是後者的研究方法。列維斯特勞斯及巴爾特等主要結構主義者亦曾強調語言模式在結構主義裏的中心地位[71]。不過巴爾特很快便揚棄結構主義的古典信念，只有列維斯特勞斯一直接受結構主義的稱呼，以人類學的資料去支撐結構主義的哲學，批評其他人對結構主義的修正[72]，堅持結構並非「人為地營造出來」，而是客觀地存在。他認為語言學的方法不單可用諸人類學，並可應用在其他社會學科上，找出人類現象的共同始源（結構），人類心智的基本範疇。他更索性將李歌艾的批評用來自況 —— 沒有主體的康德哲學。

由於列維斯特勞斯學說的驚人結論，由於結構主義被認為可以解決人類知識的基本疑難，知識界感到興趣不難想像。但要明白結構主義如何成為一代思潮，它在追隨者及批評者的鬥智下如何瞬息萬變，其他思想家如亞爾杜塞爾、巴爾特、佛科爾及德利達如何在這次風起雲湧的歐陸知識震盪中先後捲入，則先要明白法國知識界的一些特色。

今天我們一般所說的結構主義，開始時只是巴黎的現

---

70 結構主義的定義離不開結構語言學，見Pettit P., *The Concept of Structuralism: A Critical Analysis*, University of California 1977, p. 69. 其實，列維斯特勞斯的著作並不一定如他所說的是搬用結構語言學概念，不過，列維斯特勞斯自認為結構主義者，並以發揚結構主義為己任。

71 Culler J., *Structuralist Poetics*, Cornell University 1975, p. 5.

72 近年，列維斯特勞斯似乎亦對古典結構主義哲學失了信心，只埋首研究人類學。

象。法國知識界集居巴黎，就算不是互相認識，亦互相知道彼此存在，其中許多是出自同一間學府[73]，同受哲學及歷史的通科訓練，閱讀共同的書。學術討論因此不似英美的分門別類，而是從某些共同關注的命題上作出對話或互相攻訐。這樣，巴黎每季的一本新著作，才有可能成為全城知識界的咖啡室話題，甚至掀起潮流。

巴黎知識界的傳統共同命題之一，是急進政治。各思潮首先受到注視的，往往是它底政治含意——能否支援急進政治。不過，各種馬克思主義在急進政治裏，所佔的位置並不一定比其他左翼思想為重。第二次世界大戰前，馬克思主義政治在法國頗為低落，雅各賓主義（Jacobinism）及蒲魯東的工團主義是當地工人運動的主導意識形態，倡導馬克思主義的重要知識份子亦只限於列斐伏爾等「年輕哲學家」。大戰時期，法共領導反納粹地下組織，獲得知識份子的尊敬，延遲了左翼知識界唾棄蘇式極權統治。戰後兩股思潮興起，一股是反美國經濟侵略：作為對美國的挑戰的回應，部份知識界在冷戰年代寧願選擇當時是被逼冷戰的蘇，但蘇聯及華沙集團政權的壓逼性亦是難以漠視。存在主義看似是一個選擇，遂成為另一股思潮，在壓逼性的現代社會裏爭取個人自由。可以說，法國知識界是先採取了籠統的急進（反布爾喬亞）立場，再找尋適用的意識形態。

馬克思主義在戰後法國，雖然被存在主義所掩蓋，但到底是該國淵源深遠的知識傳統。阿隆說法國知識份子同時吸啜母乳及馬克思主義。馬克思主義可說是法國知識份子的「非意識」。除了拉康外，結構主義時期冒現的重要

73　指Ecole Normale Superieure.

人物，都與馬克思主義眉來眼去。（列維斯特勞斯稱地質學、馬克思主義及心理分析為他的「三個情婦」。）但法國知識界在著作中引用馬克思主義時，往往不露痕跡，要將腦筋扭來扭去才可以臆測到他們思想中哪點是受馬克思主義啓發的——有點似追尋人的非意識。戰後巴黎受重視的思想家中，只有列斐伏爾、加羅第及亞爾杜塞爾等幾人是以宏發「眞正」馬克思主義為己任的[74]。

到五十年代中，知識界揚棄了蘇維埃馬克思主義，對存在主義也感到厭倦。一方面，存在主義者亦在對待共產政權應有的態度問題上，發生分歧，沙特因繼續以同路人身份支持共產黨，忽略蘇聯的壓逼一面，受知識界懷疑。另方面，存在主義強調個人在歷史中的主動性，雖可替代蘇式馬克思主義教條，但失諸主觀主義，無法配合急進政治。結構主義興起於這個眞空，知識界既可浸遊於「意識形態」，在結構主義複雜的「科學」中找安慰，又可繼續急進的姿勢——結構主義似乎結合了一向分開的前衛文藝與急進政治，預言布爾喬亞社會的「非神話化」，解放被壓抑的非意識。結構主義的保守一面稍後才受到注意[75]。

故當時有論者說，法國社會思潮，從歷史開始，而以人類學終結[76]。但這終結其實是另一個開始。列維斯特勞斯自傳式的遊記、人類學記錄兼哲學論述《憂鬱的熱帶》於五五年出版，成為暢銷書。他在三十年代去美洲從事人

---

74 列斐伏爾被法共逐出黨、加羅弟脫黨、亞爾杜塞爾近年亦與黨磨擦，法國的社會主義思潮並不等於法共。

75 拉康在六八年加入法國起義群眾的行列。連拉康都如是，我們至少可以說各主要思想家都有急進的一面。

76 引自 Kurztweil E., *The Age of Structuralism*, Columbia University 1980, p. 2.

類學研究，戰時赴紐約的「新社會調查學院」，碰到雅克慎，開始鑽研索緒爾的語言學，並發表以語言學治宗親關係及神話的論文。他詬病法國知識界只懂讀柏格遜，耽於現象學而忘記了索緒爾，預言雅克慎及杜培治克艾的「音能學革命」（phonological revolution）[77] 將會同樣發生在其他學科上。當時歐美知識界未必太明白列維斯特勞斯所說，例如他認為人的心智有固定範疇，有些人便認為可以用此觀點來打擊西方的種族中心主義，推動人皆平等的民主思想，頗吸引對政治失望的改良自由主義者及急進人士。這次波動雖然部份是出自追隨者的誤解，但卻使法國知識界可以從存在主義中光榮退休，並有足夠的距離去重新批判共產政權及馬克思主義。

拉康亦於五十年代中登上法國知識舞台。他在三十年代初已發表重要學術論文，「重讀」佛洛依德。心理分析作為專業，在法國的根基甚為單薄，世界正統的心理分析，繼歐陸學者移居美國後，由後者為代表。美國學派將心理分析放進該國的經驗主義及行為主義思想背景裏，以強化心理分析的「科學性」，並將之視為一種醫藥治療。這些在拉康眼中是美國心理分析對佛洛依德的扭曲。三六年，拉康開始發表著名的「鏡子階段」理論，認為「本我」（ego）的形成是一種想像的認同，如鏡子的反映。而剛巧該時的美國學派已轉入本我心理學（ego psychology），理論上及專業利益上都不能接納拉康的見解。正統心理分析視拉康為叛逆性格的小孩，他則稱美國同僚為自戀者。理論上、實務上（如訓練接班人的方法），雙方勢成水火。拉

77　雅克慎分開音韻學(phonetics)及音能學(phonology)。

康鑒於戰後法國的情況，主張訓練業餘分析家，加上他不遵從某些專業「守則」（拉康同時分析丈夫及妻子、與顧客「社交」、並自由伸縮分析鐘點），終於五三年被逐出「巴黎心理分析學會」及受美國會員控制的「國際心理分析協會」[78]。當時法國知識界反美情緒高漲，這件事更使他們將心理分析的行內政治與國際政治混為一談。由於拉康的心理分析借用了索緒爾的語言學，而列維斯特勞斯的人類學又是為了找尋人類共同的非意識，故此兩邊的追隨者頗有互通聲氣，一時之間分不出到底是拉康的心理分析為列維斯特勞斯的結構主義搖旗吶喊，抑或是剛好相反。

巴爾特亦在五十年代中受法國知識界注意。他曾浮遊於存在主義及馬克思主義，但迭有新見解。四八年，沙特寫了著名的《甚麼是文學》一書，試圖結合文學與進步政治。當時法國知識界相信作家可以推動社會改革，巴爾特亦不例外，但他不是人云亦云。為回應沙特，他於五三年寫了《零度寫作》，認為每一種寫作模式（例如現實主義），都是歷史凝固的產品，進步作家先決地要選擇進步的寫作模式，摒棄布爾喬亞化的寫作模式。這本書，揉雜馬克思主義及存在主義，使巴爾特在急進知識界為人認識，更聲援了「反小說」的小說作家如洛普克利列。巴爾特與其他法國知識份子一樣，厭惡布爾喬亞製造的「現實」，又對共產黨及蘇式共產主義不滿。他亦開始研究索緒爾，

---

78 巴黎的協會當時正積極尋求國際心理分析協會的承認，但逐走拉康後，仍不得逞。國際協會將訓練學徒的專業權授於反拉康的新團體「法國心理分析協會」，而拉康則去了Ecole Normale任教，後來與追隨者自組「巴黎佛洛依德學院」。

並引用拉康心理分析入文學批評，至六十年代後期已成為「續結構主義」的引進者。

亞爾杜塞爾亦在五十年代上半期開始「重讀」馬克思，並受拉康影響，以心理分析入馬克思。他與列維斯特勞斯、拉康及巴爾特相似，都是對自己研究對象的傳統解釋感到不滿。他一方面批評第二國際式的經濟主義，另方面批評沙特等的「唯心」馬克思主義——他稱二者皆犯了經驗主義及本質主義的毛病。

反本質主義、反現象學及反人本主義是列維斯特勞斯、拉康、亞爾杜塞爾及巴爾特等思想革命的共同點，這亦說明所謂「結構主義運動」——因為沒有更吸引的名詞來籠絡各人——開始時只是法國知識界的圈內對話[79]。例如人本主義是法國知識界的重要意識形態，但英美個人主義向來就不是依靠人本主義。英美的實證主義亦含有個人已死的假設，不過結構主義的反人本，並非取消了主體，而是將主體「非中心化」，故歐陸結構思潮不能以英美哲學的角度去瞭解[80]，許多相似的概念其實有着基本上的分歧。

列維斯特勞斯等人的另一共同點，不可不提，就是文字的艱澀，特別是對不熟悉法國知識傳統的人來說。這固然是因為重要的著作不一定淺易，而且背景不同有文化障。法國知識界認為是基礎思想的如笛卡兒、康德、黑格爾、胡塞爾及齊克果，往往是英語讀者比較陌生的，故讀者首先要反求諸己。但必須指出的是列維斯特勞斯等人的

79　多才多藝如巴爾特，對法國以外的思想文化，興趣不大，他對布萊希特的興趣是少數例外。

80　Giddens 1979, p. 45.

艱澀，有點是故意的。雖不等於可以原諒他們，或等於思想更見高深，但作為讀者，我們要明白他們這樣做是思想革命的一個策略，是該一代法國知識份子對笛卡兒傳統的「清晰」（la clarte）的反叛。「清晰」長久以來是法國傳統讀書人的寫作原則，以此為知識論述應有的質素。不過，巴爾特指出，這類所謂「清晰」的寫作，始於十七世紀宮廷，故此並非甚麼寫作「應有」的條件，只是一種約定俗成的風格。「清晰」的寫作主張，假設了寫作本身是中性透明的，是理性的個人用來表達先存意念的媒介而已；同時，「清晰」寫作的歷史性被遺忘了，看上去好像是最天然理想的寫作——寫作應有的模樣。歷史上，「清晰」寫作排斥了其他寫作模式，是與布爾喬亞政權的鞏固分不開的[81]。這幾點正是巴爾特、拉康及德利達等的批判對象。

沒有重要的思潮可以少了它的批評者。譬如列維斯特勞斯的康德主義，可說是排拒了歷史因素及個別特殊性，意料中地受到馬克思主義者及現象學者的批評——其中不乏言之有理者。結構主義的反人本主義，亦往往引起誤會及敵意，特別在一些自命維護人文傳統的學術界，如文學人士。這裏可以指出一點，比較透澈的批評都逃避不了肯定結構主義的一些成就。例如波蘭馬克思主義哲學家史亞夫，認為歷史分析及結構分析互相補足，而不是互相排斥。現象學者如李歌艾，則試圖以詮譯學來概括索緒爾及列維斯特勞斯的結構主義，李歌艾並自己注意上了語言學，尋求語言隱藏了的（宗教）象徵。

---

81 續結構主義最著名的理論刊物是 *Tel Quel* 學刊，編者包括克麗斯第瓦及小說家索萊爾。

經過了廿五年，「結構主義」作為運動及急進姿勢，已成過去——至少就法國而言。作為哲學上的諾言，結構主義亦未能將貨送出。但其間，追隨者及批評者都受到改造，從而再改造了結構主義及其衍生的思辯。列維斯特勞斯及一些名字與結構主義思潮連在一起的人物，改造了法國知識傳統，震盪了歐陸及英美。法國結構主義基本思維方法已成為該國知識界的傳統，加入柏拉圖、盧騷、尼采、普魯斯特及福樓拜的行列。

§

其實，結構主義的古典主張（列維斯特勞斯為代表）很快便受到追隨者及同路人的懷疑。亞爾杜塞爾及佛科爾堅決否認自己是結構主義者。巴爾特身份多變，很快成為「續結構主義」者的偶像。「續結構主義」顧名思義是出自結構主義，但又有所不同者。政治上，斯大林主義及六八年前後流行的毛澤東主義都被揚棄，一些前學生運動積極份子現認為古拉格群島是列寧式社會主義的必然結果。他們強調個人自由，無視左右派的傳統思想，反抗任何大系統的哲學權威，包括馬克思主義及心理分析在內。

理論探討上，德利達在六十年代以檢討結構主義及批判西方形而上學傳統，成為續結構主義代表人物[82]。克麗斯第瓦以符號學結合心理分析及歷史唯物論，吸引了部份馬克思主義者。六十年代中後期，結構主義重要著作開始得到英譯，學說擴散至英國及北美的精英大學，以文學院最為敏感。七十年代法國，列維斯特勞斯回到人類學去；巴爾特的態度幾乎轉了一百八十度，接近原慾主義（eroticism）

82　Sturrock J., ed., *Structuralism and Since*, Oxford University 1979, p. 16–17, 59.

多於理性主義。續結構主義的知識界，放棄索緒爾而取尼采，而各理論的假定問題範圍亦由相近變成多頭，由宏觀變成微觀[83]。德利達、克麗斯第瓦、拉康、後期巴爾特、德路西、葛塔尼等被認為是續結構主義的主要人物。

政治上，法國的續結構主義者唾棄了傳統的階級政治，不信任偉大而遙遠的承諾，不認為救贖世人之途徑只有一條。德路西的「遊牧思想」，視馬克思主義及佛洛依德主義為僵化了的反動系統。故此，續結構主義時期亦見證了「尼采復興」。宗譜學代替了辯證法、知識考古學掩蓋了對政治經濟及意識形態的批判，「肉體」（body）高於「階級」。不過今次的尼采復興，並非助長非理性主義，而是以唯物主義的旗幟出師。

七十年代及八十年代初的歐洲左翼急進政治，的確不能以傳統列寧主義式政治去掌握。環境保護、婦女權利、反核和平、僭居者自主、外國勞工（法共即以種族主義立場排斥外國勞工）等問題，左翼半自發的運動皆應驗着德路思及葛塔尼所說的「分子」（molecular）政治。以左翼青年為例，他們生長在蘇辛尼津流亡的時代，對以共產黨為領導的階級政治已再聽不入耳，他們不會願為將來犧牲現在，不會信仰任何要求壓抑肉體的左右派禁慾主義。他們不會如嬉皮運動般的反工業文明，不會放棄科技社會提供的各種便利及優勝條件。但他們亦不會接受傳統的工作道德或法律。他們不介意走在法律之外（因為他把認為合法鬥爭是使急進份子馴服的原因，如議會政治及工會）。他們亦不願工作，除非工作變成了遊戲。

83　Kurzweil說由Macro-Theory變成 Micro-Theory.

依我看法，左翼先鋒黨政治(如各國共產黨及托派組織)在先進科技社會已告死亡，新的鬥爭形式必然是分散多元而無中心的了。法西斯主義、布爾什維克主義及民族主義等傳統政治姿勢都值得我們去抗拒。

先進多元科技社會裏，馬克思主義將扮演甚麼角色呢？若馬克思主義政治等於先鋒黨式階級政治，則的確應將之埋葬。我認為，續結構主義的各種唯物立場，皆容易犯主觀主義毛病，各急進思潮仍得借助於馬克思主義這「必讀符體」。而馬克思主義不會發生政治力量，除非它能唯物地及意識形態地結合各種帶有烏托邦色彩的急進衝動，正如布洛克及詹密遜所說。故此，在理論上，我們必須分開馬克思主義與列寧以還的布爾什維克共產主義，回復馬克思主義的民主社會主義面貌。

列維斯特勞斯

結構主義與列維斯特勞斯是連在一起的，分不出誰使到誰成為一代風尚。

列維斯特勞斯認為語言學作為有系統的科學，應可作其他人文科學的榜樣。他相信語言的規律，如結構關係、交換關係、符號性及分別系統，應該亦是其他文化現象的規律。索緒爾語言學的局限，因此亦是結構主義的局限。索緒爾語言學及列維斯特勞斯的幾個主要假設是[84]：

一、科學探討的對象，必須是內部自洽及自主的，重點在內在結構關係而不是對外功能(歷史、社會、心理)。

84　見Sperber D., Claude Levi-Strauss, 收集於 Sturrock ed., 1979.

這點其實已為現代一般科學所承用，不能算是法國結構主義最大特色。

二、語言可以分辨至最小單位，如聲音的最小單位是音素（phoneme），其他文化現象亦可照辦。列維斯特勞斯因此認為神話的基本單位是「神話素」（mytheme）。但其實神話與許多其他人類現象一樣，不適宜作語言般的分辨，故此在真正論述中，列維斯特勞斯亦很少援用這觀點。

三、語言各單位是由其相互關係所界定的，結構關係可以是字構式或事構式的被描述。但許多時候，連個別單位亦分辨不來的現象，這個概念的有用程度便打了折扣。而且，這概念偏向靜態的描述，而不是動態的「生產」。

四、列維斯特勞斯自己提出「轉化」（transformation）概念，意即任何結構都是另一些有關結構的形式轉化，而轉化自有規律，另成獨立研究對象。作為一個假設，「轉化」概念太籠統，故在實際運用上，列維斯特勞斯的神話研究及宗親研究裏，「轉化」都代表着不同的意思。

如果他的結構主義原則現在看來頗為不穩，那是因為他過份強調這些假設的作用，以攻擊當時主流的經驗主義。經驗主義，如心理學裏的行為主義及人類學裏的文化相對主義，曾一度籠斷社會科學；列維斯特勞斯因此只可以採納最理性主義的立論：文化並非應外在需要而生，而是受人的心智範疇所決定。這個理性主義原則使他可以避過經驗主義，光明正大重新將人的「心神」（Mind）帶回來社會科學。這是他引人爭論的地方，他的著作亦須從這角度去理解。

局限亦很明顯。他如索緒爾般，偏重共時性分析，而

符號的意義來自它們的關係，很容易便將人類文化系統看成靜態及封閉，沿用此類思辯的結構主義研究，亦很容易變成機械化約主義。

他的重要理論建立在一九六二年的《未馴服的思辯》[85]及《圖騰主義》兩書，提出人類心智的分辨方法——他的主綫思想。在前書裏，他反對人們以為「野蠻人」不懂得抽象思考的說法，這點現代人類學者都已同意——世界各地的「野蠻人」都能製造複雜的道德及形而上系統。但列維斯特勞斯的用意，不是研究人類智慧的「原始」階段，亦不是某地域的文化，而是指出這類思維是人類——不論時空——所共有不變的。他的研究未發明文字的社會，不是誤以為該處的人較接近天然（根本無所謂「最天然」的人），而是便利來自文字社會的研究者——人類學家——不會將人工機設與天生心智能力混淆。

抽象思維表現在符號的運用上。列維斯特勞斯強調的是人們「怎樣」去想，而不是想的「是甚麼」——後者假設了符號有一「正確」的解釋，而解釋亦成為一種規範、一種約束，解釋者的自抬身價。《未馴服的思辯》是講述許多不同社會的人怎樣去想他們與自然之間的關係。舉例：與一般傳統假設相反，「野蠻人」思想時並不完全是為了實用及功利（這只是現代工具式科技思維，以己度人罷了！）。「野蠻人」的興趣，往往不是甚麼動物是人可以吃及甚麼不可以吃，而是那些動物吃些甚麼。又例如在獵頭文化裏，當地人知道鸚鵡及松鼠是出色的獵果實者，故當土人出獵時，稱這兩種動物為兄弟，並以人的身軀比作樹

85　英譯的 *The Savage Mind* 應作 Untamed Thinking 解。

幹，以人頭比作果實，不是因為人頭與果實外形相似而有此聯想，而是在各系統的結構上，人頭在身軀上部，有如果實之於樹幹。

傳統對象徵符號的解釋，是將符號逐個研究，猜度個別符號的含義。但這樣我們是不能判斷到底哪一個符號在系統內是重要的。列維斯特勞斯將重點放在符號之間的關係，而不是個別符號的「含義」。

圖騰主義亦可從而觀看。他認為圖騰表現了人類分類事物的基本共通的衝動。動物的種類很多，人的族類亦不少，兩者皆為「分別」系統，充滿內部「分別」。圖騰裏的多種動物，是對應着人類社會，但不是以一種動物來代表一種人，更不用猜度每種動物的含義。各動物在圖騰裏組成一「分別」系統，是這系統的整體，相應着人類社會（另一分別系統），是系統與系統之間的相應，不是系統內個別單位與另一系統的個別單位的相應。當然，動物之間的差別很顯著（譬如說豹與鷹），人的分別顯然比較少，但圖騰的功能，正是去強調及強化人與人之間的不同，以建立一個有「分別」的人類社會。正因為人想「誇大」族類的分別，才借用內部差別很大的動物系統。這才是列維斯特勞斯的獨到處。

他的另一興趣是「神話」。大多數文化現象受着社會或生態的限制，但神話，用口語世代相傳，能夠流傳下來，除了為了滿足人的智慧要求外，已沒有任何外間的限制（或者說沒有了歷史及社會因素）。故此神話是檢視人類心智真貌的理想對象。列維斯特勞斯一貫地認為神話故事不能作個別研究，亦不需要理會傳授神話者的主觀理解，

只須集中在一起對比，在同一或類近文化地區的眾多故事中，找出其基本的對立及運作原則。個別神話殘缺或嚕囌，但整個神話系統即可顯示當地人怎樣去解決人與自然的基本對立。他認為每個神話乃是其他神話的轉化，轉化過程我們已無從探知，但不要緊——口傳神話者，固然可能有遺漏或附加，但這樣不會誤導後人，因為口傳神話者亦是同一文化地區的人，改來改去不會超越原來的基本範疇，經過長時期後，各神話的形式只會更趨規律化：這是因為列維斯特勞斯相信神話是決定於人類心智的共通固定範疇。如果這假設可以證實的話，則的確是解答了文化傳授及記憶的基本疑難。

他的第三類興趣是宗親關係。他的學術聲譽主要建立於此。列維斯特勞斯再試圖以基本心智範疇去解釋宗親結構，但他先將現存的資料作出了系統化的分類及綜合。他的宗親研究集中在婚姻上，他認為任何社會都有既定之規誰不可以和誰結婚，婚姻規律亦是其他文化社會制度的基礎。而婚姻的規律似禮物規律，是基於「交換原則」（及推動這原則的「亂倫禁忌」）。宗親關係因此不是如傳統人類學以為的是從生物層的「家庭」開始，而是結構性的交換及禁忌。傳統的人類學只包括了生物式的交配延續，但不能解釋社會結構的反複生產[86]。

列維斯特勞斯心目中的神話，並非個別生活在該文化地區的人所能自覺地掌握。他心目中的宗親關係，受結構規律所決定，個人只是「生」人這結構裏。引申而言，「人」並不是社會的主宰，現實亦不是由「人」開始，

86　Coward et al., p. 17.

「人」因此被列維斯特勞斯「非中心化了」。與人本主義相反，結構主義的「人」是受神話、儀式、宗教、符號象徵系統所生產出來的。主體因此不是如人本主義所認為的、是完整及超越性的，反之，主體其實永遠是不完全的，永遠是被構成或在構成中。這是列維斯特勞斯急進之處。

但他仍將「結構」看成有着先存的本質，即康德主義的固定不變的「心智」範疇。社會形態因此最終仍變得是人的心智衍化出來的了。他雖然以結構主義代替了人本主義、歷史主義及經驗主義，但仍得屈服於唯心主義，以為結構有一個主宰，一個中心：人的心神。循此思路的研究，亦假設了各系統內有固定不變的結構，這些結構如幾何圖案，是空間模型，不是生產過程。這都是續結構主義試圖矯正的。

文學結構主義

結構主義式的文學研究，正式成為法國知識界不可躲避的課題，可從六三年巴爾特發表《論拉辛》說起。研究拉辛，素來是法國讀書人的熱門活動，有點像我們談曹雪芹。五十年代時，該國學者亦曾發表有關拉辛的論文。當時學院派與今天一樣，着重研究作者生平，以為瞭解了作者，便對作品的真正意義多了一層理解。除這類研究外，也有着重拉辛的政治及道德觀者。莫倫曾對拉辛作心理分析研究[87]。馬克思主義者則認為拉辛的戲劇反映革命前

---

87 莫倫的心理分析文學批評是被低估了的，見Jameson F., Imaginary and Symbolic in Lacan: Marxism, Psychoanalytic Criticism, and the Problem of the Subject, *Yale French Review* No. 55/56, 1977.

冒現中的進步思想。其中，戈德曼對拉辛的「社會學」處理，似乎是該時期世界上最精巧的馬克思主義文學批評模式。戈德曼分別從盧卡契及杜幹找到靈感，發展始源結構論（genetic structuralism），試圖用相互射應（homology）的推論方法，將文學作品、意識形態及歷史現實一層層對照下去，例如說拉辛的悲觀，對應着天主教裏的「讀神派」[88]意識形態，而該意識形態又屬於當時冒升中的買官晉爵的布爾喬亞/貴族階級（noblesse de robe）[89]。

巴爾特論拉辛，卻完全出人意表，既不走社會學路綫，且故意衝撞學院派。他說學院派文學批評是基於一種過時的心理學，天真地假設了通過作者才可明白作品的真正意義。同時，文學批評一心找尋作品真正的意義或正確的解釋，結果將作品無窮的可能性，規限成為批評者心目中有限的幾個被抬舉的含義。這種文學批評以解釋作品為目的，故此在最好的情況下，也只是對作品的模仿，重覆作品所說，等而下之者則以簡化的心理或歷史語言去代替原來多義的作品。這類文學批評，因此自我取消了存在的價值。

這時期的巴爾特認為作品是有着固定的結構的，讀者每次的閱讀，等於是將這結構活躍化運作起來，產生效果。故此，文學研究的重點，不是問作品的意義是「甚麼」，也不是問馬爾勞是否就是莎士比亞，而是問作品的意義是「怎樣」產生的，即首先關注作品內各單位之間的關係。

《論拉辛》令學術界側目，得到了以往幾本小書所沒

---

88 Jansenism，是Cornelius Jansen 的教旨，認為人類的救贖有賴上帝的恩典。
89 戈德曼的始原結構主義近年被認為犯了反映主義及本質主義毛病。

有的注意。其中使巴爾特聲名大噪的，是六五年正統拉辛學者皮卡跳出來對巴爾特及一切所謂「新派批評」(critique nouvelle)作肆意攻擊[90]。巴爾特則反擊說所有傳統批評方法是蘭遜主義(Lansonism)[91]，政治上是反動的布爾喬亞意識形態。這場爭辯引發了更多討論及近乎人身攻擊的文章，據說當時任何有自尊心的巴黎知識份子都覺得要表示立場，巴爾特代表了急進派，他的方法被認為是進步的，而對手蘇邦大學變成了保守派，與之有關人士被視為反動甚至法西斯[92]。

其實，《論拉辛》並不算是文學結構主義的代表作品[93]。巴爾特有點似列維斯特勞斯論神話，將拉辛的戲劇視為「單位及功能的系統」，列舉內在關係及對立成份，但語言概念很少獲派用場。巴爾特地誌學般分辨拉辛戲劇的三「形式地區」：「前廳」、「大堂」及「室外」，每地區有不同的功能。但巴爾特不是說每齣拉辛的戲都有三個地區，而是以此指涉各戲的一些基本對立，包括權力關係、友敵關係及愛恨關係。巴爾特因此只是將拉辛戲中千頭萬緒作出結構上的化約而已。由於巴爾特有時候語焉不詳，有些概念隱晦含糊，使攻擊他的人，誤以為巴爾特各名詞應作實質性的解釋，而不知道各名詞其實是關係性的。無論巴爾特的結構分析是否可以成立，攻擊他的人卻明顯地矛頭對得不準。

90　法國所謂新派批評，泛指一切引用索緒爾、心理分析、馬克思主義、尼采等大理論系統的批評，相對於學院派的舊派批評，法國新派批評。因此與英美的「新批評」大異其趣。

91　Lanson G.，世紀初的批評權威，近克羅齊派。

92　Kurzweil 1980, p. 172–174.

93　Culler 1975, p. 98.

《論拉辛》是一過渡時期的作品，巴爾特稱說是由主題批評轉入系統勾劃。現象學者如呂恰慈及米勒的主題研究，強調作者如何體驗自己與這世界的關係，《論拉辛》則以結構代替個人來檢視悲劇的效果。

「新派批評」與「舊派批評」爭論，較深遠的影響可能是喚醒文學研究者檢討自己的研究方法及理論假設。巴爾特有時與馬克思主義者相似，抨擊傳統批評的非歷史化：將作品的價值及形式看成永恒。他又認為傳統的文學史只是無意義的人名及日期堆切，忽略了文學與政經社會的辯證關係。有時，巴爾特的着眼點改變了，掘出傳統批評的謬誤假設（例如以為作品有「真正的意義」、「正確的解釋」等本質主義思想）。巴爾特主張作品是多義的，沒有任何一套意義可以說比另外的意義更重要。他又正確地指出一般文學批評忘記了本身亦是意識形態性的，卻將自己包裝成為代表真正的標準，或自以為不偏不倚。當然，巴爾特常採取最不妥協的立場，以求矯往必須過正，「傳統」的文學批評者未必如他所說的自滿及不自覺，但巴爾特使大家不能再拖延自我檢討，總之，文學研究不可能再一樣。

§

這時期的文學結構主義者相信自己的研究方法是「科學」的，他們的武器是索緒爾的語言概念。但是，語言學如何才能幫助文學研究呢？在這點上，文學結構主義表現出分歧。

索緒爾認為所有的符號科學 —— 包括文學研究 —— 最重要記着一點，符號並非自然而然的，正如語言學的啟示，符號是強定的、因襲性的、約定俗成的。

哥本哈根的結構語言學派更認為語言學為所有人文科學提供了理論架構。

布拉格學派的雅克慎及杜培治克艾，將文學研究視為語言學內的其中一門學問而已。他們從索緒爾處取得啟示，着重研究語言系統（相對於言談）裏的聲音部份，再將聲音研究分為着重言談的「音韻學」及着重各聲音在系統內功能的「音能學」，然後集中研究後者。音能學革了音韻學的命，重點放在聲音系統的內在關係。

至於文學的科學（詩學），只不過是探討語言的其中一個功能——詩化功能。雅克慎認為他的溝通理論已包含了詩學：凡語言的活動，必有「發訊者」（addresser），將「消息」（message）傳給「收訊者」（addressee）。發訊者及收訊者必然是處於某一特定的「聯境」（context）裏，同時，兩者溝通，必須依靠共同或部份相同的「符碼」（code）。最後，兩者必須通過一物質工具，才可以溝通，即需要有一「接觸」（contact）。發訊者、收訊者、消息、聯境、符碼、接觸——以上是雅克慎所說的溝通六個因素。故此，所謂消息，並不是獨立存在的，消息所產生的意義，受上述因素所決定，例如在不同的聯境裏，同一消息可以有不同的意義。

六個因素在不同的溝通活動裏，重要性各有不同，有時候其中一個因素變成最突出，掩蓋了其他因素，成為主導因素。對雅克慎來說，詩化語言，是為消息而消息，亦即着重消息本身的形式。穆可羅夫斯基的概念裏，這叫做「前景化」（foregrounding）。雅克慎似乎認為將詩化語言放在最前景的方法，是運用高度剪裁的語言安排，例如詩中

句語在聲音或文法上的對句，音義上的韻律及重覆等等。這些文學機設，使人將注意力放在消息的形式本身，突出了溝通時為消息而消息的一面。

溝通的六個因素分別強調語言的六項功能。

一、「情緒」（emotive）：着重發訊者，例如「我很想念家鄉」，突出的是發訊者的情緒。

二、「欲求」（conative）：着重收訊者，例如「不許動！」、「你聽我說⋯⋯」。

三、「參照」（referential）：着重聯境，提供資料，如「九龍是一個半島」。大部份溝通都帶有參照作用。

四、「後設語」（metalingual）：着重符碼，檢看發訊者及收訊者是否有共同符碼，例如「明白了沒有？」、「對嗎？」。

五、「交際」（phatic）：着重接觸，目的是檢視接觸是否生效，例如「你好嗎？」、「早安！」。問人家「吃飯未？」，不是真的索取資料，可歸此類。

六、「詩化」（poetic）：着重消息，詩歌的特色不是參照外間現實，而是引導注意力至其自身的運作，正如雅克慎說，是加強了符號與現實對象的破裂。

雅克慎進一步闡明詩化語言，他的名言是：詩化功能突出「等同原則」（principle of equivalence），將選擇」（selection）加諸「組合」（combination）之上。換句話說，詩化功能不單是將各語言單位連接，並且將相類的單位（音能上或文法上）重重套在句子上。

這是雅克慎最重要的概念之一：他認為語言及符號運作可化約為兩大對立的模式。

一方面是「隱喻」（metaphor），着重「選擇」過程，在索緒爾的看法裏是「字構」及「共時性」。

另方面是「換喻」，着重「組合」過程，是索緒爾的「事構」及「順時性」。

下文拉康指出夢的「語言」有兩大機能，一是「隱凝」（condensation），相近於隱喻一面；二是「換接」（displacement），相近於換喻一面。至此，結構化的思維貫穿了索緒爾、雅克慎及拉康。

雅克慎從一些失語小童的病例研究中，得到支援他底化約主義的證據。原來患有失語症（aphasia）者，可分兩類失常。一是「相像失常」（similarity disorder），患者不懂得為事物命名、下定義或造同義詞，但卻可以連接句子，故似乎是失去了隱喻能力，但卻保留了換喻能力。二是「接連失常」（contiguity disorder），情況剛好相反，不能組織句子，不能掌握句法構造，但卻可將字句作隱喻。結論是相像失常者排斥隱喻，接連失常者排斥換喻。如此說來，索緒爾及雅克慎將語言化約為兩大對立原則的做法，就有了根據。

雅克慎更說兩種模式是互相競爭的。例如浪漫主義及象徵主義強調隱喻，現實主義則是換喻；立體主義畫是換喻，超現實主義畫是隱喻。巴爾特在「符號學原理」裏說，卓別林的電影是隱喻，葛意乎爾夫的電影是換喻。

§

雅克慎視文學研究為語言研究的伸延，只代表文學結構主義其中一種傾向。俄國民俗學家普樂樸則開始了另一路綫，他經列維斯特勞斯的推揚[94]，啓發了葛立漠、熱奈

---

94 當時列維斯特勞斯以為普樂樸是俄國形式主義運動的中堅代表性人物。

特、托鐸洛夫、布雷蒙等，研究小說的結構、情節的「文法」及故事體的規律。葛立漠的語意學，在六十年代中後曾一度引起學界興趣。如果雅克慎等人是研究詩及韻文，另一趨勢則顯然是研究散文

考拉爾指出，文學結構主義引用語言學者，至少可歸納為四種途徑[95]：

一、雅克慎式，以為語言學的研究步驟可直接搬去研究文學語言，並可以找出詩化結構。

二、葛立漠式，以為語言學，特別是語意學，可以解釋所有意義，包括文學意義。

三、巴爾特的符號學，以為語言學的研究步驟及處理，是一種隱喻，當研究其他符號系統時，語言學的範疇可以幫助發現各符號系統的文法及結構，使各系統的符號研究享有語言學一般的科學地位。

四、亦是考拉爾認為唯一可行的途徑，不再是硬搬語言學範疇，亦不是亦步亦趨跟着語言學的研究步驟。語言學是一個成功的先例，提醒大家要建立一個可解釋意義生產的模式，及解釋形式及意義怎樣被稱職的讀者所明白。語言有了語言學，文學亦要有自己的詩學。

考拉爾重新引進了讀者能力（competence）的說法，這並不是再次認為個人是意義的起源，因為讀者的能力是受閱讀及知識習俗所決定。他的所謂結構主義，則變成一種治學的衝動，例如去分辨符碼，觀察作品內各類語言的遊戲，及在表面內容之後找形式，再將形式視為臨時的構造，不足包含作品的多義性。考拉爾的立場因此已接近

95　Culler 1975, p. 255–265.

七十年代的巴爾特及德利達。他說重點不是作品有甚麼真正意義而是作品的多義。閱讀如文化探險，批評的目的不是解釋作品（解釋了等於將作品封閉了），而是拒絕接受作品自身提出的意義，不認為作品有任何自然而然的意義，點出作品的模棱兩可、文字遊戲、矛盾、空缺、漏洞及不可讀性，以增加閱讀時的樂趣。以往最大的文學神話，是將任何重要作品看成有機整體，有着固定的內容、不變的價值。現在大家承認閱讀是最重要的，樂趣只是偶得的，可能只因為作品內一句美麗的話、可能是因為作者可笑野心的落敗、甚至可能是因為作品實在太壞。續結構主義文學批評的最重要訊息是叫我們去享受作品的不連貫、不完整、不清晰——因為任何作品在細心檢視下，都是不連貫、不完整、不清晰的。

不過，續結構主義的共同點更單薄[96]。許多續結構主義的文學批評，帶有虛無主義傾向（例如否定作品可解），往往反接近了結構主義之前的文學觀（浪漫主義文學觀強調作品的獨特性）。另方面，符徵的運作更受重視，以否定任何先存的意義及現實。如果續結構主義心態接近尼采多於索緒爾，有些追隨者卻往往認為這樣才更接近唯物主義。後期的巴爾特，德利達及克麗斯第瓦的重要發展都帶有這些曖昧之處。

---

96 考拉爾強調建立客觀有系統的詩學，並將評價作品的權，放在有能讀者的手中，認為有能的讀者的閱讀，比其他讀者的閱讀更準確及更有價。

巴爾特

　　巴爾特由他初介入巴黎知識界開始，至八〇年三月去世，思路及立場幾經轉折，可謂善變及混雜，但這未嘗不是因為他不滿足於任何既成主張的原故[97]，巴爾特是很難歸入既有的分類裏的[98]。他曾浮游於存在主義、馬克思主義、結構主義、虛無主義、美藝主義……沿途他摧毀了不少我們一向盲目接受的「現實」、揭露了不少化了妝的意識形態、打倒了不少神祇、推翻了不少權威的假設。巴爾特的歷程，就是不斷超越自己的局限，玩弄我們那嗜分類及戴帽子的壞習慣，抽掉我們為了維護自己而緊抱的思想浮標，放逐我們回奧德賽。他的許多見解，可能站得不穩甚至不負責任，但他的讀者卻因而變得更聰明。宋泰格在一篇悼文中說，巴爾特不可能對每一個題材都知得很多（他的題材實在多），但他總能夠發人深省地提議各題材可供思考的地方[99]。巴爾特從不使人失望。在過去廿多年，他每一新論，都代表了一種新的出發，未綁好安全帶的讀者會發覺自己證實了離心力。毫無疑問他是彼邦結構思潮以還最重要的作家，如果我們今天能夠從該思潮及其後的一切裏取得一鱗半爪的智慧，巴爾特就是啓蒙老師。

§

　　一九五三年的《零度寫作》，可視為接近馬克思主

97　凡認為變化是壞的人，必是假設了世人是可能有一種永恒及完備的眞理，但若歷史曾給我們任何教訓的話，那就是血淋淋的證明任何自稱完備的思想系統的不完備。

98　分類大抵是遲於現實的眞正發展。

99　Sontag S., *Remembering Barthes*, New York Review of Books, May 5 1980.

義的法國文學史觀。每一種語言風格及意義，都是建立在以往的語言之上，並且存在於一特定文化的時空裏。換句話說，凡語言（包括文學語言）皆有着隱藏的意識形態假設。巴爾特認為法國的古典文學，出現於該國布爾喬亞階級冒升的時代，而且大抵都對新的布爾喬亞統治採取肯定，接受布爾喬亞的現實，難免隱藏了許多布爾喬亞價值觀。古典文學的風格（寫作模式），因此只是歷史性的，是慢慢生產出來的，而不是最天然的文學寫作，更不等於文學寫作本身。巴爾特說這些「布爾喬亞寫作」（ecriture bourgeoise），始於約一六五〇年，終於一八四八年前後，巴爾扎克是最後一個重要作家。之後，寫作出現危機，統一的布爾喬亞寫作崩潰了，代之，每個作家要自己選用一套合適的寫作模式，福樓拜是第一個重要「現代」作家，再沒有了劃一的寫作（ecriture），而新興的多種寫作模式，各自表現了不同的「歷史凝固」。進步作家因此要對寫作（風格）有高度自覺，因為拒絕某種統治者的寫作及選用某種被壓逼的寫作，本身是決定作品進步與否的存在抉擇。

《零度寫作》是本頗為隱晦的書，陳述未必能夠支援立論，不過卻能一反傳統左派作品的形式上的反動。巴爾特第二本書是《米契納的米契納》，用心理分析讀十九世紀浪漫主義史家米契納的著作。巴爾特試圖指出作者的主觀意圖，與作品的效果之間，關係是極端轉折甚至相違的。該書並顯示了巴爾特後來再關注的命題：性愛、快感、男女同體（androgyny）等。

一九五七年的《神話集》是本神奇的小書，有人說看

完此書從此對周圍的「文化」及「現實」失去了童眞[100]。該書輯錄了巴爾特一九五二至五六年間在一份雜誌刊登的文章，另加附一篇理論文章「今日神話」，以索緒爾的名詞為其他各文提供理論支持。巴爾特似乎隨手拈來一些現代資本主義社會的常見現象，然後將其不太平常的含義爆破出來。到底星座指南、環法國單車大賽、時裝、法國大餐、旅遊手冊等等，包含了些甚麼布爾喬亞神話呢？譬如摔角比賽，巴爾特竟可以將之與布爾喬亞社會的神話特質相提並論：摔角手的打鬥，純是一種賣藝表演，動作明朗吻合，絕不含糊，賽果亦是預先安排的，觀眾（大多數是無產階級）雖知其然，仍樂此不疲。但社會正統的觀念即甚卑視這玩藝，因為不符合現下所謂「體育」的標準，是「假」的。巴爾特的獨到處是一方面指那些批評者所持的標準，是屬於「讚神派」世界觀；另方面說摔角如古代的儀式，比賽者的動作及敵意毫無掩飾，使看者以為現實是可以看到的，以為可以毫不含糊地明白現實，但其實在現實裏，所有符號都不似表面看的簡單，符號的眞正意義更被遮掩，只有在摔角場上，符號才看似完全清晰。

所謂現實，往往只是神話。一本法國旅遊手冊，介紹西班牙時，選用美麗的圖片，好像在交代西班牙歷史，巴爾特認為這無意中支持了當政者，使佛朗哥的法西斯政權看似順應天運而生。在介紹外太空的媒介裏，外太空生物好像有着法國小資產階級的性格。巴爾特認為這是因為小資最不能想像自己形象以外的事物。法國選舉中，候選人們合照，下款「人的大家庭」，巴爾特認為掩飾了

---

100 Sturrock J., Roland Barthes, 收集於 Sturrock ed., 1979.

人的分歧，將「人」這個字當作指涉着某些共同本質。

　　神話的功能，是將事物合理化及天然化，以掩飾事物在歷史上的出現「生產」過程。巴爾特認為最不能容忍的，是「天然的聲音」[101]，將歷史及人為的現象包裝成天公地道、自古而然、唯一可行的合理現象。這就是神話，就是成見(doxa)，人云亦云，好像根本沒有任何替代。而最大的成見、最大的神話，是統治階級將現有社會制度說成無可代替及必需的制度(有甚麼比「符合自然規律」或「天意」更「合理」？)「天然」因此是維護現狀的聲音，將之揭穿，將之「非神話化」(demystify)，是革命的行為。前衛思想家兼作家索萊爾曾說，那些不主動去寫作的人，只不過是屈服在別人的寫作下。推而廣之，那些不批判既有制度、「天然」、「現實」、「日常生活」、「文化」、「歷史」的人就只有受既有制度、「天然」、「日常生活」、「文化」、「歷史」所奴役。

　　巴爾特對天然的懷疑，有點似曹雪芹。紅樓夢小說裏，有一回賈寶玉及其父賈政初遊大觀園，雕欄玉砌，忽遊至一處，仿鄉間的莊稼佈置，賈政讚不絕口，表現了典型中國讀書人的咀臉，進則儒法，退則佛道的分裂心態，賈寶玉則大不以為然，他認為莊稼應在鄉間的環境才相稱，搬入大觀園，明明是造作，最人工化不過，卻仿作天然，反不如雕欄玉砌來得自然[102]。

　　巴爾特在「今日神話」一文裏提議「閱讀」神話的

101 見Barthes R., Roland Barthes, Hill & Wang 1977.

102 中國讀書人醉心仕途，無閒入鄉，但口頭上卻說掛念大自然平民生活，中國文人畫(主要是山水)，亦有此作用，以高技巧的山水畫，代替了真正的山水，供士大夫移情代入。

方法，並認為神話分析是符號學的開始。神話是將意識形態性的符號表現系統，裝扮成天然，壓抑其生產過程，成為我們日常所謂的「現實」。符號有兩類含義，「指謂」（denotative）意義是符號原來的表面意義；「引申」（connotative）意義是符號的神話化。巴爾特著名的例子是在一份法國雜誌封面上，一名黑人士兵正向着一面法國旗致敬。照片的指謂意義大致是「你看，這名有色士兵正向一面法國旗行禮」，但照片故意引申的意義是「黑人亦向法國效忠」——引申了法國帝國主義、殖民地主義、民族主義及軍國主義。當時正是亞爾及利亞獨立戰爭時期，法國的殖民地統治正在崩潰中，國內意見分裂，有主張繼續殖民地統治，有主張讓阿爾及利亞獨立，這張照片，不明文的支持了前者。非洲法國兵這個歷史產品，被照片安排得和諧自然地與法國旗相處，敬禮更似理所當然。

巴爾特認為指謂符號在這種情況下成為了引申符號的符徵，即被意識形態化了。

指謂符號的符徵是該照片，符念是向旗行禮。兩者加在一起，合而成為引申符號的符徵，今次的符念變成了法國帝國主義、殖民地主義、民族主義及軍國主義。

這些概念並不複雜，一經提醒後，讀者可自行運用，在可能的情況下，將自己由神話的無條件消費者，變成失去童真的批判者。

「神話集」的反派，是布爾喬亞階級，當時巴爾特對意識形態的理解，仍然是傳統馬克思主義的，而不是亞爾杜塞爾及其後的。巴爾特將意識形態視為「謬識」及「世界觀」，布爾喬亞階級以自己階級的世界觀，推銷成為唯

一的世界觀，以這角度解釋現實，並將這階級性的解釋等同為現實的唯一解釋。布爾喬亞思想如自由平等博愛，曾引領革命，無產階級亦曾在該等旗幟下加入布爾喬亞革命。但當布爾喬亞政權在握後，該等思想變質成為「國家」、「國家利益」、「人的本性」、「道德」等。後起的小布爾喬亞階級，雖不是扮演布爾喬亞的經濟角色，但卻生活在布爾喬亞意識形態營造出來的現實裏。布爾喬亞意識形態利用神話機能滲透成為日常生活的唯一現實。

當時巴爾特以為只要將神話「非神話化」了、將「謬識」揭穿了，便真相大白，革命在望。他又似乎認為指謂符號是符號的真正面貌，亦即是假設符徵及符念可以有純粹（非意識形態）的關係。這兩點都為他後期思想所批判。他認為神話的兩大特點（壓抑了歷史生產過程及將社會現象裝扮成天然無可避免），則已經超過了結構主義的封閉系統觀，視符碼為一種生產過程。

六十年代的巴爾特，有二類主要關注：揭破現實主義的意識形態性及建立符號學。

布爾喬亞社會其中一個重要的神話是「文學」。浪漫主義視作者為造物主，有別於凡夫俗予，現實主義視作品反映先存的現實或概念 —— 現實及訊息是先於寫作而存在於作家腦中。大致上，兩者皆視語言為中性透明的，是「媒介」而已。同時，作品要完整、要自然，才有價值。

巴爾特全無這些幻覺。「零度寫作」已指出「文學」作為社會既定現象只是近代事，布爾喬亞寫作模式則更被誤以為是最自然最清晰的。

寫作模式，有如語言系統，是先於作者存在的，作者

只是使用者，他/她可能有獨到的運用方法，但其自由度，受限於他/她採用的寫作模式。

巴爾特分開兩類作者，一是「稿匠」（ecrivant），寫文是為了語言之外的目的，他們的文章只有一種含義，就是他們想讀者接受的那種；二是野心較大的「作家」（ecrivain），寫作是為了寫作本身，語言是目的，不是工具。稿匠完成文字「任務」，作家從事文字「活動」。稿匠從「意義」開始，作家以文字為目的，意義其後隨來。讀者心目中的作者似稿匠，以為作者先有了訊息才找文字來表達，但大部份的文學寫作包括了稿匠及作家兩元素，往往先注意怎樣說，寫成後才知道說了甚麼。

巴爾特將作者由傳統觀念中無中生有（ex nihilo）的創造者，變成唯物的文字生產者。舊的作者觀，建基於唯心本質主義心理學，假設個人主體是完整理性的，這觀念被佛洛依德所推翻，「本我」的自主性是極有限的。作者亦是系統的產物，特別是語言系統。他/她的工作原料是符徵 —— 語言物質的一面。巴爾特說：稿匠寫出「作業」（work），作家寫出「符體」（text）[103]。作業的意義單純貧

---

103 Text一字，一般譯作文本、本文、原文、經文、作品等。續結構主義裏，以text一字，來強調作品是開放的文字遊戲，以別於傳統觀念中作品是封閉及完整的。傳統上，作品與作者被視為一致，但text則強調語言效果與作者的主觀意願未必相同。text並非一固定物料，故亦沒有固定形式。在續結構主義裏，text不單用於文學作品，並有 dream text、social text、history as text 等用法。因與符號有關，故這裏將text譯作「符體」。中文文藝字彙亦常用「體」字，如文體、體裁等。後期的巴爾特，常強調「身體」（body），用諸比作文藝作品，以唯物的「身體」代替唯心的「心神」（mind）。text譯作符體，既可表示其開放及多義，又可配合巴爾特的用法。至於另一有關名詞context，一般譯作「上下文」，這裏譯作「聯境」。

乏，不求讀者作多樣解釋，用意是封閉的。「符體」則是符號的嘉年華、大觀園，是符徵的遊戲、巧安排，讀者可作多面閱讀，沒有固定的符念，閱讀過程本身成為樂趣，其間多樣意義不斷生產，不似作業，只為了傳達一個固定意義。符體因此是開放的，是沒有終結的。或者說，作業以固定意義為目的，必易讀，其實是掩飾了自己的人為性——符徵的生產。符體則全是符徵生產活動。

　　巴爾特指出現實主義的藝術主張，在在掩飾符徵的人為生產活動，以造就天然透明的幻覺，好像在直觀現實。現實主義寫作模式因此是一種意識形態語言（ecrivance）。這點，我們只需翻看荷里活的電影製作手冊就可知道：荷里活電影非常強調掩飾電影技巧，不要將觀眾的注意力帶至電影的人為性一面，要使他們以為在觀看現實，以產生移情代入。故此，劇中人眼綫要有相遇點，鏡頭要連接，換角度時，不得少於三十度，亦不得多於一百八十度……

　　巴爾特視意識形態語言為一種人云亦云、拾人牙慧的作業式寫作，因為要人不注意語言本身的活動，那語言必然看上去很自然——亦即是陳腔濫調。六十年代初的巴爾特，認為意識形態語不是文字生產，只有真正的寫作（ecriture）才是。這點他後來有所修正[104]。

---

104 六十年代的前衛理論，主力是反對現實主義意識形態的霸權，故此對現實技巧及其必須的故事體作出揭露性的批評。但有時候，前衛中人甚至認為進步藝術必須 棄現實技巧及故事體。已格頓稱這套說法為「文學極左派」：意識形態的特點，正是「故事體」的特點，但這亦顯示人類經驗組織的基本形式是故事體，馬克思主義在揭露各種故事體(歷史的、文學的、日常經驗的……)的背後意識形態機能後，亦不可能完全消滅故事體，反而只應該去爭取有利社會主義的故事體。這正如詹姆遜所說，馬克思主義除了要成為科學外，亦要成為鼓動大家的意識形態，單單是烏

這時期巴爾特的符號學觀念，有點似列維斯特勞斯，認為每一符號系統是有固定的共時性結構。他一九六四年的「符號學原理」，首次將符號研究系統化了。

當時他認為符號學是一種後設語言，是在原來符號系統之外，用另一套語言去勾劃那個原來系統的規律。後設語言與引申意義相反：引申意義視指謂意義為符徵，功能是將自己的符念包裝成天然合理，但後設語言視指謂語言為符念，自己則是在勾劃指謂語言的系統性，以防指謂語言被包裝成天然合理。故此，政治上，這樣的符號學仍可算是進步的，因為它將符號「非神話化」了。符號學作為後設語言，可以看清楚其他符號系統，等於揭露了所謂天然現象，其實只是強定的及約定俗成的，正因為社會的不平等關係，故此某些意義系統才被抬升為天然及不可改變。所以，我們仍可說巴爾特心目中的符號學，並非指單單的學院派學科，並非將分析對象看成靜態及有本質（只是揭露那本質性的固定結構及規律）。巴爾特心目中符號學是一種批判，揭露意識形態被天然化的機能，同時社會可說是一種結構化及反結構化的辯證生產過程。

不過，這時期的巴爾特相信符號「科學」，符號學（後設語言）是符徵，被研究及被非神話化的各符號系統是符念；符號學（符徵）只是研究對象（符念）的表現系統，因而容易將各符號系統當作有客觀固定結構，這正是索緒爾及列維斯特勞斯等的唯心之處。其實符號系統是不斷生產的過程，是不容許以後設語言來「總結」起來，這點正是

托邦夢想固然徒勞無功，但單單是科學卻無法動員大眾去創造歷史：歷史是「有待翻建的符體」(text-to-be-reconstructed)。

後期巴爾特、德利達及克麗斯第瓦對早期符號學的一個批判，因為將符號系統看成封閉及可以總結，只是符號學家自以為是超越性主體的一個謬誤。

巴爾特在六二年指出符號研究分了三個重點，簡而言之是象徵研究、字構研究及事構研究。

一、象徵研究：這等研究，已超越了以往混亂的形式與內容二分。例如以往的各種馬克思主義假設了現實主義文學是反映歷史真相的，亦等於說現實裏有一本質，而歷史只是該本質的各種衍化及呈現。到了亞爾杜塞爾，歷史才被認為是複雜矛盾的不平衡發展，並無中心，人是通過意識形態來營造及認識所謂現實的。在布爾喬亞社會裏，現實主義寫作已成主流，是暢銷小說的伎倆，效果使人們閱讀時誤以為自己在直接觀看真相，忘記了就算是那個「真相」亦只是布爾喬亞社會提供的現實。以往馬克思主義的錯誤是在認識論上的，以為現實「就在外邊」，文學只要反映便成，忘記了現實本身亦是生產出來的。布萊希特的劇場，則有搗亂這個現實的用意。一般現實主義作品將自己包裝得圓圓滑滑，要觀眾代入，將觀眾放在被動的消費者的位置，布萊希特的戲劇，則表明是未完成的、表明並非等於現實，要求觀眾批判的介入。象徵研究的功能，是發現各類寫作模式，如何被人接受了，變成自然暢順，使人忘記了它們的人為歷史性，扮得好像是沒有歪曲的現實化身，好像不斷自稱：「這就是現實。」

二、字構研究：葛立漠等則致力找尋故事體形式的規律及手法。現實主義文學的一項任務是說故事，即營造故事體，但往往人們忘記了說故事只是人為機設，不是現實

本身的組織。現實主義寫作是布爾喬亞社會最主流的寫作模式，大作家如狄更斯以及等而下之者不斷重覆地運用現實主義的寫作模式，久而久之，看上去好像很自然，成為唯一正常的寫作。現實主義手法，並滲透衍化入其他媒介如話劇及電影，使現實主義及其故事體更被受落，更天然化。

三、事機研究：注意個別作品的效果。大部份傳統的批評亦屬此類。結構分析的不同，是以對立及分別來闡明作品意義是「怎樣」生產出來的，不是着重作品有「甚麼」意義。

到了六十年代末，巴爾特的符號思想更成熟，一九七〇年寫出總括以往發展的《S/Z》。他一方面更有效地顯示現實主義作品的虛構人為性，另方面避免了早期符號學的靜態結構分析，並解釋作品裏角色及讀者的主體如何在符號活動中被生產出來。《S/Z》是符號學的里程碑。

先說該書的背景：對法國知識界來說，一九六八年群眾起義的失敗，是對急進政治的重大打擊。左傾知識份子對政治灰心（這點在美國七十年代亦然），由統一陣綫更趨各自為政。六八年促發亞爾杜塞爾寫了ISA一文，列斐伏爾則著書檢討六八年的失敗，但似乎不論是「科學的」還是「人本的」馬克思主義熱潮都已過去。巴爾特自「S/Z」之後，更傾向美藝主義，無心大系統，安於符體批評，而符體現已成為享樂的對象，這點見七一年的《薩德、傅立葉、羅育拉》、七三年的《符體的樂趣》及七五年的《巴爾特寫巴爾特》等書。在《S/Z》裏，他已要將「理論家們」解放，使批評「多元化」。巴爾特又以今日戰昨日。

巴爾特的《S/Z》，是對巴爾扎克一八三〇年一篇不

甚顯著的短篇小說《沙拉桑》(*Sarrasine*)的一次「慢動作」閱讀，批評比小說長五至六倍，這種情形在詩歌批評很平常，但在小說批評則不多見。

故事：第一身的講者，去參加一次派對，主人是一暴發家族。該家族有一神秘殘廢老人，似受家人供養。講者的女伴想知道老人身世，講者為換取女伴的共宿，便說出老人的故事。事由雕刻家名沙拉桑者，暗戀上了羅馬一著名歌星桑比娜拉(Zambinella)，遂千方百計去親近，最終竟發現桑比娜拉原來是一名被閹割了的男人，沙拉桑亦隨之為桑比娜拉保鏢所殺。歌星桑比娜拉，就是老人，他的歌唱生涯為家族帶來龐大財富。講者女伴聽完老人的故事後，大為不安，拒絕跟講者相好。

以上的簡化，大概可帶出一點，當一般人心目中的性別範疇被擾亂時，主體產生極大的不安。沙拉桑之死，因為他以「定型」(stereotype)作為思考及感情的基點；講者女伴亦因聽故事的習慣被破壞而遷怒講者。我們的不安亦然。

巴爾特稱《沙拉桑》是現實主義的極限作品──那故事體運用了所有現實主義的機設，但正因如此亦暴露了現實主義的矛盾。巴爾特選擇研究巴爾扎克的作品，原因很明顯，巴爾扎克在傳統上被視為最典型的現實主義作家。他的寫作被認為(他亦自以為)反映了十九世紀初法國的歷史現實。他的美學及文學藝術，自認是分兩部份的：觀察與表達，亦即是說寫作活動只不過是將觀察所得搬上字面罷了。這實在是現實主義及一般人對寫作的假設。巴爾特的目的，卻是想證明巴爾扎克的小說成就，不是來自現實的反映，而正正是源於其寫作藝術。所謂現實主義，是將

語言的無窮可能性作出有限度的運用，同時現實主義作品的內在矛盾，正可推翻現實主義自以為的各種天真假設。

巴爾特首先修正以往的「寫作」及「意識形態語」二分，現在他將作品分為「可讀」（legible）及「可寫」（scriptible）[105]。可讀的作品，如古典及現實主義小說，讀者是被動的消費者，接受預先包裝好的意義，不受到鼓勵去作多樣聯想。可寫的作品，如前衛作品，要求讀者介入，共同生產符體的意義；可讀作品，大抵假設文字是單義的，而對外間世界有着固定的理解。可寫作品，符徵與符念再非單對單，而是在捉迷藏，由符徵變成符念的過程絕不是順理成章、由一個符徵引至另一符徵，符念則永遠是可望而不可即[106]；可讀作品因此往往支援了現有的現實、既存的習慣及安排。可寫作品則要求讀者創造新秩序。

古典現實小說──「正常」的「文學」──是可讀作品，偏向限制文字的不羈活動，封閉了語言無窮的可能性。現實主義寫作的目的是模仿及等同現實，亦往往信以為作品的文字就真的等於現實世界。許多接受了現實主義假設的批評，亦將小說中的現實當作歷史現實來討論，忘記了兩者都是生產出來的。的確，我們看楚洛普言情小說，我們只看到「情節」，忘記了文字活動，看到產品（一時之間誤當為現實），忘記了生產過程。傳統批評念念不忘找出作品的「真正意義」，因此更鞏固了幻象。

「S/Z」再提醒大家，現實主義是語言效果，不是現

---

105 「可寫」scriptible，亦曾被譯為writable 或 writerly；「可讀」lisible，曾譯為legible、readable或readerly.

106 德利達等人甚至認為作品（包括現實主義小說）裏，符徵與符念是永不結合的。

實的翻版。巴爾特將小說分為五百六十一個「閱讀單位」（lexias）——有些單位只有一個字，有些長至幾句，每個單位可作個別分析，但亦可作單位之間的重組，例如第一個單位開始了一疑端，要到第一五三個單位才解答了。另又分九十一「枝節」（divagation），將小說的前後次序任意安排，並請他的學生們齊來作自由聯想，盡量將小說不言的意義引申出來，將這篇原本看似有固定意義的現實主義可讀作業，變成讀者主動、變化無窮的可寫符體。巴爾特用克麗斯第瓦的名詞，尋求「符體相互性」（intertextuality）——符體與聯境之間、這符體與其他符體之間、符體內各單位之間的無窮相互參借。

更致命的是巴爾特提議在閱讀該小說時，沿用五項閱讀策略，或者說五種閱讀小說引申意義的符碼，以暴露小說「現實」效果的生產過程[107]。用比較通行的名詞，這五種符碼是「故事性」、「主題性」、「社會性」、「心理性」及「心理分析性」[108]。巴爾特自己的名詞則是：「行動性」（proiaretic）、「詮釋性」（hermeneutic）、「文化性」（cultural）、「引申性」（semic）及「象徵性」（symbolic）[109]。

行動符碼及詮釋符碼的功能是推動符體一步一步的趨向終結。行動符碼關乎行動——故事體，每一節行動（引誘、言談、性愛等），有始有終，符體每節有一種內在壓

107 這五種符碼，並非小說內先存的固定客觀結構，而只是一種研究的步驟及策略，這正是靜態的古典結構主義與《S/Z》為代表的續結構主義之間的分別。

108 Coward et al., 1977, p. 54.

109 《S/Z》使巴爾特為法國以外的學院派重視。

力，非去到每節終結是不能發洩掉的。故事體就是這樣引導讀者，推進情節。例如「開門」的描繪，預告有人進入及其後的關門。行動符碼不斷的命名，不斷的推向每一節的終結，組成故事結構，保障現實主義符體的可讀性。每一命名（例如說男女主角四目交投），應接着其他部份的伏綫，產生引申意義，引起期待，逼出最後的解決。

詮釋符碼在符體進展的每一階段提出「問題」，有如在說「這是誰幹的？」「女主角又有甚麼反應呢？」……到終結時，一切都應有了答案。這是現實主義小說的特別要求，故事過程中提出一些疑難，然後在文章發展中解答。現實主義小說的讀者，誠恐心目中的疑問到了文末還未有答案，最後因找到了所有答案故滿足。「沙拉桑」裏，最大的問題，是老人是誰，誰是桑比娜拉。但為了延遲解答疑問，以引起讀者追看，詮釋符碼要做到若即若離的效果，讀者又似答案在望，又似越來越糊塗。小說手法很多，包括懸疑；佯說謎不可解；答允終於會有答案；佯在提供答案，其實是誤導的陷阱；剛要答時，被另一事物打斷……等等。

行動及詮釋符碼令符體向前發展，但本身並無資料作用。其他符碼則提供基本資料生產引申意義。

文化符碼，或稱「參閱」（referential）符碼，是外間社會各知識系統的符碼，如藝術、政治、歷史、道德、神話、意識形態等等。符體內，符碼不斷需要結合外間的符碼才可產生引申意義。例如一句「年青人」，可能包含了「衝動」的意思。文化符碼使符體看似是反映歷史現實，但巴爾特毫不費力的說明，就算是現實主義作品的文化符

碼，也不是直涉現實生活，而是依賴人云亦云的成見，那些定型及被天然化了的神話。上述「年青」人的例子，如果不作一般定型的解法，讀者反會摸不着頭腦，減低了作品的可讀性。現實主義因為要掩飾文字本身的活動，要讀者以為在觀看現實，故此要比其他寫作模式更需要依賴天然化了的定型。現實效果的文化符碼，大多是定型的外間知識符碼，而不是作者自創的。巴爾扎克作為現實主義作家的典型，亦不例外。他不是在發明，而是在「引錄」，所謂「現實」，只是別人曾經「寫過的」（already written），現實主義並非在複製現實，只是在複製現實的複製品，只是符碼與符碼的重叠。

引申符碼的效能是製造「特色」。巴爾扎克不用明言那家族「有錢」、「富裕」，他只需要說家族住在最高尚的巴黎某區及開最奢華的派對。這樣，「有錢」的引申意義已建立了，這也是現實主義著名的手法，以資料性的命名代替形容詞來產生引申意義。引申符碼完成了任務後，便從故事體上消失，退歸背景裏。

象徵符碼是最難掌握的，涉及了拉康的心理分析，即涉及故事結構的對立及主體的位置性。現實主義作品的基本範疇，一定是要配合外間社會的主流範疇，例如說男女有別。故此，當性象徵桑比娜拉被發現竟是中性人時，符體的整個語言及位置性都進入危機。閹割一事，在小說內是符合主題邏輯的，但卻攪亂了一般人的期望及思想範疇——被攪亂的包括沙拉桑、講者的女伴及我們的小說讀者。現實主義作品與讀者之間有一默契，就是文內的符徵是指涉着固定的符念（符徵等同符念是傚擬的基礎）；「沙

拉桑」小說卻將默契破壞——連講者的女伴聽完故事後，都大失所望，拒絕回報講者。馬克思曾指出商品交換，有賴於固定的社會位置性的建立（自由工人、資本家等），同樣地，現實主義有賴固定的角色位置性。巴爾特指出，《沙拉桑》裏，性對立的崩潰，震盪同時見於語言、性、及經濟三層面，使發訊者／收訊者、男人／女人、出售者／收買者的固定關係動搖。

語言危機是因為小說中一直形容桑比娜拉的，都是女性名詞，現實主義文學的文字，是性別文字，中性文字不可能（或看上去不自然）。就算小說並沒有說桑比娜拉是女人，讀者亦會引申「她」是女人。

性危機是因為兩性界限變得不足了，以往建基於男女有別的各種心理及社會對立，現因那中性人也是「人」，而顯得手忙腳亂。

經濟危機是因為財富再不是如當時人所認為的來自土地及世襲，而是來自「交換」本身。一八三〇年代是金融資本家冒升的時候，黃金成為了經濟交換品，一切都不是封邑領主制及早期布爾喬亞經濟觀可以理解的。故此，「沙拉桑」小說的象徵符碼，戲劇化了各種極限：現實主義的文字，性別主義的性觀念，及封邑領主制／早期布爾喬亞社會的經濟形式。

《沙拉桑》，一篇看似意義清晰的可讀現實主義小說，經巴爾特的慢動作閱讀後，變成意義泛濫的可寫符體。現實小說再不單是觀察與表達。小說甚至不再是浪漫主義所認為的是作者的創作，而是許多「聲音」的交錯編織，其中大多是當時的成見、定型及作業式文字。西方傳

統文學觀，以作者來代表作品的真諦，而作品本身反只是外殼。巴爾特則會說，作者只是符體各位置性的其中一個名詞，因為作者必須犧牲自己來遷就那客觀及集體的系統 —— 寫作模式及語言。巴爾特在七七年的《戀人的陳述》說：「我」是不能寫「我自己」的。

《S/Z》之後，巴爾特視符體為原慾（erotic）對象。他分開「樂趣」（pleasure）及「快感」（bliss, enjoyment）。符體的樂趣是有關知識上的滿足，符體的快感是短暫的、私人的、性的滿足。巴爾特不想單單視符體為純粹知識活動，他想結合形式主義的分析及主觀的美藝判斷。他甚至再提出「作者」的問題 —— 作者仍然並非符體的「創造者」，但卻有「多元化的魅力」。他在同一本書內，竟論列了薩德（性作家）、傅立葉（烏托邦政 治作家）及羅育拉（耶穌會聖人），就因為三者分別執著地發揚了三套新的語言、寫作模式及意義系統。

巴爾特列舉自己的轉變階段如下：一、最初受紀德影響，有了寫作的衝動；二、受沙特、馬克思及布萊希特影響，關注社會性的神話，著作是《零度寫作》、《神話集》及論戲劇的文章；三、受索緒爾影響，注意符號學，著作是《符號學原理》及《時尚系統》；四、受索萊爾、克麗斯第瓦、德利達及拉康影響，着重符體研究，著作是《S/Z》、《薩德、傅立葉、羅育拉》及《符號帝國》；五、回到尼采，着意道德問題，著作是《符體的樂趣》及《羅蘭巴爾特》[110]。

---

110 Barthes 1977, p. 45. 巴爾特說「道德」一詞，應作僵化的「倫理」一詞的相反義

巴爾特是一以貫之的唯物主義者，他說死後，自己一方面化為物質元素，另方面在朋友記憶中留下一絲半縷的「魅力」，如此而已，並無精神不朽或文章留萬世的唯心空想。

他一生亦貫徹着一種非中心化的解散哲學，用「吊詭」（paradox）姿勢，將單元的化為多元的，將密不透風的揭破為零星斷續的，並將現階段智慧認為不可理喻的境界吊詭地提出來。文化（符體）對他來說，必然是零星斷續的，但自有其偶得的樂趣及快感。他說他只不過想用生活去將時代的矛盾來個淋漓盡緻的貫穿。他使經過理論考慮的美藝主義洗脫惡名。

符號學

結構主義及符號學曾一度可以調換來用。勉強要分開，則說結構主義是指事物內在關係及整體性，符號學是以符號的強定對立概念去觀看文化現象。或說結構主義是思潮，符號學是學科。不過就近年的發展而言，以上的分法只可作為討論的開端，不足以作為終結。

索緒爾曾預言語言學將只為符號學的其中一門學問，雖然前者的方法可為後者普遍採用。影響所及，許多學者皆認為語言學是符號學的基礎。卡西勒說「語言學是符號學的一部份」；布倫非特說「語言學是符號學的主要奠基者」；溫萊說語言是最重要的符號現象；最後巴爾特說符號學是語言學的一部份[111]。

111 見Sebeok T., Ecumenicalism In Semiotics, 收集於Sebeok T., ed., *A Perfusion of Signs*, Indiana University 1977.

近年，符號學者意見紛紜，似乎否定了語言學在符號學裏的中心地位。當結構主義思潮在歐陸消退之際，符號學作為一個學科卻可能享有獨立的生命。這反映在符號學的英文名稱，由索緒爾的semiology退位給了出自其他來源的semiotics。

現時的分歧，分縱綫橫綫的二方面：

一、克麗斯第瓦說「一個階段的符號學已經完結了：那自索緒爾及皮埃斯，至布拉格學派及結構主義……要完成對那『系統符號學』及其現象學基礎的批判，只可以是從意義理論——必然即是言語主體的理論——開始」

早期的semiology自以為是符號科學，偏向描述每個符號系統的固定規律。後期巴爾特、德利達及克麗斯第瓦心目中的符號學，則強調符號的一般哲學及功能。他們的急進觀點往往與已成為學院派的符號學者互不相容。

二、涉及地理政治。追隨索緒爾者，大多自稱semiologist，但美國的一派，認為符號學的鼻祖是美國本土哲學家如皮埃斯及摩利斯等，並自稱semiotician。

除了法美兩地外，符號學在歐陸如意大利及蘇聯皆有所發展，大抵已沿用了semiotics一字，而與法國結構主義的關係則越來越遠。

或許我們不應太強調這年輕學科的分歧。一九六二年美國首次「符號學」研討會上，出席者來自多個學科，包括近年備受注意的先進思想家貝特遜。受人尊敬的人類學家瑪嘉烈米特發表聲明，主張發展「溝通的多模式分析」，並說「符號」學這門新科學，是為人類而立，不受私心所制。「第一屆世界符號學會議選擇在華沙舉行，除

西方國家外，捷克、東德、波蘭及蘇聯的代表都能參加。
第二屆本亦在華沙舉行，但因六八年時局，改在六九年的
巴黎舉行，成立國際協會，強調國際合作[112]。

實務上我們支持合一運動，但討論上我們要求界綫分
明。理論上的分歧在一九七四年米蘭的符號學會議上已公
開了。為方便討論，這裏集中簡介美國符號學及法國克麗
斯第瓦的符號學。

§

對美國的符號學者來說，索緒爾的符號學，只是一個
綱領，並無細緻內容，而皮埃斯一九三一年的論文集才是
眞正的開路先鋒。皮埃斯可說是秉承着西方現代哲學的一
大趨向，或可稱為「語意哲學」，美國知識界熟悉的有邏
輯實證主義的維根斯坦、卡納浦、新黑格爾派的柯靈活、
現象學的呂恰慈、美國本土的懷海德、皮埃斯、卡西勒、
摩利斯及蘭格等。這一傳統更可分別上推至康德、尼布湼
茲及洛克。研究語言、象徵及符號的哲學，在西方有着頗
深遠的源流。

大抵西方的社會科學，有的主要是以研究的對象來界
定學科的範圍，如政治學；有的則主要是以研究的方法來
界定，如經濟學[113]。符號學則有點似社會學，既以對象亦以
方法來界定。故此，符號學和社會學兩者在最興高彩烈的
時刻，會以為自己可以統籌一切社會學問。

美國符號學正如早期的法國結構主義，並不是謙虛的
活動。美國符號學的原動力，來自所謂「統一科學運動」

112 Sebeok T., *Contributions to the Doctrine of Signs*, Indiana University 1976. p. 1–5.

113 Macintyre A. & D. Emmett., ed., *Sociological Theory And Philosophical Analysis*,
    Macmillan 1970, 編者序。

（Unified Science Movement），主催者包括當年知識界巨人如羅素及懷海德。杜威、摩利斯、布倫菲特、卡納浦都曾在這旗幟下發表總論性的著作，而庫恩著名的《關於科學革命的結構》（*On the Structure of Scientific Revolution*）亦是在這種動力下發表的。

美國符號學可說一開始已帶有邏輯經驗主義及行為主義的色彩。三十年代主催符號學最力者為摩利斯。他除了受皮埃斯影響外，並承受了他老師喬治米特的行為主義，用「期待」及「滿足」等概念治理符號與對象的關係。不過，他的符號學包含甚廣，試圖解決符號的運作，符號對收訊者的影響，及符號之間的關係三方面，即語意學、實用學（pramatics）及句構學（syntactics）三個學科。他稱其總結為「科學經驗主義」。

當時反對摩利斯及行為主義最力者，為「新批評」人文學者，主張藝術與科學分開，以防藝術受制於科學的抽象主義及化約主義。這群環繞着「肯揚評論」（*Kenyon Review*）的有心人士，誤將科學界定為實證主義，但由於他們的影響力，卻將符號學的發展冷卻了數十年。

「新批評」學派中人將符號學等同行為主義，在摩利士身上還說得通，但到了雅克慎便需要修正。雅克慎故意忽視行為主義，改宗索緒爾、胡塞爾及皮埃斯。但雅克慎的路綫並未為「新批評」所重視，致符號學到了近年才能用於文學研究。

戰後另一符號哲學發展是卡西勒及他的學生蘭格。卡西勒認為人是符號動物。由於他的人文傾向，減低了美國知識界對符號研究的歧視。

摩利斯的行為主義雖不容於人文知識界，卻被帶到去符號在非人類界的研究，即「動物符號學」（zoosemiotics）。摩利斯認為符號研究不應限於語言，啓發了其後的非語言的符號學。美國符號學既包括動物符號學及人類符號學（anthroposemiotics），故更不能接受索緒爾心目中的符號學界定。瑟備阿是發揚美國符號學及廣義符號界定的近年主要人物。在他的心目中，貝特遜的控制論及生態學、貝爾特蘭費的「系統科學」（systems science）以至戈夫曼的社會學皆有着符號學基礎。從皮埃斯，符號學的對象被界定為「符界」（semiosis），即兩個圭體之間的溝通過程。回應着摩利斯，符號學被認為可以籠絡各種科學，成為各科學的組織者，並是瞭解一切人文社會科學的基礎。

皮埃斯的思想重大影響了雅克慎，而雅克慎則影響了列維斯特勞斯。但另方面，美國符號學在六十年代能夠復甦，除了因為該國當時提倡多科際研究外，主要還是趁法國結構主義的風頭，多於任何個人的提倡者。美法兩地符號學雖有此淵源，但我們今天最感興趣的，卻應是兩地符號學基本的分歧[114]。

如果法國符號學的源頭是索緒爾（及對他的批判），美國的則是皮埃斯。這位實用主義哲學家認為一切思想及經驗皆為符號活動，故此符號理論亦是意識及經驗的理論。皮埃斯致力於分類。例如他說「感覺」是第一性，藝術欣賞至忘我境界而毫不自覺，近第一性；「眞正存在」是第

---

114 我們可以克麗斯第瓦代表法國符號學的近年發展。歐陸符號學並非劃一。例如六十年代法國電影符號學家美斯，深受皮埃斯影響。其實，除了對語言及文學藝術的急進性研究外，美國符號學在其他題材上（如生物界）將成為學院派正統。

二性，是突然醒覺，正如陶醉於音樂之際突然被敲門聲驚醒；「反省」及「思考」是第三性，注意音樂的結構及組織者屬之。符號學亦分三面，一是符號本身，或稱純粹文法；二是符號的對象，或稱邏輯；三是符號在符界扮演的角色，或稱純粹修辭[115]。相應於符號學三面的三門學問是：字句學、語意學及實用學。

皮埃斯最常被引用的概念是「擬象」（icon），「索隱」（index）及「象徵」（symbol），屬符號的第二類（符號對象）研究。其中，擬象的概念，是美國符號學對索緒爾式符號學最重要的補足。

「擬象」符號與其參照的對象形象上相似，照相是最純粹的例子。擬象因此同時指謂及引申意義。

「索隱」符號與對象只是在特定的情況下有關連，例如魯賓遜飄流至荒島，發現一腳印，知道島上有某類動物。又例如見到欄杆，知道附近有屋宇。發高燒表示有病，可算是索隱，雖亦有人將「徵兆」看作另一類符號。

「象徵」符號與對象的關係只是約定俗成的，是故意的，文字就是例子。

換句話說，擬象的符徵與符念「相像」，索隱則是「接連」，象徵是強定的。大多數時候，符號有多過一個的特點。

§

已珂曾說符號學要同時建立一套符碼的理論及一套符

---

115 每一面之下又分三類，純粹文法分 qual signs、sinsigns、legisigns；邏輯分 icons、indexes、symbols；純粹修辭分 dicisigns、arguments、rhemes；從這三個三分法，皮埃斯闢出十類符號，其後更分化為六十六門符號。

碼生產的理論，既注重結構規律亦重視生產方式，此外，他強調一點：只有當主體參與了符界活動時，主體才成為符號學的考慮對象之一。換句話說，他認為主體的構成過程的研究，已超越了符號學的範圍，符號學要避免過濫及唯心主義，必須將研究對象界定為符界的經驗活動。已珂的符號學定義，既是系統的亦是過程的，應是大家所能接受的了，但他對主體在符號學裏角色的界定，卻使克麗斯第瓦的主體理論的符號學地位受到懷疑。

克麗斯第瓦的「符號學」，正是試圖將主體、符體及符號系統結合起來，以一套理論來處理，並將三者放進意識形態及歷史連續體裏。索緒爾、胡塞爾、巴爾特、拉康、德利達及亞爾杜塞爾的學說，皆為克麗斯第瓦所運用，以發展一種語意心理分析，足以解釋各前衛文學作品的含意構成過程。但換一角度看，她的思路，頗接近闖姆斯基及巴哈田，以下的介紹即以後兩者為重點，避開克麗斯第瓦的艱澀符體相互性。

早期結構主義往往偏向靜態分析，索緒爾及皮埃斯的符號概念，皆以為符號是另一事物的表現，同時，他們的溝通概念，主體是被動的（成為發訊者或收訊者），符號系統化約為一些結構性或邏輯性的規律。

克麗斯第瓦指出含意構成過程是多義及斷續的，並不一定有固定結構，符體不是結構的總和，任何符體都有着符體相互性，是符體內部各符徵的遊戲、是符體與別的符體的互相影射、是符體與歷史聯境的辯證揉合。這是語言的特色。語言並非一種完成了產品，被動地供「溝通」之用。語言是一種生產、一種實踐，是意義及結構的爆炸，

將主體非中心化。含意構成過程將既有的論述規則推入危機，並考驗社會歷史的禁忌。寫作因此是一種顛覆的活動。任何形式化的符體或語言概念都因而是軟弱無力的。

克麗斯第瓦因此用上了闊姆斯基的生產性語言及巴哈田的動態含意構成模式。後者的對話觀，將主體帶進含意構成。符體永不是有着固定的結構，亦不單止是符號的現象，而是生產。克麗斯第瓦認為每符體有兩層面，一是「現象符體」（pheno-text），這是一般符號學研究的對象；二是「生源符體」（geno-text），不能以任何靜態結構觀視之，是意義的泛濫，是符徵的嘉年華會，可供無窮的閱讀。如果現象符體是經驗層面的，生源符體則是抽象層面，將主體及符體放進歷史聯境裏，通過閱讀產生無窮的顛覆性意義，實現了符體的樂趣/快感。

克麗斯第瓦試圖同時提議一種創作目標，及一種心理語意學。主張革命的創作要以擾亂主體的社會及閱讀位置性為目的，這使克麗斯第瓦偏幫了某些前衛作品而限窄了文學實踐的多元性，故此是有前衛主義的毛病。她對主體的興趣，則使她近年改業為心理分析家。

德利達

六十年代末的續結構主義，前景人物是德利達。他與所謂左翼海德格派的反人本主義，對西方形而上學及列維斯特勞斯等的結構主義抱着同樣批判的態度。

考拉爾認為德利達的重要見解可分三方面[116]：

---

116 Culler J., Jacques Derrida, 收集於 Sturrock ed., 1979.

一、作為哲學家，他暴露了西方形而上學的唯心核仁，他稱之為「實在形而上學」（metaphysics of presence），或「原道中心主義」（logocentrism）。他說我們雖然不可能完全逃脫形而上學的天羅地網（除此外我們不能思考），但我們可以批判形而上學，揭穿它底假設，點出它試圖壓抑的思想生產條件。

　　二、作為心細如髮的讀者，他重新閱讀了盧騷、索緒爾、佛洛依德、柏拉圖、黑格爾、胡塞爾、康德、奧斯汀……，他巧妙地證明，各人的符體，其實內在地批判了各人自封的思想。或者較準確地說，每一符體是多方面的編織，其意義永不是統一的自洽的，而是不斷相互取替的。他的閱讀方法，用諸文學批評，漸出現人人側目的新學派：「拆建」（deconstruction）[117]。

　　三、作為續結構主義者，他指出列維斯特勞斯、巴爾特及拉康等仍帶有本質主義傾向。德利達因此被認為完成了結構主義未竟全功的急進唯物主義，成為最徹底的反本質主義者[118]。

117 他與耶魯大學的德曼被視為拆建批評的代言人，是先知還是騙子，在英美精英大學的文學院裏仍爭論不已。Deconstruction一般譯作「解構」，但現象學家米勒解釋：deconstruction不是破壞，不同於小孩將父親的手錶一去不回的支解。Deconstruction是將事物原來模樣，拆解後用新手法去重新建構，拒絕接受符體表面所提供的「固定意識」及「有機統一」，反對批評家們以眞命闡釋者自居，交還符體以多元多義及模稜兩可性。他說deconstruction一字有兩個字首：de及con，同時是解散亦同時是建立。「解構」應作既解且構的理解。或譯成建築用語「拆建」，符合錢鍾書在《管錐編》所說的中文特色，合諸科於一言。米勒的見解，見Miller J-H., *The Critic As Host*, 收集於Bloom H., P. De Man, J. Derrida, G. Hartman, J-H. Miller, *Deconstruction & Criticism*, Seabury 1979.

118 這是Coward Et Al. 1977全書的論點，德利達的符號批判加上拉康心理分析，容許了克麗斯第瓦結合了心理分析、符號學及歷史唯物論。

德利達自己並沒有提出全面性總括性的理論，他似乎證實了完備自洽的理論系統根本是不可能的。

在六七年，德利達驚人地推出三本書：《字法學》、《寫作與分別》、《言談與現實》；在七二年，他又出版三書，加上個別文章，使他一時之間集中了法國知識界的注意力。

德利達執著地暴露西方思想的匯聚點：「實在」的形而上學。所有的形而上原則、基礎或中心思想，必依賴一種「實在」，不論那「實在」被稱為甚麼樣的本質、存在、主體、意識、良心、超越、實質、神、人……等等。在笛卡兒的「我思故我在」，那「我」就似乎是個固定不受影響的人存在。又如兩人對話，總是假設了意義是實存於對方的意識中，字句詞藻只是表達先存的意義。由此可見，「實在」的思維非常普及，由哲學至日常思維，都依此原則，幾乎所有的思想都是實在形而上學，而所謂現實更被界定為由一連串實在所組成。我們幾乎不懂得以「不在」來思考。

讓我們考慮一枝矢箭：如果我們只考慮現在，那麼在每一個現在，箭只可能在一個位置，但箭是在移動中，亦即是說現在/實在是由非現在及非實在所組成。這近乎常識，但我們會奇怪人類的各思想系統往往忘記了這點而建立在「實在」上。當然，這觀點不是德利達首創，希臘芝諾（Zeno）學派及現代物理學都有類似觀念，中國上古思想亦不乏例子[119]。德利達卻指出實在形而上學的普遍及霸性，

---

[119] 莊子及老子是明顯例子。惠施的「連環可解也」，無始，無終，吊詭思維，亦包含了非中心化的假定問題範圍，暗合芝諾學派及尼采。德利達大概會認為孔子正名論是實在形而上學。

以此來化約所有西方思想。在我們的語言裏，凡不是實在的，我們就稱為不在，但其實沒有任何事物是實在的！一切都是建立在與「不在」的關係及分別之上。

語言是其中一個清楚的例子。當人類首次用某種符徵去指涉「食物」之時，他一定已知道了該符徵與其他符徵的分別，同時有了食物及非食物的分別。語言並非單對單指涉外間現實，並非實在性的，故此，凡是追尋某符徵的開始，以為每語言符徵都有着神秘的始源，只是另一種實在形而上學在運作中。

任何含意構成過程，有賴分別及結構，不過，分別及結構本身卻是由個別事件來表現的。如果我們從事件開始，我們會發覺分別及結構才是決定性的。但當我們從分別及結構開始，卻會找到更早更基本的事件。這樣來回於結構及事件，每邊的觀點卻顯露了自己的缺點，是永不可解決的辯證法，是永遠追尋不到最終最原始的一個始源。德利達因此同時排斥了歷史主義及結構/功能主義。

德利達用「分延」（differance）來修正索緒爾、佛洛依德及尼采等人慣用的「分別」（difference）[120]。法文differer有二個意思，一是「分別」（differ），一是「拖延」（defer），德利達正欲同時取此兩義。differance，分延，亦是結構，亦是過程，是共時的分別，又是順時的拖延。分延的概念，超越了結構主義裏最重要的概念：分別。因為，「分延」是生產出來的，既是被動的靜態的分別，又是主動的動態的拖延，是結構，亦是事件。從結構開始，我們看到分

---

120 Difference及Differance 在法文裏聲音很近，但後者除了解作形式上的分別，還多了「時間」的觀念：Defer。

別，但這分別立刻被抹去（under erasure），只留下「痕跡」（trace）。書寫故亦是分延，是分別的痕跡。

德利達的分延概念因此修正了索緒爾及結構主義。索緒爾認為符號只有關係，沒有正面的字眼，換句話說符號只有分別。符號系統內只有關係，沒有實在，符號的意義同時由實在及不在去界定。他又說符號分符徵及符念兩面，但同屬一個過程。索緒爾因此開始了對實在形而上學的批判。

但索緒爾仍保留了唯心主義。符徵與符念的對立，仍假設了我們可以孤立地談符念。索緒爾的實在形而上學，見於他底原道中心主義。他認為言語與書寫相比，言語是基本的，書寫是附加的。他認為語言學不應以書寫為研究對象，並談及書寫對言語的威脅。這點，德利達認為是根深蒂固的西方形而上學，將言語看成天然及直接的溝通，而書寫只是曲扭的表現。這種書寫觀，是與西方哲學同時刻誕生的 —— 柏拉圖亦稱書寫為混血的溝通形式，容易引人誤解，是與「意義」的誕生時刻有隔離的，沒有了言語的實在。書寫被視為言語的寄生品。德利達認為這是西方實在形而上學的特徵，總是在找始源，視另外一些事物為始源本體的衍化。這是原道中心主義。

但同時，原道中心主義卻認為寄生品染污了始源本體的純潔，例如認為書寫染污了言語的純正性。這麼說來，言語原來亦不是逍遙獨立的，反會受寄生的書寫所威脅。基於這點，德利達巧妙地找到開解實在形而上學之匙：他發覺這種反客為主的邏輯在許多哲學著作中出現。例如盧騷，推揚「高貴的野蠻人」，但他卻說，教育可「補足」

天然。這麼說來，天然一定本來就不完整及有所不足的了，教育亦不是作者原意所指的是附庸，而是構成及補足天然的不可缺少部份。又如盧騷說，自瀆是性的危險補足，意即自瀆並非「正常」性行為。但若自瀆可以在某些情況下，補足正常性愛，那麼兩者必有共同性質之處，再推論下去，自瀆的特點，一是那性幻象只是想像的，二是不可能擁有己所慾者。但這其實亦是所有性交的特點：人際的性交，那性對象給你的，亦只是你想像他/她給了你的，而且你亦不可能與他/她溶為一體。故此所謂正常性交亦可以被視為一般性的自瀆。

「補足」（supplementarity）的邏輯，並不如初看時的勉強荒謬，不能簡單的用莊子的一句「能勝人之口，不能服人之心，辯者之囿也」，便將之否定。我們都已習慣了實在形而上學，先對「天然」、「性愛」等名詞有了實在的本質主義概念，可能會妨礙我們體會「補足」這概念的重要。許多情況下，一現象被視為另一現象的寄生、補足，視一個為完滿的而另一個為邊緣性的，但往往我們可以很容易的指出，那邊緣性的其實是界定那完滿的必須條件。

在索緒爾語言學裏，言語是完滿的，書寫是補足。言語有此地位，是索緒爾屈服在西方唯心哲學的一種表現。西方形而上學，假設了在遠古的某神秘時刻，形式（言語）與意義是同時溶合於一體的。人與人講話時，聽到亦等於明白，這是言語的特點，一向被認為是真正的溝通，是沒有外間阻攔及轉折的。索緒爾特別強調語言系統的聲音部份，亦是以為其最純粹。

但符號的基本條件是重覆。任何符號都應是可以重

覆的，亦即是可以割離它原定的意義。某種發音，如果是符號的話，應該可以在不同的情況下重覆。譬如說你對我說了一句話，我去到別的場合，可以用之做例子說給別人聽。由於符號可以重覆，便無所謂原本純正的符號了。反之書寫的特色，文字的特色，卻更接近符號的一般特性。故此，德利達說，如果書寫眞的如傳統所界定，那麼言語已經只是書寫的其中一種形式了。

索緒爾著作是對索緒爾的反諷。他所有的言語例子都是用文字寫出來[121]的，一直被認為是次等的書寫竟可用來解釋第一性的言語，那麼言語的第一性實需要更加好的證明。事實上，在索緒爾的著作中，言語為主及書寫為輔，只是一種先入為主的修辭姿勢，無法找到支持的根據。

索緒爾唯物的符號概念，不免留下唯心的尾巴。他相信言語的聲音最天然純粹，亦即暗示了在遠古某神秘時刻，聲音可以脫離語言系統而存在，符念可以不依靠符徵而直接指涉「眞正的意義」。他的符號，既可分符徵及符念，那麼仍為「純粹符念」、「純粹概念」、「純粹思維」留有回潮的通徑，既有「符念」之說，就有符念脫離符號而獨立的危險。德利達因此說索緒爾仍保留了「超越性的符念」，可以指涉本質，不屬於任何符徵或含意構成過程。德利達進而指出這是「神學」──這唯心尾巴容許了曾經有過一次，符號館神同時同地誕生的想法。如果意義（符念）曾經是純粹地存在，不屬於含意構成過程，那最

---

121 索緒爾著名的「T」字例，已足以說明了文字的特性可以代表了符號的特性，既如此，何必堅持聲音言語為體，視覺文學為用(索緒爾曾明言反對分開身體與靈魂)？

早的意義只可能是神 —— 形而上學最大的實在。這樣,索緒爾的符號學便為唯心主義留下一綫生機。

德利達用同樣的方法批評列維斯特勞斯等人著作(符體)中的形而上尾巴。他的方法是拆建:用符體內部的思路挖出符體的基本假設,再用符體內的矛盾去打擊符體自己提出的概念。

拆建式閱讀常引起反感,因為它假設了各人心愛的作品必然是自相矛盾的,凡文學及認識論述都是在自我拆建。我們一向的文學觀,以為好作品必是完整的,大概亦是實在形而上學的一種[122]。

拉康

中文知識界大致對心理分析頗為陌生,那些已被搬入流行字彙的 —— 例如說蠟燭象徵陽具 —— 更帶給心理分析一個惡名,恐怕只會妨礙我們明白該重要知識傳統。而以往的文學批評,運用心理分析概念時,因缺乏法度去結合私人的歷史與公共的文學形式及語言,亦應驗了杜幹的警示:凡用

---

122 文學的拆建式批評:哈特曼說語言是先於意識的,布魯姆說形式的崩潰生產意義,米勒說所有詩,都是寄生在已有的詩之上,或者說新的詩需要舊的詩但又同時摧毀後者。所有符體皆應是多義的,符徵與符念捉迷藏,永遠無法找到對方。符體的意義是不容批評者去限定的,任何的批評,不論是修辭分析、符號學、故事學……如果自稱可以完盡地概括符體的規律或意義,已陷入了唯心主義,見Bloom et al., 1979。拆建批評曾被認為是虛無主義的,但拆建主義者會認為虛無主義只是形而上學的反面,未擺脫形而上學。我相信拆建批評作為一種急進閱讀策略,對抗各種系統批評的唯心危機,提高讀者的敏感,突出符體的相互性,未嘗不是可取的批評策略。

心理現象直接去解釋社會現象，那解釋肯定是謬誤的[123]。

拉康與列維斯特勞斯同期成名，亞爾杜塞爾及巴爾特都受拉康影響，我把他放在全書最後部份，一方面因為他的思想可能比較難用中文作簡單介紹，故此讀者要有更大的耐性，另方面因為他的思想曾引起許多馬克思主義者的注意，爭論不已，仍是未了結的對話[124]。

拉康畢生的使命是好好地讀通佛洛依德[125]，撥亂反正。對專業心理分析人士來說，這已是不懷好意的舉動。拉康亦不甚婉轉地屢度批評佛洛依德之後的正統心理分析，認為不單止誤讀了佛洛依德，而且將心理分析的急進傾向，馴化為一種治療，將佛洛依德的解放潛力轉為另一形式的社會控制。第二次世界大戰前後，美國的心理分析長足發展，漸成正統，並偏重本我心理學。但拉康則強調佛洛依德最重要的發現是「非意識」及其結構。拉康甚至認為，佛洛依德自己亦震駭於這發現，吃驚之餘，往往在著作中試圖壓抑或避談這事實。拉康因此要從「內裏」重讀佛洛依德，指出後者的「不在」或「不說」，而拉康自

123 語言是連結私人與公共的橋樑，見Jameson, *Yale French Review* 1977.

124 英美從事意識形態研究的馬克思主義者，對拉康的評價頗為分歧。考活特等追隨克麗斯第瓦，認為意識形態理論必須結合拉康的心理分析及亞爾杜塞爾的歷史唯物論，英國《銀幕》(Screen) 學刊的作者，不少曾持此觀點。伯明罕方面的荷爾等，則將拉康的重要性降低，限於「主體在意識形態的位置性」，並不是與歷史唯物論平起平坐。另一些馬克思主義者 —— 賀斯特等會稱他們為經濟決定論者 —— 認為拉康是馬克思主義者的不幸歧途，《銀幕》對這些討論最敏感，見No. 1, 1977至No. 1, 1979期間的文章。詹密遜在*Yale French Review* 1977裏則頗為肯定拉康的貢獻，本書此節的立場近詹密遜。拉康思想的馬克思主義引申，見Coward et al., 1977及 Steve Burniston及Christ Weedon，收集於Schwartz ed., 1978.

125 見Bowe M., Jacques Lacan, 收集於Sturrock ed., 1979, p. 116–126.

己，我不入地獄誰入地獄，則以堅持發揚佛洛依德也不敢想下去的思想為己任。

拉康的特點是借用了結構語言學的一些概念，去重讀佛洛依德。他批評其他同業忽略了語言在心理分析中的功能。他說佛洛依德本人對語言非常重視，顯然是一位優秀的符體分析家，雖然佛洛依德不可能熟悉同時代人索緒爾的語言學，而作為後輩的拉康自己則有幸來結合兩者。拉康因此相信可以用有限的語言概念去解釋非意識及前意識/意識等系統。他的名言是：「非意識結構化如語言」。

非意識與語言的關係可分兩角度考慮：

一、心理分析的唯一媒介是語言，客人口述徵兆，分析者從客人所述的，再摸索出客人的非意識。客人當然不一定懂得描述自己的非意識，分析者因此不是接受客人口述的表面意義，而是要將之「翻譯」。換句話說，只有通過語言才可探知非意識，故此，以為非意識有其先於語言存在的「純粹」狀況，是謬誤的假設 —— 因為就算有真正「純粹」原本的非意識，我們亦無從探知，我們所知的，必先通過語言。同時，缺乏語言理論的心理分析，如盲人摸象，必徒勞無功。

二、人類心理的結構規律，決定人類語言的結構規律，亦極有可能。

拉康無心追索第二條路綫，他甚至極端地認為是語言決定非意識的，不是心理決定語言。他說當一個人開始學習語言時，他/她原本不規則的心理能量就被語言的範疇限制起來，這樣，拉康便可以超越個人及社會的對立，以一個理論來包括兩者。

但拉康的理論絕不是容易掌握的。他有點似黑格爾，你要明白了整套理論後，才可明白其中任何一點的意思。同時讀者時刻要記着，他的名詞，如「父親」、「陽具」，並非實在性的生物名詞，而是關係性的結構概念。

作為介紹的策略，我們先看看拉康提出的經驗三區域：象系（imaginary）、符系（symbolic）、眞實（real）[126]。正是這些概念使拉康不容於正統心理分析。

首先強調這三區域，在分析時不可混淆[127]，但在實際經驗裏卻不是獨立的[128]。在成年的主體裏，有意識的行為及一般經驗已包含了象系、符系、眞實三者在結構上的統籌。正因如此，早年的心理狀況是延續至成年，不斷地調整但永不至消失的。

最初，嬰孩對自己感官取得的資料，並無組織能力，甚至分不清楚自己身體物質與外間物質的界限。這只是假設，因為如果嬰孩自己仍未「知道」有自己，我們亦無從證實。跟着我們可以假設，嬰孩首次「知道」自己之時，

---

126 本書其他地方，曾將Imaginary譯作「想像」，Symbolic譯作「象徵」，這是為方便閱讀的流行譯法，待讀者明白本節的觀點後，可重新解釋本書其他地方imaginary及symbolic 的意義。imaginary是形象經驗，與美學所謂的想像力無關，故譯作「象系」，一般文學批評裏所謂「象徵主義」，在拉康的觀念裏歸入imaginary。Symbolic建立在自我進入符號秩序後，故譯作「符系」。照詹密遜所說，一般所謂佛洛依德式的象徵，如雪茄、高塔等，是「象系」範圍。心理學家克萊因有「部份對象」（part-object）之說，指自我將身體某些部份客體化，成為象徵，如雪茄象徵陽具，取其形似，故象徵實乃「象系」，非「符系」。反而拉康觀念裏的「陽具」（phallus），並非指生物上的性器官，而是人類符號思維結構上的一個主要符徵，故屬「符系」。對「象系」及「符系」的詳細界定，可參閱Jean Laplanche及J. B. Pontalis, Appendices, *Yale French Review*, No. 48, 1976.

127 Laplanche Et Al., *Yale Review*, 1976.

128 Jameson, *Yale French Review*, 1977.

是他/她經驗組織的開始。拉康稱之為「鏡子階段」，大部份嬰孩約在六個月至十八個月期間，身體的行動尚未能完全統籌，卻可以「認得」鏡中自己的影像，第一次連繫到自己與外間的視覺活動，建立了「象系」區域。

　　鏡子階段亦是第一性自戀的開端。那鏡中視覺的「我」，只是一種投射的影像。任何認同，必先有了兩個「我」：觀察的我及被觀察的我。鏡中的我因此只是一理想化的我，是想像的我，認同是基於「錯認」（misrecognition）。以後，每個人有兩個我，一是真實的我，一是理想化的本我，亦即我自己想像中的我。真實的我（主體）永遠是矛盾及不完整的，但理想化的本我卻永遠被當作是自洽及完整的。拉康因此強調鏡子階段的重要後果是，真實的嬰孩與鏡中的嬰孩之間有一永不能填補的鴻溝，終一生不能超越。鏡子階段的象系經驗，產生了本我，故此本我的出現是先於語言，亦即先於任何社會因素。

　　鏡子階段，嬰孩雖然有了自己身體的形象，但本我仍未有一個中心觀點。故此小孩子見到別的小孩哭，自己也會哭。這是「個人主義之前」及「個人觀點之前」的階段，其活動一般稱為「遊戲」，即主體不斷轉變自己的位置性。

　　不過，象系經驗已開始了，已有了內外、我他之分。換句話說，已奠定了人類一大特點：我與「異我」（Other）的對立。鏡子階段，嬰孩與外間形象可以對立，已有了「空間」（space）之念，亦即與異我之別。這是人類侵略性及一切道德的基礎。尼采及沙特都曾探討空間與道德的關係：所謂「好」，是「我」的立場，「壞」，是我投射的對手的立場。象系的機能，就是內外及我他的對立空間，

由嬰孩的鏡中「視覺本我」經驗開始，一直糾纏至成年人對自己、對他人及對外間世界的我他分別。任何的認同及假想對敵，都涉及象系[129]。

嬰孩第一個認同的是母親（指司母親職者，不一定是生母）。嬰孩與母親的接觸，使嬰孩將自己身體某些區域賦予特殊地位，如口腔、肛門，以至後來的性器官。佛洛依德以後者來界定，全屬性慾地區。

但有時母親會不在嬰孩身邊，或不注意嬰孩。這是嬰孩最早的憂慮（anxiety），亦因而要學習符號溝通：語言。嬰孩知道有些聲音，可以吸引（控制）母親或拒絕母親。語言因此是嬰孩克服憂慮的嘗試。

語言的介入將嬰孩推入符系區域，由「象系」進添「符系」，嬰孩的憂慮不減反增。邏輯上，嬰孩先要分得出自己與異我，才可能認同母親及促生語言。在嬰孩的言語裏，異我是其中的符徵。但是，嬰孩接觸的異我（母親、父親），皆以性別為分。在核心家庭制度裏，父親擁有母親，代表法律。這裏，父親亦不是指生父，而是指父親在家庭制度結構上的角色，雖然在大多社會裏，結構上的父親角色，是由雙親中的男人去扮演。父母的物質形象是屬於象系，但父母的「角色」是屬於符系。

嬰孩進入符系後的第一個重要時刻是「殺父戀母」（Oedipal）。父親的介入，使嬰孩不能獨霸母親，要屈服於

---

129 我們可以說美蘇冷戰、中西文化罵戰、國共互軋，都涉及象系將一些現象（如共產黨、國民黨）形象化起來，團結認同者，以劃清對手，確立異我，絕不含糊，才能煽動群眾盲動。如果完全是說理（符系），我們可能發覺共產黨不是我們（認同或攻擊）的共產黨，國民黨也不是國民黨。象系是將一些本身矛盾及複雜的現象視為完整及理想化。

人倫社會。嬰孩在語言上，已被賦予一特定的社會位置，不准取代其他異我（如父親）符號的位置，在家中他亦受男女長幼等分別所規限。凡與社會位置性不合的心理衝動，因為無法用符號表達，就被壓抑了，成為非意識。符系的第二個重要階段是「閹割」（Castration）。嬰孩認同的是母親，學語言以控制母親，但語言卻規限了嬰孩在位置上要屈服在父親之下。閹割不是生理上的，而是結構上的。父親既有權將母親與嬰孩分開，嬰孩若要永久保留母親，就必須自己取代父親的位置。男小孩的閹割憂慮，逼他接受了先存的符系秩序，屈服於父親/法律，希望有朝一日可取而代之。男小孩因此接受了語言規則，因為社會語言裏，他是可以將來成為父親，認同父親，奪母親。在語言裏，男孩長大後成為丈夫及父親，故此就算男小孩的心理衝動是想做父親的「妻子」，他亦無法表達這衝動[130]。

　　嬰孩符系後，象系能力亦隨增，開始發展與別人關係、妒忌、遊戲、以至說話[131]。最初的象系，只有基本的對立如內外、我他、喜惡……但符系使小孩能夠用一物件

130 這點對女權運動有深遠含義。「最初，男孩女孩同時想成為父親母親，因為他們慢慢知道自己不能兩全其美，唯有壓抑其中一種傾向。男孩女孩都是生長在父權制度下，故此當他們學習語言及生活時，他們首先想做父親，但只有男孩才有資格。男孩女孩都想得到母親的慈愛，但從文化傳統中，母親的慈愛是「陽具變嬰孩」，故此兩者都想成為母親的陽具，但，再次，只有男孩才知道自己有此資格。因此男孩女孩同時拋棄自己女性一面 (Femininity)……」錄自胡爾夫(陳冠中的筆名)，「女人就是希望」，《號外城市雜誌》No. 48, 1980. 該文介紹米歇爾J. Mitchell, *Psycho-Analysis And Feminism*, Penguin 1974. 米歇爾亦重讀佛洛依德，但未援用拉康的語言。

131 象系時間上先於符系，但小孩進入符系後才能掌握象系。克萊因的實驗顯示，不懂語言符系的小孩，亦不善遊戲 —— 不能發揮幻想及不能以一物代另一物。

代替另一物體，代替那些被視為禁忌及被壓抑的物件，代替母體。這樣，心理發展正式開始。值得再提的是小孩是生於一個約定俗成的語言系統裏，非他/她自選的，被逼認同某些名詞，如男、女，每個名詞代表了社會的固定位置。拉康說，當一個人進入符系關係時，一個人才真正成為人。

心理結構因此決定於符號，特別是語言。這裏可強調幾點機能：

一、命名：對事物的命名，促使主體在客觀世界的位置性的調整。最重要的一個命名，就是「父親」這個符號。父權社會的語言，環繞着「父親」，以此界定其他符號。父親是擁有者，擁有母親、權力、慾望。小孩接受性別主義的語言，希望有一天自己取代父親。

二、代名詞：語言以第一身的代名詞（我，我們）替代了複雜矛盾的主體。代名詞只是突出了看似完整的本我（他就是某某人），掩飾了原本千變萬化的主體。代名詞亦界定了主體的社會位置性（他是某某之子）。但代名詞只是一個符徵，一種表現，以「實在」的本我代替了充滿「不在」的主體。語言學習因此造成對主體的壓抑，生產「非意識」。

三、語言是先於個人的產品，故此拉康說，非意識是異我的論述。以往，人們慣將非意識看成「天性」（instinct），卻將語言與理智意識並論。拉康卻將語言看成促生非意識的壓力。語言因此不再是理性個人的中性表達媒介。

這是拉康相近黑格爾的地方，拉康的心理發展階段用黑格爾的客體化（alienation）來理解[132]。嬰兒第一次客體化，

---

132 Alienation 含有客體化(objectification)及物化(reification)兩義，馬克思的間離論，是以經濟生產的過程來界定，故這裏只提黑格爾。

是在鏡子裏看到理想化了的本我，第二次客體化則是進入符系秩序。嬰孩因為殺父戀母及閹割的憂慮，屈服於外間的語言規則，他/她底慾望，只能用那外間語言去表達，亦即受外間語言所限制。如果我們視語言為客體化了的結構，那便接近拉康對語言的理解了。

嬰孩解決殺父戀母情意結的方法，是對凡符系秩序不容許表達的衝動加以壓抑，非意識由此生。平常，他/她只能依從外間規則說話，他/她的位置性視乎他/她與陽具（中心符徵）的關係。只有在夢兆、歇斯底里、漏口風等行為中，非意識才冒現。拉康分開了「需要」（need）及「要求」（demand）。需要是生物現象，如吃喝睡，要求是人際的，出現於個人進入符系（語言）之後。慾望（desire）——包括需要及要求——因此是慢慢發展出來的主體與異己關係，例如人的性慾望，是比動物的遲，人的動物性（需要），經過客體化為語言關係（對異我的要求），才能得到滿足。亦因如此，拉康認為性慾望是永難有完全滿足的，除了直接的需要外，還有間接的要求。慾望的對象，有如符念，是捉迷藏般但永不會捉得到。樂趣可從生理上張力的消解而獲得，但快感要求異己全面化為自己，是基本上不可能的。神經質（neurosis）及性倒錯（perversion）的解釋可由此引申。

慾望涉及了語言化的要求，故此非意識可說是「一連串的符徵」。拉康用雅克慎的兩大語言組織原則——隱喻及換喻——來闡明心理如語言。慾望是換喻，徵兆（symptom）是隱喻。

以夢的分析為例，分析者唯一的資料，來自發夢者口

述或筆錄其夢。但發夢者的複述往往詞藻貧乏，不及原夢豐富影像的萬一（但分析者無從知道原夢）。此外，一個短夢，要真正描寫起來，可以花上無數的文字。佛洛依德指出這是因為夢的結構有兩大機能：隱凝及換接。拉康有了語言概念，並以此分析該兩大機能。隱凝就如隱喻，將多個影像凝縮在一個影像上；換接就是換喻，以一象替代另一象。拉康並引申說，產生神經質徵兆的心理機能是隱喻的，涉及了兩個符徵的並排：身體變化與不良性經驗。至於非意識的慾望，永無滿足，將精力由一個現象換接另一現象，由一物件換接去另一物件，故此是換喻。換喻機能的衰敗，產生「崇物」（fetish）。

拉康的學說至此已推翻了原道中心主義及實在形而上學。既沒有語言之外的人類思維及慾望，亦沒有純粹的心理本質。心理分析如語言學、對象都是含意構成的生產過程。所謂「我」，只是想像中的本我，建立在象系的認同與對立，因此是「物化」（reified）了的。真實的我（主體），並無固定實質，只是張力及衍化的矛盾辯證結合，不是實在的「物」（thing）而是過程。傳統心理學誤以為研究對象是人的心神，將心理看成有固定範疇，拉康則以「處於過程中的主體」（subject-in-process）代之，將主體非中心化了。

主體的過程就是含意構成的過程。符號一方面生產了主體，一方面需要主體才能運作。語言之可以運作，因為主體能分辨自己及異我，視後者為「賓辭」（predicate）。主體與賓辭的位置性，永遠是決定於先存的意識形態裏，當主體進入語言（符系）時，它在社會的意識形態位置性亦隨着語言運作而不斷生產出來。最早的意識形態機能，是性

別及家庭[133]。拉康的心理分析因此對主體、語言及意識形態理論都作出了突破。

換句話說，符號運作需要主體作為轉折。意義是浮游於符徵與符徵之間——或者說根本沒有原裝純粹的意義，只有符徵的活動，語言有如一本字典，所有字的意義只可以由另一些字去界定[134]。但是，為甚麼X字可指涉ABC等意義，不可以指涉其他呢？這是因為主體在含意構成過程的一些階段，作出刹車，或疏導出發展方向。而主體可以這樣做，是因為社會關係（意識形態）已限制了含意構成的可能性。

入符系後，主體裏象系的角色是甚麼呢？象系並不會在成年的主體裏消退，繼續是大部份道德抉擇的形式。拉康補足了結構主義一般只對符系的關注。拉康並沒有視符系為理性化，或視象系為康德式的道德。他亦沒有如其他急進心理分析理論重象系而反符系的烏托邦主義[135]。他似乎超越了兩者的偏頗。他說主體是受限於符系（包括法律）的，但結論不是取消符系秩序。其實，拉康比任何人更具悲劇觀，因為對他來說，符系是人無可避免的客體化。

§

拉康曾經主持一著名研討會，論愛倫坡的《偷去的信》（*Purloined Letter*），認為可說明「形式化語言決定主體」。《偷去的信》故事說皇后寢室收到一封告密信，揭某名人的隱私。皇后認為那名人就是她自己，因此想將收

---

133 Coward et al., 1977, p. 93–94.

134 拉康注重的是符徵不是符念，或是說在含意構成過程中，符徵與符念的鴻溝永難填。Signifier-Signified，中間那一綫之隔，表明兩者從不匯合。

135 包括馬爾庫塞、威廉賴克、諾曼布朗。

到信一事隱瞞不讓皇帝知曉。一名陰險大臣趁皇后進退維谷之際，在皇后面前公然用另一信掉換了原來的告密信，皇帝懵然不知，皇后見狀，但不敢作聲。後來，警察當局奉命追尋該信，請來了怪探杜平，翻大臣寓所，但警察遍搜仍不獲，除了杜平知道最當眼的地方就是最隱蔽的地方，於是這位世故的怪探，悄悄再將信偷回，無人受累，亦無人知道信的內容[136]。

那被偷去的信，只是一個流動的符徵，當它由一手轉一手時，意義亦變了，它介入各權力關係，並決定了各主體的身份及行為。那封信（符徵）關乎三個位置性：皇帝、皇后、大臣；在故事發展中各位置性變了，杜平取代了大臣，大臣變了皇后。如果故事體有符念的話，那符念就是語言本身。詹密遜指出，結構主義的主流意識形態，就是符徵，而歷史並不存在。這裏我們回頭談拉康的第三個經驗區域，真實。真實是不能直接經驗的，必先假定了象系及符系兩種活動。拉康因此並無否定真實，只是說真實不可直觀。他的象系，包括直覺，但不限於直覺，符系包括理知，但亦不限於此。他以象系、符系及真實為心理生命的三個有關區域，可說是解決了康德哲學裏直覺與理知二分的困局[137]。拉康的真實概念，更指出了一點，我們不能將知識與現實混淆。心理分析或馬克思主義可能提供了一些知識，但不等同現實。詹密遜認為這點修正了亞爾杜塞爾的意識形態與科學的對立。

---

136 這亦是希治閣著名的「麥高芬」(Macguffin)伎倆：一切驚險皆因某重要秘密開始，但劇情發展後，那秘密的內容已不重要。

137 對拉康來說，「真實」是混沌一片，在人的認識之外。

詹密遜並用象系及符系來概括現下的文學批評。早期符號學過份強調符系，嘗試為符系秩序製定永恒的地圖，布萊希特的劇場亦可算是強調符系以揭破象系。相反地，現象學式的批評，強調生活經驗及感官的誠實性，而浪漫主義以至近年歐陸前衛的精神分裂文學[138]，皆以象系為依歸[139]。但是，拉康理論的急進處正是統籌了象系及符系，不是要壓抑其中一種，而是要解放兩者。解放的藝術，因此是要融滙象系與符系。

---

138 如沙特心目中的讓熱內，或德路思的邊緣遊牧思想等。

139 拉康的符系及象系，並非回到十九世紀的抽象思維及形象思維，後兩者唯心地假設了完整超越的個人(思想家、藝術家、作家等)，可隨意選擇思維的模式。拉康的理論因此剛好是對浪漫主義的形象/抽象思維論的批判。

附：亞細亞生產模式

被禁制的課題：馬克思的亞細亞論

馬克思認為，亞細亞式的古代社會，有着獨特的生產模式，截然不同於歐洲地區歷史上的各種生產模式。

這個見解，恩格斯、考茨基、普列漢諾夫及本世紀初許多馬克思主義學者皆曾予以肯定，並加以發揮。故此，亞細亞生產模式是馬克思主義裏重要的課題之一。

但是，這個課題，使俄國布爾什維克黨人的革命策略失去了理論上的支撐，列寧是第一個重要馬克思主義理論家故意逃避亞細亞生產模式的課題，斯大林更徹底扼殺了一切有關的討論。三〇年代後，亞細亞生產模式的課題，便從所有官方馬克思主義教科書及宣傳文章上消失，好像從來不曾存在一樣。

當列寧斯大林主義成為蘇聯正統學說之後，那原是馬克思學說的亞細亞論，亦普遍地被各國受蘇聯影響的馬列主義者所遺忘。

近年，蘇聯政權的性質，已普遍為人所洞悉，亞細亞生產模式的課題，再被發掘出來，作為批判蘇聯式官僚集產政權的利器。

亞細亞生產模式不單是學術上的問題，並且包含重大的政治意義。

二十世紀中國的馬克思主義者未能好好的發揮亞細亞

生產模式的課題，未能誠實地正視馬克思對中國及亞細亞社會的見解，那疏忽現恐已難以補償。

亞細亞論可說是馬克思主義思想發展史上夭折了的課題，是派系政治介入馬學的醜陋例證。

馬克思最基本的分析範疇，不是「經濟基礎」，不是「所有制」，更不是「階級鬥爭」，而是「生產模式」。

據蘇式馬列主義的說法，世界上所有社會，都能概括成為五個階段：原始共產主義、奴隸制、封邑領主制、資本主義、共產主義。不單止馬克思所說的亞細亞生產形態「失蹤」了，而且歷史被視為單線向前的發展，全世界或遲或早，但絕無例外地，向同一最高階段邁進：蘇聯為榜樣的共產主義。

但馬克思原來的說法有點兩樣。與蘇式馬列主義的主要分別是，馬克思並不認為世界上只有五個歷史階段（五種生產模式），而且，馬克思的史觀是多綫的及多中心的，各生產模式並非排隊似的一個接一個遞進。

這點，現在比較開放的馬克思主義學者皆已同意，雖然在分類、分期及內在規律上，尚未有一致的看法。我認為最可信的觀點，綜論如下：原始公社似乎是人類共通的第一類生產模式。社會分工加上地理環境，使歷史朝向不同的方向發展，至少可分三大類，1. 在希臘以及羅馬一帶，出現城邦制的動態社會，帶有擴張主義成份，經過複雜的波折後，逐漸以奴隸為主要勞動者，馬克思稱之為古典的古代，或希臘羅馬形態，或奴隸制。2. 在日爾曼地區，村落頗各自為政，但同時或親或疏地有着氏族關係，只有在戰爭、祭祀等活動時，各家族才聯合起來，形成類

似國家的組織，這些地區的土地，基本上是私有制，馬克思稱之為日爾曼形態，當希臘羅馬形態解體之時，日爾曼形態加上中世紀式的城市，便逐漸成為歐洲主要的生產模式，即封邑領主制（中譯封建制）；這些中世紀城市，其後成為孕育資本主義的搖籃。3. 在亞細亞及斯拉夫地區，村落自給自足，工農不分家，土地歸朝廷所有，水力灌溉及公共工程促生了大一統政權，馬克思稱之為亞細亞形態。換句話說，原始公社之後，出現了希臘羅馬、日爾曼及亞細亞（包括斯拉夫）三種生產模式；其中，日爾曼生產模式直接過渡至中世紀領主制，並不經過奴隸制階段，而只有在領主制地區，才出現了誕生資本主義的條件。亞細亞則另成一格。當然，亞細亞形態只是一種稱呼，並不單指亞細亞地區，還包括中南美、非洲、米索波達米亞、斯拉夫等地區的形態。

亞細亞形態因此既非奴隸制，亦非領主制，更不曾自發地出現資本主義萌芽。馬克思曾說，中國及印度等是「亞細亞形態」、「亞細亞社會」、「東方社會」、「亞細亞共同體」、「亞細亞生產」，俄國則是「半亞細亞」。亞洲地區裏，日本的生產模式則是領主制，跟歐洲相似。

本世紀初布爾什維克黨人為配合奪取政權的功利目標，不惜掩飾俄國是「半亞細亞」的事實，硬將馬克思主義解釋為一種目的論的歷史主義，以歐洲社會的簡化了的發展階段，當作俄國及世界其他地區發展的必然道路。這樣，歷史最終只可以有一個終點：共產主義。如此，蘇聯共產主義順理成章得以代表了世界歷史最先進的階段，成為其他地方的模仿對象。

中國共產黨人陳獨秀及毛澤東，急於附會蘇共當權者，毫無抵抗地將單綫史觀搬進了馬克思主義裏。一九二八年以後，中共的官方正統史觀，不再提及馬克思所說的亞細亞形態，反將以歐洲為樣本的奴隸制和領主制來套在中國，並用中國周代的「封建」一詞作為宗法領主的封邑制的中譯，進一步混淆言論。

反而，馬克思正面涉及中國的言論，以及亞細亞論，卻未受到開放及普遍的研討。如果早期中共黨人不是向第三國際和蘇聯當權者一面倒，那麼馬克思有關中國及亞細亞社會的見解，照道理應是中國馬克思主義者最熟悉最重要的文獻才對，可是，實際情況卻剛好相反。

共產黨是十分「文縐縐」及「講道理」的，不論正確與否，共產黨每一政策，必然有一大套道理來自辯，樣樣要引經據典。故此，意識形態的爭論，對專制政權的衝擊力，往往比多元民主政制來得更強。如果早期中共黨人能夠廣泛考慮亞細亞論，中國現代史是否會有點不同呢？

近二十多年，亞細亞生產模式的課題，已重新引起馬克思主義者的關注，甚至蘇聯境內亦曾出現討論，中國的馬克思主義學者能繼續沉默下去嗎？

馬克思當年的亞細亞生產模式論的主要概念綜論如下：世界上許多農業社會，地理環境使然，雨水不足，必須借助河流及人工灌溉，但大規模的治河工程，不能單靠個別的自發力量，故出現強力集權政府，組織群眾，治河開邊，關運河以利交通灌溉，築城牆以抵外侮流寇，這是亞細亞式大一統國家的物質基礎。一般平民分屬氏族村落，混合小型農業及小型工業，自足自給。有些亞細亞社

會如印度、土地屬村落共同體所有，另一些如中國，則農民可以佔用耕地，但農民雖有佔用權，朝廷及天子才是土地的擁有者。亞細亞社會不似歐洲的奴隸社會及領主社會：私有制並不佔重要地位。亞細亞社會裏，農民的生產，部份（所謂盈餘生產）以實物或人力服務方式，繳交給朝廷，故此是租務與稅務不分。由於村落自給自足，而且農工合一，故不會如歐洲中世紀出現強大獨立的城市新階級。亞細亞社會基本上是穩固的，官吏朝廷過份剝削時，農民會起義，但社會的基本方式不變，故此只有朝代改換，沒有社會革命，唯有外來勢力才可以強暴地解散亞細亞社會。

在亞細亞社會裏，對立的階級不是奴隸主與奴隸，地主與農奴，或資產階級與無產階——以上的階級對立並不存於亞細亞社會。亞細亞恒久不變的兩大階級是：專制官僚與一般平民，即官與民，這兩者才是亞細亞社會的統治階級及被統治階級、剝削者與被剝削者，也即馬克思所謂的「東方專制」。

推論下去，亞細亞真正的歷史革命，是打倒官僚，取消中央專制。所以蘇式統治者對亞細亞問題反應敏感；此所以列寧在最誠實的時刻，曾表示俄國的革命事業，稍一不慎，只會陷入「亞細亞復辟」。

本文只能簡略地講述馬克思對問題的看法，後來怎樣湮沒了，又怎樣再被挖出來。亞細亞生產模式是個複雜多面的問題，難在一篇文內完滿處理，故此最重要的是比我更有資格的人，同意這是當前迫切的課題，同時客觀政治學術環境容許他們暢所欲言。

馬克思亞細亞論的轉變

馬克思從一八五三年開始至逝世止，一直堅持亞細亞生產的概念。但他大部份精神放在研究資本主義，相應之下他的亞細亞論只可說有了初步輪廓，未能全面發揮。

馬克思較詳盡地論亞細亞的著作，是一八五七至五九年間的《政治經濟學批判大綱》。這個《大綱》是寫於一八五九年的《政治經濟學批判》以及其後的《資本論》之前，卻要到一九三九至四一年才在莫斯科發表，較普及的版本則更要到一九五三年才在東德出阪。故此近期支持亞細亞論的馬克思主義者，要比本世紀初的同志較多討價還價的本錢。

馬克思與恩格斯在一八四〇年代撰寫《共產黨宣言》及《德意志意識形態》等書冊時，對政治經濟學的認識尚淺，對亞細亞社會的特殊性未加以留意，他們該時的歷史觀是受傅立葉影響的單線史觀，以歐洲的發展為藍本。當時馬恩仍存有布爾喬亞意識形態，即所謂「前進」，以為歷史階段是一個接一個的向前發展，故該時馬克思對資本主義頗有正面評價，並認為英國帝國主義長遠來說對亞細亞的印度有好處。馬克思說，「的確，在印度斯坦造成社會革命完全是被極卑鄙的利益驅使的，在謀取這些利益的方式上也很愚蠢，但問題不在這裏，問題在於，如果亞洲的社會狀況沒有一個根本的革命，人類能不能完成自己的使命。如果不能，那末，英國是不管幹出了多大的罪行，它在造成這個革命的時候畢竟是充當了歷史的不自覺的工具。這麼說來，無論古老世界崩潰的情景對我們個人的感

情是怎樣難受，但從歷史觀點來看，我們有權同歌德一起高唱：

> 既然痛苦是快樂的泉源，
> 那又何必因痛苦而傷心？
> 難道不是有無數的生靈，
> 曾遭到帖木兒的蹂躪？」

馬克思因此說英國帝國主義在印度的行為，「在亞洲造成一場最大的，老實說也是亞洲歷來僅有的一次的社會革命」。

一八五〇年，馬克思恩格斯論及鴉片戰爭，認為中英貿易，打開了古老帝國之門，並預言將會引發一場社會革命，歐洲的反動派將可以發覺中國長城上寫着「中華共和國，自由、平等、博愛」等字樣。

大致上，一八五〇年以前，馬恩的觀點，與當時歐洲的開明布爾喬亞一樣，一方面譴責帝國主義的罪行，另方面樂觀的認為帝國主義促進了東方古老帝國的崩潰，容許新世界秩序的冒現。馬克思並預言待時機成熟，印度人自會起而趕走英國帝國主義者，故此這階段馬克思的觀點，亦是現代第三世界民族主義者一般持有的觀點。

當時，馬克思對亞細亞社會的特殊性缺乏理解，他未能預見，當歐洲帝國主義強暴地將亞細亞共同體解散後，出現的不是歐洲的翻版，不是從此追上了歐洲歷史階段的發展步伐，而是一種比前更恐怖的亞細亞變種。自馬克思開始研究亞細亞社會形態後，他便再沒有堅持這種單純樂觀的論調。到了晚年，馬克思甚至說，如果亞細亞共同體能夠自然有計劃地發展，不曾受歐洲帝國主義無

理性的破壞，應可找尋一條不同路綫發展社會主義理想。

一八五〇年代開始，馬克思在大英博物館閱讀室潛修古典政治經濟學，他從理察德‧鍾斯及約翰史釗活‧穆勒的學說中，看到源自亞當‧斯密及詹姆斯‧穆勒的概念如「東方社會」、「亞細亞政府模式」等，並從貝爾尼埃、威廉‧鍾斯、科斯特爾牧師等東方學者的著作及英國國會的東方報告，吸收了許多印度及中國的資料。從一八五〇年代開始，馬克思的思想有了變化，他自稱已達自己知識的巔峰，他的成熟作品如《政治經濟學批判》及《資本論》都是五〇年代後發展的。亞細亞論對他影響至深，包括把他的史觀由布爾喬亞的單綫論變成唯物的多綫論。

一八五〇年代開始，馬克思及恩格斯開始撰寫文章論亞細亞社會。

五三年，恩格斯有次寫信給馬克思，隨便發表了一段有關亞細亞社會的見解，恩格斯說：東方政府一向有三大部門，財政（掠奪國內）、軍政（掠奪國內及國外）和公共工程（管理再生產）。英國殖民地政府卑鄙地只接管了前二者，卻不履行第三項任務，累至印度農業社會破落。恩格斯並說：「土地私有制的不存在的確是瞭解整個東方的鑰匙……東方人為甚麼沒有實行土地私有制，甚至沒有實行封邑領主制的土地私有制呢？我認為，主要是由於氣候的關糸，此外還和地勢有關。人工灌溉在這裏是農業的第一個條件，而這不是公社和省縣的事，是中央政府的事。」

馬克思在一篇為紐約報章撰寫的文章上，引申這觀點，認為東方村社，「由於文明程度太低，幅員太大」，公共工程由公社或中央政府去管理。「在亞洲，從很古的

時候起一般說來只有三個政府部門……氣候和土地條件，特別是從撒哈拉經過阿拉伯、波斯、印度和韃靼區直至最高的亞洲高原的一片廣大的沙漠地帶，便利用管道和水利工程的人工灌溉設施成了東方農業的基礎……亞洲的一切政府都不能不執行一種經濟職能，即承辦公共工程的職能。」

馬克思更進一步說，東方社會自足自給：「在印度有這樣兩種情況：一方面，印度人民也像所有東方各國的人民一樣，把他們的農業和商業所憑藉的主要條件即大規模公共工程交給政府去管，另一方面，他們又散處於全國各地，由農業和手工業的家庭結合而聚居在各個很小的地點。由於這兩種情況，所以很古的時候起，在印度便產生了一種特殊的社會制度，即所謂村社制度，這種制度使每一個這樣的小單位都成為獨立的組織，過着閉關自守的生活」。

馬克思並強調東方社會停滯不可愛的地方：「我們不應該忘記：這些田園風味的農村公社，不管初看起來怎樣無害於人，卻始終是東方專制制度的牢固基礎；他們使人的頭腦局限在極小的範圍內，成為迷信的馴服工具，成為傳統規則的奴隸……他們把自己的全部注意力集中在一塊小得可憐的土地上，靜靜地看着整個帝國的崩潰，各種難以形容的強暴行為和大城市居民的被屠殺，就像觀看自然現象那樣無動於衷；至於他們自己，只要某個侵略者肯來照顧他們一下，他們就成為這個侵略者的無可奈何的俘虜。」

同期，馬克思引用了貝爾尼埃的資料，說「貝爾尼埃正確地看到，東方(他指的是土耳其、波斯、印度斯坦)的

一切現象的基本形式就在於不存在土地私有制。這甚至是開啓東方天堂的眞正鑰匙。」

一八五〇年代初馬恩一致的看法綜論如下：1. 東方沒有歐洲的封邑領主制；2. 原因是東方沒有土地私有制；3. 這與地埋環境有關；4. 中央大一統專制政府是組織生產的機構，管理公共工程；5. 西方帝國主義，破壞了東方的秩序，無意中逼使東方進入西方歷史的發展階段裏。一八五三年間，馬克思的亞細亞論只有雛形，以印度的史實為藍本。不過他已經認為印度及中國同是「完全東方」，而俄國只是「半東方」、「半亞細亞」。（俄國的村落組織似亞細亞，但卻非依靠人工水力灌溉。俄國的大一統專制政府，是韃靼西征時才傳入的）。

一八五九年一月，馬克思發表了著名的《政治經濟學批判》，在序言裏，他首次用「亞細亞」一詞（馬克思在《資本論》中改用賦貢制一詞），提出歷史上的主要生產模式：「大體說來，亞細亞的、古代的、封邑領主的和現代資產階級的生產模式可以看作是社會經濟形態進步的幾個時代」（馬克思的「進步」兩字，是依黑格爾的意思，指人類潛力的發揮，中國官方翻譯是用「演進」兩字，變成只是時間上的接替）。

這句話怎樣去理解呢？馬克思如何得出此結論呢？有些馬列學者認為馬克思未用上原始社會的字眼，故此「亞細亞的」一定就是後來恩格斯所謂的沒有階級沒有私有制的原始共產主義。這個解釋，是以後來的馬列教條的歷史觀，反過來硬套在馬克思之上，其實，在一八五〇年代末，馬克思與恩格斯尚未眞正考慮到原始社會的問題。兩

人要到了六七十年代，受到摩爾勒、摩爾根及科瓦略夫斯基等的人類學和史學著作影響，才對原始社會史有了重要的見解。

實際上，馬克思在說這句一八五九年名言之前，已將其論據寫在五七年至五九年的《政治經濟學批判大綱》裏，但正如上文所說，《大綱》要到近一個世紀後的一九五三年才為世人所知，這是許多不必要誤解的原因。《大綱》是馬克思寫在筆記簿上的草稿，其中部份資料在其後的《資本論》中已獲提出，但《大綱》有一章名為「資本主義生產以前各形態」，卻因該著作出版的延遲而完全不為馬克思主義者所知。其實，要理解成熟期馬克思的亞細亞論，必須以《大綱》裏「形態」一章為根據。

從《大綱》裏「形態」一章看，馬克思顯然認為，亞細亞制度的基本特點，是「……這個形態是以手工業與農業合而為一的自給自足的單位為基礎的……」這些小村社具備了一切「再生產和擴大生產的條件」，此亦是東方社會「停滯」穩固的原因。朝廷則高高在上，管理公共工程：「在大多數亞細亞的基本形態裏面，那處於一切小公社之上的綜合單位便成為高級所有者，甚至成為唯一的佔有者，因為真正的公社反倒只不過是世襲的佔有者……它就成為凌駕於多數個別的真正公社之一的特殊的東西。」

東方社會，並無歐式私有制，國家不是為擁有生產資料的階級服務，國家本身就是生產資料的擁有者。小公社的一部份剩餘勞動，歸屬那「上級的集體」，這上級的集體最後由一個人來代表。這種剩餘勞動，可以採取賦貢形式，也可以採取集體勞動的形式，「這一類的公社財產，

如果確實是在勞動中實現出來的話，它可以表現為這樣的情形：許多小公社獨立並存，偷生苟活，在公社內部，個人則在分配給他的份地上跟他的家屬一起獨立地從事耕作；（有一定數量的勞動用於公共積蓄，也可以說是為着保險，這是一方面；另一方面，則用來支付公社本身的費用，例如戰爭費、祭祀費等……）」

　　馬克思在《大綱》裏，顯示了一點：所有制問題並不是界定生產模式的基本範疇，只是生產關係在「法律上的表達」。此所以印度與中國在所有制的形式上雖然不同，但同屬亞細亞生產模式。馬克思分開「擁有」（如歐洲私有制）與「佔有」：「在東方，財產僅有公社財產，個別成員只能是其中一定部份的佔有者，或是世襲的或不是世襲的，因為任何一部分財產都不屬任何成員自己佔有，反之，個人則係公社底直接肢體，即直接同公社形成一體，不能跟公社分開，因此，這樣的個人只能是佔有者。只有公有財產，只有私人佔有。至於這種佔有方式就它對公有財產的關係來說，在歷史上和地域上卻可以發生極大的變化，那要看勞動究竟是由私人佔有者獨立地進行呢，還是由公社安排的或由一個公社之上的單位統一規定的。」

　　有了對《大綱》的認識後，我們就可以解釋，為甚麼馬克思屢次說亞細亞系統的「真正地主」是國家或天子。我們亦可以明白為甚麼馬克思在五〇年代末，知道中國有小農自留地後，仍然說中國是亞細亞形態。另外，我們可以看得懂《資本論》裏，馬克思的見解：傳統中國如殖民的印度，同是「亞細亞生產」，小農加上小工自足自給經濟，但中國不同印度，早已放棄了公社田制，而且不至於

淪為殖民地，故在十九世紀仍得以保存傳統的生產模式。

從《大綱》中，我們知道馬克思所說的各種生產模式及其派生形態，並非單綫向前的演進，亞細亞生產並不會引申出歐洲式的奴隸制或領主制，更談不上自發的資本主義萌芽。我們應視馬克思所說的「生產模式」為分析概念，而非順序的階段。

美中不足的是，馬克思未能完整闡述亞細亞社會裏國家的功能。從馬克思論波拿巴主義的文章裏，可知他亦注意到官僚問題，在《剩餘價值學說史》裏，馬克思曾順帶提出，東方社會農民的剩餘價值是交由國家及官吏去分配。但是，馬克思作為十九世紀歐洲人，未能預見二十世紀才彰顯的官僚問題，所謂「極權主義」。他與同時代人一樣，仍樂觀地相信官吏專制在現代社會裏將無角色可演。故此，他未將官僚定為可以成為統治階級。

馬克思到了晚年，才感到現代官僚專制對人類的威脅。馬克思晚年的主張，一向受追隨者忽視，現在我們有必要重新予以強調。

馬克思晚年才承認無政府主義者及民粹派對共產運動的批評，包含若干真知灼見。無政府主義理論家巴枯寧曾不斷攻擊馬克思主義，認為國家社會主義只會帶來少數人的專制及多數人的奴役。雖然巴枯寧本身只能提出烏托邦的無政府綱領，並無更好的答案，但他對當時馬克思主義者的政綱的批判，卻是充滿遠見，馬克思私下收藏了一本巴枯寧著的《國家主義與無政府主義》，並加注了詳細的筆記，但卻從不曾公開反駁或讚同巴枯寧，這可能因為共產運動正有着政治上的進展，迫使馬克思暫時沉默。其後

馬克思晚年撰寫巴黎公社文章時，幾乎已同意了無政府主義者對共產主義的批評。另外，一八七五年馬克思亦曾私下向恩格斯說要放棄他在一八五〇年前提出的國家社會主義及無產階級專政的主張。

在亞細亞問題上，馬克思轉變更明顯。一八五〇年代以前，馬克思持單綫史觀，肯定西方資本主義的進步作用。六〇年代後，他開始懷疑雅各賓式的先鋒黨革命暴政，他對傳統亞細亞社會亦有了較複雜的評價。一方面，他更憎恨專制，仍認為東方社會內個人自由甚至不及歐洲領主社會。但另方面，他似乎認為東方村社共同體，一旦推翻了剝削性的專制政府，將剩餘生產投資在民生，甚至比西方資本主義社會更接近社會主義理想。這見於馬克思一八八二年為俄文版《共產黨宣言》寫的序文，及一八八一年答維拉‧查蘇里奇的信稿中，他提出要使東方共同體得以「在正常情況」下「自發地發展」。馬克思似乎在說，亞細亞社會的轉變，雖然是要借助外間衝擊，但卻有不同道路可循，例如印度的亞細亞生產模式，如果不被英國殖民地主義破壞，反而受到扶持的話，當能出現一更合理、更民主，換句話說更社會主義的形態。但其後的歷史將使馬克思失望，單綫史觀得勢，或粗暴力逼使亞細亞社會成為世界資本主義裏的殖民地區，或同樣粗暴地將東方專制改頭換面成為極權的官僚集產制。

恩格斯的疏忽

馬克思與恩格斯合作四十年而無重大衝突，兩人在重

要問題上意見肯定是一致的。故此，後期恩格斯歪曲了馬克思之說不能成立。但兩人致力所在是有分別的，例如馬克思較精通資本主義，恩格斯較着力於歐洲領主制。恩格斯的地理知識，似強過馬克思。不過，正如恩格斯自己承認，兩人之中，馬克思較深睿。

從一八五三至一八九五年逝世前為止，恩格斯一直持守着亞細亞論。但在他較通俗的著作裏，卻往往過於簡化了現實。有些較弱的著作，如《家庭、私有制和國家的起源》，卻不幸地往往最受歡迎，列寧就過譽《家庭》一書為「現代社會主義主要著作之一」，並認為書內每一點都是可信賴的。

在亞細亞問題上，恩格斯的見解往往啓發了馬克思，甚至超越了馬克思而能將論點發揮至邏輯極限。例如在《反杜林論》中，恩格斯指出，重要社會行政功能的執行者（意即官僚）是可能衍變為「統治階級」。馬克思在《路易·波拿巴的霧月十八日》裏只用上「階層」一詞來指涉官僚，對東方專制的統治者亦未能合邏輯地冠以「統治階級」之稱，恩格斯在這點上比較馬克思更為通透。

《反杜林論》的上半部裏，恩格斯顯示有兩條社會發展的軌跡：歐洲的及亞細亞的。但是，下半部裏，他卻不再提起亞細亞形態，並說國家及階級統治是源自私有制。在該書末段，他只提出三種階級性的社會，分別是建立在對奴隸、農奴及工人的剝削上。《反杜林論》是寫給歐洲革命工人看的，可能因此對亞細亞社會理論處理比較疏忽。

最大問題是出現在《家庭》一書。恩格斯認為分工引致歷史上首次的社會分歧，即階級的出現，一個是剝削

者，一個是被剝削者，先有了經濟控制，才有政治控制，因此統治階級似乎在定義上，是私下擁有決定性的「生產資料」。這樣，私有制被認為是解釋剝削及社會控制之鑰。亞細亞社會既不一定出現私有制，那麼亦不便視為階級性的社會。恩格斯限於自己的定義，只能舉出三種階級社會：古代奴隸制、中世紀封邑農奴制及現代勞工制。至於亞細亞生產模式及東方專制的階級社會，則完全被漏掉。

但恩格斯在其他著作裏曾肯定亞細亞論，他去世前一年仍提及印度與俄國專制，官吏階級以苛政剝削農民的問題。

斯德哥爾摩辯論

馬恩之後，重要理論家如考茨基及普列漢諾夫，非常重視亞細亞論，數度引申馬克思有關這方面的言論，用諸討論彼得大帝之前未西化的俄國、中國及埃及。

一九〇六年，俄國社會民主工人黨（即共產黨）在斯德哥爾摩開會，亞細亞論首次正式牽涉入派系政治。

列寧為首的布爾什維克，視俄國為歐洲的成員，俄國革命的目標，是清除歐洲領主制殘餘，取締地主土地私有制，結論是土地國有化。

普列漢諾夫是孟什維克派，主張土地歸各地方管轄。他依據的正是亞細亞論。他認為俄國的最大弊病，是官吏政權的過度專橫，俄國社會革命的目的，應是消除國家對政治經濟的壟斷，將權力及財富下放至地方及人民。土地國有化，等於舊帝俄的土地政策，引致專制政府，使舊秩序死灰復燃。將土地分散，鼓勵地方主動性及人民參與，

才能防止帝俄的亞細亞專制，打破官吏階級經濟上對土地及政治上決策行政的壟斷。孟什維克派的觀點，亦受到考茨基的支持。

列寧對亞細亞論深感不安，一方面他猛烈抨擊普列漢諾夫，同時堅持他土地國有化的主張，但另方面他在報告中不得不承認，土地國有化是一種亞細亞的經濟政策，可能會導致「亞細亞生產模式的復辟」、「我們底古老半亞細亞秩序的復辟」、「半亞細亞秩序的復辟」、「中國式亞細亞的回流」及「亞細亞復辟」。

對亞細亞問題來說，斯德哥爾摩辯論並無決定性的結論，由於列寧及普列漢諾夫都參加了熱烈討論，以後蘇聯的學者便得以藉此要求討論亞細亞論。但另方面，擁護亞細亞論的，乃將會失勢的孟什維克派，這使得以後持亞細亞論者，受到額外的政治影射，容易被政治打手套上孟什維克的帽子。

列寧對問題的掩飾

列寧不敢公然否認亞細亞論是道地馬克思學說，但形勢需要時，他不惜掩飾問題，或避而不談，或作文字遊戲，當提及亞細亞問題時，亦勉強扯到「地主」問題，而不是官僚專制問題。

大抵一九〇五年之前，列寧仍屢次強調帝俄的亞細亞一面。一九〇六年斯德哥爾摩大會前後，革命策略改變，之後亞細亞專制問題逐漸淡出，必要時改用「農奴」社會、「父權社會」及「前資本主義」等詞作為替代。

一九一四年世界大戰，列寧認為布爾什維克掌權的時機已到，更不願面對亞細亞問題。一七年的《國家與革命》一書裏，列寧自稱是詮釋馬克思及恩格斯的國家理論，但全書竟不曾引用《資本論》，亦不提恩格斯對東方社會的看法，只引用《反杜林論》下半部及《家庭、私有制和國家的起源》來說明三種模式，即歐洲中心主義的奴隸制、領主制及資本主義。

一九一九年的一次講課中，列寧竟說亞細亞形態是歐洲式的領主制的一個旁支。

當中國辛亥革命時，列寧曾大為興奮，不期然在一連串談話中承認中華帝國、土耳其、殖民地前的印度及一九〇五年前的俄國是亞細亞或半亞細亞式的秩序。但到了二〇年，他不再提出中國的亞細亞性質，改而用外在關係來界定中國、波斯及土耳其等地，統稱為半殖民地。

當時蘇聯馬克思主義者仍記得斯德哥爾摩的辯論，但革命事業既看似順利，大家不想再有異議。亞洲的共產黨人，亦樂得接受「半殖民地」的說法，以為可以像俄國一樣，一旦革命，即達到歷史最先進的階段。

但列寧至死，心目中似乎仍有着亞細亞論的「陰影」。此所以他認為單是俄國革命，是不能成功地建立社會主義，必須配合歐洲的革命。

列寧晚年，深感蘇聯官僚問題日益嚴重，曾數度抱怨說，俄國的傳統是「官僚的」及「亞細亞的」，可惜為時已晚。

列寧格勒辯論

俄國革命，引發一九〇六年斯德哥爾摩的俄國社會性質辯論；中國革命，亦帶動了二十年代蘇聯的中國社會性質的辯論。同樣，支持或反對亞細亞論造成主要的分歧。這是亞細亞論第二次正式牽涉入派系政治，後果比一九〇六年更徹底，之後的三十多年，有關討論不再發生。

一九二五至二七年間，蘇聯經濟學家尤金瓦爾加，史學家雅‧甘托羅維治及德國共黨學者卡爾‧韋特佛戈（也作魏特夫、魏復古）等，先後發表著作，指出傳統中國社會並不同歐洲奴隸社會和領主社會。這幾位學者除受馬克思影響外，並大量借用德國社會學家馬斯‧韋伯有關中國的見解，強調中國的水力灌溉及大一統官僚專制。他們都反對以歐洲中心的單綫史觀看待中國。

列寧是第一個正式用上「亞細亞生產模式」一詞的人，二六年後，有關的討論皆以亞細亞生產模式為題。

一九二七年前，第三國際對中國的「布爾喬亞」革命很樂觀，看重孫中山，支持國民黨。二七年國共分家後，中國社會性質及革命路綫的討論更形迫切。支持亞細亞論者包括第三國際駐華的羅明納茲及紐曼，及中共的瞿秋白。至於斯大林、布哈林及米庫的官方立場，則反對亞細亞論，並稱羅明納茲等人背棄了革命中的中國布爾喬亞階級。這點下文再談。

一九二八年第三國際第六屆大會的綱領草稿上，稱所有「殖民地及半殖民地國家」、「經濟及政治上層建築」的主要形式是「中世紀封邑領主關係」。當時第三國際東

方局書記，馬扎亞爾提出抗議，要求綱領上另列一項「東方社會」。同時，瓦爾加在第三國際刊物上，指出用領主封邑關係看待中國社會，不但無助反為有礙正確地理解中國的農業問題。結果，第三國際在綱領上作出妥協，改稱殖民地及半殖民地社會，可以是「中世紀封邑制」或「亞細亞生產模式」。

馬扎亞爾當時並未讀到馬克思的《政治經濟學批判大綱》，但他已認為有足夠證據支持亞細亞論，在他主催下，二七至三〇年間，亞細亞論支持者的言論頗成氣候。學者如馬扎亞爾、舒蒙寧、貝爾林、大林、洛馬爾林、李耳斯勒、舒杜沙、甘托羅維治、華爾加、哥金及巴巴揚等皆有著作支持亞細亞論。馬扎亞爾甚至試圖恢復普列漢諾夫的名譽，可惜斯大林路綫是堅決地磨滅普列漢諾夫對蘇維埃馬克思主義的貢獻。三〇年是亞細亞派聲勢最盛之年。

但亞細亞派幾乎注定是要被轟下臺的。一九二九年時，蘇聯發表了列寧一九年的講課，內裏的歷史觀，正是斯大林贊成的單綫五階段論，列寧似乎是否定了亞細亞論。當時的論者並不知道列寧在另一著作裏又提出了亞細亞論：該著作（馬克思及恩格斯一八四四至一八八三年通信的梗概）要到一九五九年才在莫斯科發表。

東方學的學者杜波夫斯基以列寧的講課為根據，發表意見，否定有所謂亞細亞生產模式，但他卻認為封邑領主制應該分為小農私有制及農奴制兩類。這個見解，同時受到亞細亞論的支持者及反對者抨擊。

一九三〇年間，蘇聯的亞細亞論支持者（「亞細亞派」），大抵同意中國沒有領主制，應以亞細亞生產模式視

之。甚至周代的封建制度，亦不同於歐洲封邑領主制，而是官吏食邑形式的租稅不分的亞細亞形態。

瓦爾加並引申亞細亞論的政治意義，認為中國既無領主制，故亦沒有地主及布爾喬亞階級，不同歐洲布爾喬亞革命前的狀況。中國革命故此不可能是反封邑領主制（反封建）的革命。

這個結論，不幸地與托洛茨基的中國革命主張極為相似。雖然，托洛茨基從未運用過亞細亞論的觀點，而且基本上是反亞細亞論的，但托派亦認為中國革命不應是反封建革命（托派認為中國已到反資本主義革命的時候），所以，到一九三一年，亞細亞派突然被套上托派的帽子，從此湮沒，討論中止。

一九三一年列寧格勒會議是決定性的。該會議有西方馬克思主義者參加，但曾發表重要著作的德共學者韋特佛戈卻不在應邀之列，當時的氣候可見一斑。

反對亞細亞論的約爾克發表猛烈言論，用盡所有藉口打擊亞細亞派。斯大林派反對亞細亞論的理由，可綜論如下：

方法學上，斯大林派依布哈林的見解，一向否定地理因素的重要性。亞細亞派強調地理環境，斯大林派則認為地理因素對歷史五階段的發展只有「加速或阻緩的效果」。斯大林派的觀點，到一九六三年才正式被蘇聯官方所否定。

另一方法學上的問題是，斯大林認為國家只是「上層建築」，是第二重現象，先有了經濟階級，才有為統治階級服務的國家機器。亞細亞派則非常重視國家作為構成生產模式的物質基礎，故不容於當時主流的馬列教條。

亞細亞派將官僚當成統治者，並認為亞細亞社會不會自發地因階級鬥爭而推動至更高的歷史階段，亦有違當時主流的單綫史觀。

但亞細亞派失勢的主要原因是政治性的。

亞細亞派的中國革命觀，太接近托派，成為斯大林派大忌。其實亞細亞派與托派在中國問題上結論雖相近，但論據大異其趣。托派認為中國已成資本主義基地，故此革命再不能依賴布爾喬亞。亞細亞派則認為中國的資本主義是外間輸入的，中國布爾喬亞階級不足以成為革命力量。

其次，亞細亞派的觀點與失勢的普列漢諾夫一致，亦招斯大林忌。

另外，亞細亞派似乎認為歐洲的階級鬥爭方式，不適用於社會性質不同的亞細亞。斯大林派認為這種亞細亞特殊主義，會使亞洲革命人士不去追隨蘇式政策。

最後，斯大林派可能恐怕蘇聯政權會被認為是東方專制，即所謂東方人民不是受私有制得益階級所剝削，而是受官僚壓逼。論者如韋特佛戈認為，從蘇聯當權官僚的角度看，亞細亞論簡直有像炸彈般的威脅。

斯大林扼殺討論

列寧未能公然做到的，斯大林卻做得到，二十年代間，斯大林利用列寧對亞洲社會語焉不詳的字眼如「半封邑制」、「中世紀」、「封邑殘餘」來形容中國等地。一九二七年間斯大林自創地說中國農村存有「封邑制地

主」。三一年列寧格勒會議，結論是以封邑制看待中國社會，亞細亞形態只是封邑制的一個旁支。

一九三八年秋天，斯大林出版《聯共（布）黨史》，其中「論辯證唯物主義和歷史唯物主義」一章裏，只列舉歷史上三種剝削性的階級社會：奴隸制、封邑制及資本主義，亞細亞形態完全消失。斯大林甚至在整段引用馬克思有關歷史階段的言論時，到了提及「亞細亞」的一句，就忽然停止了。

當斯大林主義成為共產主義運動的正統之後，不單止同路人忘記了亞細亞論，連批評馬克思主義的人亦忘記了這重要論點。

陳獨秀與毛澤東的附會

一九二一年前，初成立的中國共產黨仍未完全受第三國際支配，故亦未將中國傳統社會界定為「封建」。

但中國的馬克思主義理論根基薄弱，亦無中國的斯德哥爾摩辯論作為先例，故此中國甚至在沒有蘇聯規模的辯論之前，已經接受了單線史觀。不單黨人如是，整代知識份子皆用單線史觀檢視中國社會。中國的封建制雖然在紀元前三世紀已經沒落，中國亦沒有契約式的君主及領主關係，但以「封建」一詞作為歐洲封邑領主制的中譯，以及作為代表中國的傳統生產模式，卻被普遍接受。

「封建」誤譯導致兩大問題：1. 在中共馬列教科書裏，西方的封邑領主制既被譯作「封建制」，而傳統中國又是「封建制」，使人以為中國與西方的傳統制度一樣。2.

亦有中共黨人，認為中國封建不同西方封建，然後用許多特殊條件來界定中國的封建制，使人不禁要問一句，既然中西的封建幾乎毫不相同，為甚麼反要用同一名詞？甚至要問，紀元前三世紀之前的中國封建制，與其後中共所謂的封建制，到底是否相同？

一九二二年中共第二次全國代表大會，陳獨秀沿用蘇聯東方專家沙化諾夫的字眼，稱中國的「封建制」是一種軍閥官僚制度，這個說法很成問題，但卻無人質詢。二大上，中國被形容為軍閥及官僚的封建主義。

一九二三年，陳獨秀以單綫史觀來界定中國社會，不惜以事實來遷就教條。他說中國社會由秦漢至近代，都屬封建軍閥時代，一方面封建制當道，另方面中國本身的資本主義對之加以挑戰，但未足以取而代之。換句話說，陳獨秀認為秦漢至今，中國社會是封建主義與資本主義的拉鋸戰。但他說「封建」時，只強調一點：地方政治的分裂，以這麼一點來論說「封建制」，方法學上絕不完整。況且，硬說中國地方割據好像歐洲領主政治，是中國政治的常則，亦不符事實，中國歷史其實是以大一統中央集權為特點。陳獨秀的見解，因此剛好與東方社會的真正要點相反了。這點影響了以後國人的革命策略：如果中國歷來的問題真的是「四分五裂」，那麼中央專制似乎是出路；若中國的問題正是中央集權，那麼革命則應是將權力下放給人民。當時陳獨秀的論點，大概是受第三國際東方局書記（第一個赴華）魏金斯基指示。

一九二六至二七年間，托派認為中國商人資產階級已佔統治地位，斯大林及布哈林則以中國是「封邑殘餘」來

反駁托派。二六年，第三國際決議，中國農村是半封邑秩序，自發出現了資本主義萌芽。當時斯大林認為中國革命是布爾喬亞性質，打倒的對像是「半封邑秩序」。

一九二七年七月國共統一戰綫崩潰，共產國際派羅明納茲赴華，批判陳獨秀，改以瞿秋白為首，再檢討中國革命策略及中國社會性質。羅明納茲認為中國社會不同歐式封邑領主制，而是官僚集權國家，當中央權力旁落時，水利及公共工程破落，但租稅照樣苛重，農民在夾縫中，生產停滯，民不聊生。中國既非封邑制，自不會自發地出現獨立的布爾喬亞階級，現在中國的布爾喬亞，只是西方帝國主義的舶來品，不足以領導廣大人民革命，國民黨已墮落為自惠的布爾喬亞，工農情況比歐洲更慘。羅明納茲及瞿秋白將中國視為亞細亞形態。

一九二七年間毛澤東仍未是國際級的中共人士。二八年中共在莫斯科召開第六次全國代表大會，布哈林親臨指導。會上瞿秋白、羅明納茲和紐曼等亞細亞派得以表示意見。但大會決議，否認中國是亞細亞生產模式。這是轉捩點，亦是以後中共的官方立場，在時間上，中國在二八年已停止亞細亞辯論，比蘇聯的三一年還要早。

一九二八年的中共認為，馬克思所說的亞細亞生產模式，主要特點是沒有私有制，中國農民有私產，故不算亞細亞生產模式。中共並不否認有亞細亞生產模式，只不過認為中國不在此例。

二八年是重要的一年，單綫史觀扭曲中國歷史，以歐洲封邑生產模式看待中國前現代社會，所謂「封建」及「半封建」。但是，中共卻遮遮掩掩地保留了一些亞細亞

的概念，例如稱中國為封建時，往往加上「官僚封建」。

名義上中國是「封建」，但內容上中國封建的特點是套取自亞細亞論。這樣，既可滿足馬列教條，又可解釋中國現實。這現象維持到三〇年代末，才由毛澤東徹底地教條化。

一九三八年斯大林寫黨史，毛澤東隨後一年也寫出《中國革命和中國共產黨》（其中首二章後來收入毛選，故算是毛的手筆）。毛澤東與斯大林一樣，絕口不提馬克思的亞細亞論，以至乾脆地重覆着斯大林教條，將歷史分為三個階級性的階段：奴隸制、封建制及資本主義，一個承接另一個，是直綫的向前發展。「中華民族的發展（這裏說的主要地是漢族的發展），和世界上許多別的民族同樣，曾經經過了若干萬年的無階級的原始社會生活。從原始社會崩潰，社會生活轉入階級生活那個時代開始，經過奴隸社會、封建社會，直到現在，已有大約五千年之久」（毛選裏改為四千年）。毛認為奴隸制止於三千年前商代之末，封建制由周代開始至清代鴉片戰爭，封建統治階級包括地主、貴族及帝王，農民是「農奴」，帝王依賴地主紳士作為統治工具，西方帝國主義使中國成為半殖民地，一方面地主剝削繼續，另方面加上買辦資本家的剝削。

一九三八年的毛澤東仍承認中國的「封建」有點特別，就是不會自發地出現資產階級及無產階級。他承認數千年封建的中國，並沒有出現新的生產力、新的生產關係、新的階級力量、新的進步的政黨。「地主階級這樣殘酷和壓迫所造成的農民的極端的窮苦和落後，就是中國社會幾千年在經濟上和社會生活上停滯不前的基本原因」——這是毛澤東非常唯心的答覆。

但是到了五十年代毛選出版，毛澤東認為將中國看作「停滯」是太過遷就了亞細亞論，故此他將原版的基本上停滯不前改寫為「緩慢地發展到資本主義」；以前他說外國資本主義使得中國傳統社會經濟形態崩潰，到毛選裏他改說外國勢力只是「加速」中國本來已經萌芽了的資本主義發展。故此，中國無新生產力、新生產關係、新階級力量的情況下，都可以與歐洲歷史一樣，由「封建」慢慢地但肯定地自變為資本主義。至此，中共官方改寫了中國現實，亦將馬克思的重要概念搓來搓去變得面目全非。

中國社會性質問題，綜論如下：1. 中國所謂「封建」，並不同歐洲封邑領主制，這點部份中共學者亦會同意。毛澤東認為中國封建制內含資本主義萌芽的種籽，等於再將中國封建與歐洲封邑制相提並論。2. 紀元前三世紀中國已經出現大一統專制，封建經濟及政治已沒落。現代學者認為就算是周代的封地制，亦不同歐洲封邑制，其實已屬於亞細亞生產了。故此，現在廣義的「封建制」一詞，應該取消，歐洲中世紀乃封邑領主制，中國實為亞細亞生產模式，而亞細亞中國在上古時期，曾有封建制度，這制度不另成生產模式，而是亞細亞生產模式下的一種形態而已。

孤立的韋特佛戈

談論亞細亞生產模式的課題時，不能不提及韋特佛戈（魏特夫）。他從二十年代開始已經提出亞細亞論，並堅持中國並不同歐洲領主社會的說法。斯大林時代，他

幾乎是西方唯一不斷強調亞細亞論的馬克思主義者。

他的重要見解亦不為同時代的人士所接受。他的一生都幾乎站在夾縫中，左右不逢源。直到近年，他遺世獨立的見解才為人所認識。

二十年代間，韋特佛戈是德國共產黨員，與匈牙利共產黨理論家盧卡契同遊，並為法蘭克福社會調查學院的早期成員之一。當時的斯大林路綫，認為共產黨的敵人不是冒升中的納粹黨，而是左翼的社會民主黨。韋特佛戈卻強調聯合陣綫以對抗納粹黨，當時德共聽命於斯大林，使韋特佛戈在黨內變得孤立。

韋特佛戈的學術興趣是中國，他從黑格爾、馬克思及韋伯的著作中，得到了亞細亞生產模式之觀念，認為適用於分析中國。這與斯大林派的觀點相左，故此一九三一年列寧格勒會議討論中國問題時，這位德共中國專家卻不被邀請。理論上和政治路綫上，他在二十年代已與莫斯科背道而馳。

他是德國馬克思主義者之中，最早堅決反納粹的一批，遠早於其他著名的法蘭克福學派成員。一九三一年有人邀請他前往中國，他以抗納粹為大前題拒離德國。三三年希特拉拘捕他，關在集中營近一年，在英美學者抗議下獲釋，隨即赴中國從事研究，後赴美國任教。三九年蘇聯與納粹德國簽署不侵犯條約，韋特佛戈憤然脫離共產黨，成為一名反共產黨的馬克思主義者。

一九四七年，他首次讀到列寧與普列漢諾夫一九〇六年在斯德哥爾摩的辯論，更加充實了他的亞細亞論，開始撰寫他五七年出版的巨著《東方專制主義》。他特別強調

的是水力生產的社會組織的決定性，以及國家官僚專制的性質，換句話說以生產資料的科技及組織方法來界定亞細亞生產模式。《東方專制主義》是該時代唯一完整地引用亞細亞生產模式的英語著作。

從《東方專制主義》一書，西方馬克思主義學術圈才注意到馬克思恩格斯的亞細亞論。但東方專制並未受到應有的重視。

當時美國的中國專家是拉鐵摩爾、費正清及史華茲等，他們認為中共是農民革命的政權，但韋特佛戈卻力主中共是現代的官僚專制。兩邊的辯論一直延續至五六十年代初。

當時湯恩比及李約瑟亦相繼發表了以整個文明為題材的巨著，他們私下頗受韋特佛戈的影響，但因立場不同，未能承認韋特佛戈的貢獻。李約瑟並在一份共黨刊物上撰文抨擊《東方專制主義》一書，聲勢上及普及程度上，湯恩比及李約瑟的著作亦遠超過《東方專制主義》。

韋特佛戈以前共產黨員的身份，一向站在美國學術主流之外，但當時西方左派的蘇聯夢卻未醒。最不幸是適逢麥卡錫恐怖，消息誤傳韋特佛戈這一位「反共」人士替麥卡錫委員會作證，於是引起西方自由派及左傾知識份子對韋特佛戈的反感及杯葛。這點，到了近年才真相大白，韋特佛戈並非麥卡錫份子，只曾在法庭傳召令下，出席過一次溫和的「麥卡倫」委員會（並非「麥卡錫」的委員會）的答問，會上並發表了不利麥卡錫的言論。

種種際遇，使韋特佛戈的重要見解遲遲未獲西方左傾知識份子所熟悉。反而，首先接受他的水力理論的，是美

國的文化人類學者。六十年代法國掀起亞細亞辯論時，該地馬克思主義者仍強調要將這個馬克思的概念從反動學者韋特佛戈處搶回來。七十年代初西德新左派翻印了韋特佛戈在德國時發表的著作，但卻大罵後來「變節」的韋特佛戈。至於蘇聯，至今還用「叛徒」來稱呼韋特佛戈。

　　幸好，韋特佛戈（一八九六年生）享有很長的壽命，得以看到歷史公論走向他的一面。此時西方左派心智上已比前成熟，開始體會到韋特佛戈見解的含意。他被西德左派學者邀請重訪闊別多年的德國；歐洲的評論用上「卡爾·韋特佛戈傳奇的再生」標題；現已聞名世界的法蘭克福學院稱韋特佛戈一向為該學院最優秀的成員之一，並準備替他出選集。東歐近年最受西方馬克思主義者重視的一本書是《東歐內的替代》，其作者巴羅在西德演講時公開承認該書主旨是「抄襲」韋特佛戈的。至於巨著《東方專制主義》，現正已數種文字再版，其中英文版更是平裝本。第八十二期的英文《中國季刊》引費正清說，韋特佛戈是「我們全部人的老師」。

　　韋特佛戈不是沒有近期的批評者，他將亞細亞論應用在中國之外，還用在夏威夷、北美等多處地方。英國《新左評論》史學家安德遜曾指出韋特佛戈的混淆處。人類學家克利福德·格爾茨在他的《文化的詮釋》亦認為韋特佛戈誤將巴里島生產模式視為亞細亞的。但我相信今天任何一個馬克思主義者都不能不將韋特佛戈視為重要同路理論家。

《政治經濟學批判大綱》

亞細亞論到了五十年代，又獲再生，除《東方專制主義》一書外，另一重要時刻是馬克思一八五七年至五八年寫的《政治經濟批判大綱》一九五三年在東德出版。政治氣候方面，五六年蘇聯公開批判斯大林，並相對地放寬了學術自由，引發了全世界馬克思主義者提出了非教條性的言論。

當時的官方理論可由東方學學者史特魯威代表，他承認馬克思及恩格斯的確曾一度持有亞細亞論，但他倆後來已經揚棄了該看法。況且，列寧對亞細亞社會性質的問題已作了徹底的結論，就是說，奴隸制是世界歷史上除了俄羅斯之外共通的第一個階級性的社會形態。換句話說，三十年代之後，當中共將中國說成歐式封建制之時，蘇聯官方的態度，卻轉為視上古傳統中國為奴隸社會。

《大綱》的出版，特別是其中「資本主義生產以前各形態」一章，無疑是所有不滿中蘇官方教條者的新希望。《大綱》在一九三九至四一年間，曾先在蘇聯出版，大概是反對斯大林的人以此作為圈內的秘密反抗姿勢。其中「形態」一章曾三度印行。五三年東德版是以蘇聯版的影印本為原稿的。日本於四六年曾將「形態」一文譯為日文出版，但並未引起廣泛注意。英文版的「形態」在六四年出版，但全部《大綱》則要等到七三年。反而北京人民出版社於一九五六年已將「形態」一章譯作中文出版。

東德版的《大綱》首先引起該國的衛斯可夫及匈牙利的托蓋注意，他們分別於五七及五八年發表文章，重新反

對將傳統中國視為奴隸社會。起初，這些文章似乎沒有引起反應。到六十年代初，英國一些馬克思主義歷史學家似乎受這些文章啓發，引用「形態」裏的學說，反對歷史五階段論。六三年，捷克及義大利皆出現亞細亞生產模式的討論。

托蓋在六二、六三年間繼續撰文支持亞細亞論，六二年他應邀前往法國的馬克思主義學習及研究中心演講，以亞細亞生產模式為題，引起極大的興奮。自此後，該中心及其刊物《思想》就成為國際學術界重新討論亞細亞生產模式的主要媒介。

蘇聯學者的反應

同期，蘇聯學者亦蠢蠢欲動，開始有人引述《思想》的言論。六五年，捷克學者貝力爾卡赴蘇演講，以捷克境內的亞細亞辯論為題，更刺激了蘇聯學者。幾個月後，二〇年代的亞細亞派主將之一的瓦爾加，打破悶局，指出五十一大冊的大蘇維埃百科全書竟隻字不提馬克思的亞細亞觀，他並呼籲蘇聯同僚重新展開亞細亞辯論，恢復馬克思學說真正的面目。其時蘇聯學者已看到《大綱》，亦看到五九年出版的列寧的著作內提及亞細亞生產模式，故此不再能以行政手腕來禁抑討論。法國那邊，準備助蘇聯同僚一臂之力，派史學家蘇列–剛奈爾和現甚著名的人類學家毛里斯‧葛德里亞赴蘇開學術會議，兩人私人的學科研究皆支持了亞細亞論。但理由不明地，兩人都未能赴會，論文未被傳閱，大會為兩人論文作了「梗概」，並附上一篇評論，執筆者是反亞細亞學派的老將史特魯威，不過，他今次

雖不同意亞細亞論，卻認為問題值得討論。於是學風大變。

有了《大綱》後，支持亞細亞論者更理直氣壯了，而反對者亦不得不根據《大綱》說話，只不過作出不同的詮釋。反對者意見並不一致，金姆認為亞細亞論成立後，馬克思主義便不適用於第三世界，稱亞細亞論為「右翼布爾喬亞社會學家」所為。另一論者雷恩諾維治首先正確地提出馬克思將古代分作三類：東方的、古典的及日爾曼的，但他跟着竟說三者都是奴隸制，東方亞細亞形態與日爾曼形態雖有特殊性，卻不足以構成奴隸制以外的獨立生產模式。反亞細亞派中最深睿的是倪奇佛羅夫，他承認馬克思曾持有亞細亞生產模式的觀念，他不想學以往斯大林派遮掩問題。但他認為馬恩二人的後期著作中，受了摩爾根、摩爾勒及科瓦略夫斯基的人類學及史學發現影響，已放棄亞細亞論。

七一年後，可能因蘇聯收縮了自由度又停止討論，倪奇佛羅夫的解釋，因此成為官方總結性的立場。不過，個別學者的研究，大概不會終止。七〇年版的百科全書已加入了亞細亞生產模式一項，執筆者是瓦爾加的支持者特爾-亞各皮安。此外，倪奇佛羅夫亦在百科全書內替二十年代亞細亞派主將馬扎亞爾作了簡傳。

中國學者的反應

陳獨秀、瞿秋白及毛澤東的政治起落，左右了亞細亞論。一直以來，中共正統學者對亞細亞生產問題，或視作異端，或乾脆避而不談。

在五十年代，中國史學界討論「中國封建社會土地所有形式」，侯外廬是力主「亞細亞生產模式」的大將。其他提出有異斯大林派觀點的中國學者包括吳大琨、王亞南、李亞農、胡如雷、侯紹莊、束世澂等。

一九五四年，侯外廬的《中國古代社會史論》第三版序裏，援用了剛出版的馬克思《大綱》「資本主義生產以前各形態」一章的資料，徹底以亞細亞生產模式的概念研究中國古代社會。（該書於一九七九年由香港三聯書店再版）。

蘇聯開始新的亞細亞辯論時，中國已瀕臨文化大革命。我只找到一份該期資料，是一九六四年出版的。故此，中國對亞細亞論的反應，不比蘇聯遲，若非文革，當會有更多的討論。

田昌五的《馬克思恩格斯論亞洲古代社會問題》一文，論據是非常嚴謹的，觀點亦不似中共官方言論一般粗糙。

田昌五首先指出，馬克思及恩格斷談論亞細亞問題時，並非信口開河，而是「進行了長期的廣泛研究」所得的「一系列的科學論斷」

他更認為東方社會有獨特形態，與歐洲不同。

這兩點我亦同意。

但田昌五仍然試圖用單綫五階段來統領東方、歐洲及世界各地的歷史。他認為馬克思一八五九年所說的四種進步社會經濟形態（亞細亞的、古代的、封邑領主的及現代資產階級的生產模式）中，所謂亞細亞的，其實是原始社會的另一稱呼。他並說五九年以後，馬克思及恩格斯有了原始社會這概念，便以此代替了亞細亞的概念，即原始社會──奴隸社會──封建社會──資本主義社會。

但馬克思及恩格斯其他情況下所說的亞細亞形態，又作怎解？田昌五的看法是：原始社會是世界歷史的共通第一階段。原始社會過渡至奴隸社會，但在東方，原始公社制度的特點往往得以保存下來（例如沒有私有制），這就是所謂亞細亞形態。但形態不等於生產模式，東方社會一樣要經過奴隸制及封建制，只不過是亞細亞形態的奴隸制及封建制，形式上不同於歐洲的奴隸制及封建制。

　　「東方的社會發展同樣經過了原始社會、奴隸社會、封建社會等，不過有其特殊形態罷了」。

　　「亞細亞形態下的奴隸制和希臘、羅馬的奴隸制，只是形式上的差異，而無本質的區別」。

　　田昌五因此提出「東方奴隸制」及「東方封建制」的說法，以別於他們所謂歐洲的「勞動奴隸制」及「封建農奴制」。

　　他巧妙的分類，既兼顧到亞細亞社會的獨特性，亦不得罪正統教條裏歷史只有五個階段的說法，他所謂歷史階段只是指「經濟範疇」，每個範疇下可能有不同的形態，五個階段分別代表了五個經濟範疇的「最成熟最典型的形態」，「從而抓住它的本質的規定性」。因此，他有以下的玄妙觀察：

　　由原始社會派生下來的亞細亞形態，就其性質來說，是一個複雜的結合體。它不等於原始共產制，但僅從原始公社關係的角度看，我們又可以說它是原始共產制；它不等於奴隸制，可是當它受奴隸制支配的時候，它卻具有奴隸制的性質；同樣，在受封建制支配時，它的性質

・259・

是封建的但它不等於封建制。而且，資本帝國主義照樣可能利用這種關係作為奴役勞動人民的工具。總之，亞細亞形態是階級社會中的一種原始公社關係，它在不同的社會中具有不同的性質。

田昌五受制於五階段論的教條，並將生產模式當作單單是「經濟範疇」，這相信是他的兩大基本缺點。

但他的論點亦不會受毛澤東教條的贊同。田昌五說：「在亞細亞形態上，根本不可能形成封建農奴制。馬克思在談到這個問題時就明確指出『只有歐洲才曾有這種情形』」。他又在文中引恩格斯說：「在整個東方、社會或國家是土地所有者，在那裏的語言中甚至沒有『地主』這個名詞」。然而他在文末卻照樣重覆毛澤東所說的中國社會形態自「周秦以來」是「地主封建制度」。

文革結束了，新時期的中國會不會再次深入探討馬克思的亞細亞論與東方專制？筆者身處香港，行筆至此，注意到最近在廣州的《學術研究》（八〇年一月）上，曾在五〇年代參與討論的經濟史家吳大琨再提出亞細亞生產模式的問題，引用的是西方學者梅洛蒂（Umberto Melotti）七二年《馬克思與第三世界》一書的資料。

結語

近年亞細亞論的支持者來自多方面。

在東歐，許多對共產黨有異議者都曾借用亞細亞論來反駁蘇式教條。吉拉斯的《新階級》、巴羅的《東歐內

的替代》、布達佩斯學派的社會學家，亞色克・顧朗及卡羅・莫瑟留斯基致黨的公開信等等顯著例子，皆以亞細亞生產模式的角度來批判國家社會主義的剝削性質。東歐論者甚至認為蘇聯式的政權，是脫胎自東方專制，故此不適用於歐洲社會主義的國家。

學術研究方面，可分為馬克思主義及非馬克思主義的。許多從事個別學科研究的馬克思主義者，發覺五階段論不能符合他們看到的現實，有了亞細亞生產模式觀念後，他們又能較妥當的結合理論與經驗。另外，一些非馬克思主義的人類學及史學家，在歐洲以外的地方從事研究，也會認為亞細亞生產模式的觀念是有啟發性的。馬恩與韋特佛戈的水力決定論受到很多批評和修正，但亞細亞論特別是其中的賦貢制與東方專制的論述有着深遠的影響力。

不同的人對亞細亞論有不同的見解。

以往，亞洲的革命人士，抓着馬克思一句話：亞細亞社會基本上停滯，社會革命是由外間接觸引發的。亞洲革命人士往往是民族主義者，他們恐怕亞細亞論成立後，亞洲人便要去感激西方人了；故此，亞洲革命人士寧願視亞洲與歐洲有着同樣的社會發展規律，同樣可以攀登歷史最高階段。換句話說，他們寧願接受歐洲中心的單綫史觀，亦不肯承認自己社會的獨特性。

但我們亦可以這樣去理解亞細亞論：亞細亞社會不同歐洲，故應有自己的革命路綫，不需要依照歐洲布爾喬亞及無產階級革命模式。特別從馬克思晚年著作中，我們知道亞細亞共同體有其社會主義改造的基礎，小農工的自足共同體，一旦推翻了剝削性的中央專制，將剩餘生產去

投資在中型農業及工業的發展，同時保存東方共同體的特色，那可能才真正是東方特色的社會主義道路。

又例如，同樣是肯定亞細亞論，瞿秋白只看重中國並無強大的布爾喬亞革命階級，故認為應該立即「跳級」進行暴力的社會主義革命。

但是韋特佛戈則認為中國革命人士，應致力建立一個多元化的民主社會，以徹底消除東方大一統專制的基礎。

韋特佛戈認為中國在二十世紀初，曾有一個黃金機會去擺脫東方專制，制定多元社會，他因此嚴厲地批評中共的專政。

現代工業社會的官僚集產專制，當然不同傳統亞細亞農業社會的專制，但官僚集產制是脫胎自亞細亞生產模式，正如資本主義是脫胎自歐洲封邑領主制。現代比傳統的更差勁：韋特佛戈說傳統東方專制只是「半管理」，現代的官僚極權是「全管理」。

以亞細亞論檢視現代極權政制，似乎比托洛茨基派的觀點更完全。托派只能說現在蘇聯及中國是墮落的，官僚化的工人社會主義國家，而亞細亞派如韋特佛戈則說官僚極權政權是歷史上最可怖的政治形態。

亞細亞式社會是否注定一則成為資本生義的落後地區，二則走上官僚集權專制的道路呢？亞細亞式社會有其他選擇、出路、替代嗎？這是我們必須正視自己的歷史現實、討論亞細亞生產模式的主要理由。

從現有的經典著作中，誠實的馬克思主義者仍可能用不同的詮釋得到不同的結論，去支持或反對亞細亞論。實際現實的經驗資料，更可能支撐亦可能否定亞細亞論。故

此，最重要的不是結論，而是停止用行政手腕及教條迷信來窒息討論，重新開放亞細亞辯論。

有關「亞細亞生產模式」的參考書刊

1　侯外廬，《中國古代社會史論》，香港三聯書店1979。
2　田昌五，《馬克思恩格斯論亞洲古代社會問題》，收集於中國科學院歷史研究所編，《歷史論叢》第一輯，中華書局1964。
3　杜維明，《簡論魏特夫之社會科學》，關心亞洲學者公報 1979。
4　Baron S, Marx's Grundrisse and the Asiatic Mode of Production, *Survey* Vol. 21, No. 1–2, 1975.
5　Greffrath, M, F Raddatz and Korzec M, Conversation with Wittfogel, *Telos* No. 43, 1980.
6　Lichtheim, G, Oriental Despotism, in *The Concept of Ideology*, Random House 1967.
7　Marx, K, *Pre-Capitalist Economic Formations*, E Hobsbawn ed, International Publishers 1965
8　Nicolaesky, B, Marx and Lenin on Oreitnal Despotism, Ulmen G ed, *Society and History*, Mouton-The Hague 1978.
9　Sawer, M, The Politics of Historiography: Russian Socialism and the Question of the Asiatic Mode of Production, 1906–1931, *Critique* 10–11, 1978–79.
10　Sawer, M, The Soviet Discussion of the Asiatic Mode of Production, *Survey* Vol. 24 No. 3, 1979.
11　Skalnik, P and T Pokora, Beginning of the Discussion about the Asiatic Mode of Production in the USSR and the People's Republic of China, *Eirene* Vol. 5, 1966.
12　Ulmen, G, Wittfogel's Science of Society, *Telos* 25, 1975.
13　Ulmen, G, *The Science of Society*, Mouton-The Hague, 1978.
14　Wittfogel, Karl, The Marxist View of China, *China Quarterly*, No 11–12, 1962.
15　Wittfogel, Karl, *Oriental Despotism*, Yale University, 1957.

人物譯名對照

前言

馬克思 Karl Marx
盧卡契 Georg Lukacs
亞爾杜塞爾 Louis Althusser
沙特 Jean-Paul Sartre
列斐伏爾 Henri Lefebvre
加羅第 Roger Garaudy
霍拉普 Galvano Della Volpe
考特威爾 Christopher Caudwell
賀塞爾 Arnold Hauser
費沙爾 Ernst Fischer
闞姆斯基 Noam Chomsky
佛科爾 Michel Foucault
葛立漠 A. J. Greimas
佛洛依德 Sigmund Freud
列維斯特勞斯 Claude Levi-Strauss

一 馬克思與蘇維埃馬克思主義

恩格斯 Friedrich Engels
斯大林 Joseph Stalin
日丹諾夫 Andrei Zhdanov
費爾特 Johann Gottlieb Fichte
席勒 Friedrich Schiller
歌德 Johann Wolfgang Von Goethe
但丁 Dante Alighieri
塞萬爾提 Miguel De Cervantes
狄第羅 Denis Diderot
史葛特 Walter Scott
巴爾扎克 Honore De Balzac
狄更斯 Charles Dickens
海涅 Heinrich Heine
歐仁蘇 Joseph Marie Eugene Sue
施里加 Szeliga-Vishnu

拉薩爾 Ferdinand Lassalle
佛克馬 D. W. Fokkema
詹密遜 Frederick Jameson
敏娜考茨基 Minna Kautsky
哈克奈斯 Margaret Harkness
易卜生 Henrik Ibsen
考茨基 Karl Kautsky
梅林 Franz Erdmann Mehring
普列漢諾夫 Georgi Plekhanov
別林斯基 Vissarion Belinsky
車爾尼雪夫斯基 Nikolay Chernyshevsky
杜勃羅留波夫 Nikolai Dobrolyubov
威廉斯 Raymond Williams
列寧 Lenin-Vladimir Ilyich Ulyanov
托洛茨基 Leon Trotsky
約翰遜 Samuel Johnson
高爾基 Maksim Gorky
羅曼羅蘭 Romain Rolland
威爾斯 H. G. Wells
蕭伯納 George Bernard Shaw
屠格涅夫 Ivan Turgenev
契訶夫 Anton Chekhov
托爾斯泰 Leo Tolstoy
盧那察爾斯基 Anatoly Lunarcharsky
艾山斯坦 Sergei Eisenstein
布多夫肯 Vsevolod Pudovkin
維多夫 Dziga Vertov
古力斯荷夫 Lev Kuleshov
美耶阿 Vsevolod Meyerhold
馬耶可夫斯基 Vladimir Mayakosky
巴比兒 Isaac Babel
蕭洛霍夫 Mikhail Sholokhov

保格丹諾夫 Alexander Bogdanov
布哈林 Nikolay Bukharin
華朗斯基 Aleksandr Voronsky
葛立姆西 Antonio Gramsci
果戈理Nikolai Gogol
普希金 Aleksandr Sergeyevich Pushkin
杜斯妥耶夫斯基 Fyodor Dostoevsky
普魯斯特 Marcel Proust
詩靈 Louis-Ferdinand Celine
喬哀斯 James Joyce
史賓格勒 Oswald Spengler
法捷耶夫 Alexander Fadeyev
馬林可夫 Georgy Malenkov
西蒙諾夫 Konstantin Simonov
雅克慎 Roman Jacobson

二 西方馬克思主義

安德遜 Perry Anderson
蘇辛尼津 Aleksandr Solzhenitsyn
布萊希特 Bertolt Brecht
科爾契 Karl Korsch
班傑明 Walter Benjamin
阿道諾 Theodor Adorno
馬爾庫塞 Herbert Marcuse
康德 Immanuel Kant
馬基埃維里 Niccolo Machiavelli
盧騷 Jean-Jacques Rousseau
齊克果 Soren Kierkegaard
托瑪士曼 Thomas Mann
迪爾塞尼 Wilhelm Dilthey
戈德曼 Lucien Goldmann
福樓拜 Gustav Flaubert
左拉 Emile Zola
卡夫卡 Franz Kafka
貝克特 Samuel Beckett
卡繆 Albert Camus

華倫斯坦 Albrecht von Wallenstein
伽里略 Galileo Galilei
麥克白 Macbeth
布洛克 Ernst Bloch
杜斯柏索斯 John Dos Passos
杜布林 Alfred Doblin
史坦尼斯拉夫斯基
    Konstantin Stanislavski
霜薄 Arnold Schoenberg
霍克海默 Max Horkheimer
已格頓 Terry Eagleton

三 亞爾杜塞爾派與結構主義

尼采 Friedrich Nietzsche
索緒爾 Ferdinand De Saussure
巴爾特 Roland Barthes
德利達 Jacques Derrida
拉康Jacques Lacan

較早期的亞爾杜塞爾派
麥雪雷 Pierre Macherey
普蘭沙斯 Nicos Poulantzas
巴里巴 Etienne Balibar
朗西亞 Jacques Ranciere
德布雷 Regis Debray
費爾巴哈 Ludwig Feuerbach
巴茲立德 Gaston Bachelard
哥白尼 Nicolaus Copernicus

亞爾杜塞爾論文學與藝術
安德烈達士佩 Andre Daspre

文學的反複生產
立普特Dominique Laporte

史亞夫 Adam Schaff
柏拉圖 Plato
尼采 Friedrich Nietzsche
德路西 Giles Deleuze
葛塔尼 Pierre-Felix Guattari

文學結構主義
拉辛 Jean Racine
莫倫 Charles Mauron
皮卡 Raymond Picard
呂恰慈 Jean-Pierre Richards
米勒 Hillis J. Miller
卓別林 Charles Chaplin
葛意乎爾夫 D. W. Griffith
熱奈特 Gerard Genette
布雷蒙 Claude Bremond
宋泰格 Susan Sontag
索萊爾 Philip Sollers

巴爾特
楚洛普 Anthony Trollope
薩德 Marquis de Sade
傅立葉 Charles Fourier
羅育拉 Ignatious of Loyola
紀德 Andre Gide

符號學
卡西勒 Ernst Cassirer
布倫非特 L. von Bertalanffy
溫萊 Uriel Weinreich
皮埃斯 C. S. Pierce

摩利斯 Charles Morris
貝特遜 Gregory Bateson
瑪嘉烈米特 Margaret Mead
卡納浦 Rudolf Carnap
柯靈活 R. G. Collingwood
懷海德 Alfred North Whitehead
蘭格 Susanne Langer
洛克 John Locke
杜威 John Dewey
庫恩 Thomas Kuhn
喬治米特 George Herbert Mead
瑟備阿 Thomas Sebeok
戈夫曼 Erving Goffman
已珂 Umberto Eco

德利達
奧斯汀 Jane Austin

註釋
荷爾 Stuart Hall
摩斯 Marcel Mauss
雷蒙布當 Raymond Boudon
哈特曼 Geoffrey Hartman
布魯姆 Harold Bloom
米勒 J. Hillis Miller
梅蘭妮克萊因 Melanie Klein
米歇爾 J. Mitchell
威廉賴克 William Reich
諾曼布朗 Norman O. Brown
希治閣 Alfred Hitchcock
讓熱內 Jean Genet

書目

以下列舉的並非詳盡的書目，只是本書曾提及或採用的英文的單行本。

一 馬克思與蘇維埃馬克思主義

Arvon H., *Marxist Esthetics*, Cornell University 1970

Baxandall L., Comp. *Marxism and Aesthetics: A Selected Annotated Bibliography*, Humanities 1968

Baxandall L. & S. Morawski, ed., *Marx and Engels on Literature and Art*, Telos 1973

Demetz P., *Marx, Engels and the Poets*, University of Chicago 1967

Lifshitz M., *The Philosophy of Art of Karl Marx*, Pluto 1973

Matlaw R., *Belinsky, Chernyshevsky & Dobrolyubrov*, IndianaUniversity 1962

Plekhanov G., *Art and Social Life*, Progress 1957

Prawler S. S., *Karl Marx and World Literature*, Oxford University 1976

Solomon M., *Marxism and Art*, Harvester1979

Trotsky L., *Literature and Revolution*, Ardis/Ann Arbor 1975

Vazquez A. S., *Art and Society*, Monthly Review 1973

二 西方馬克思主義

Anderson P., *Considerations on Western Marxism*, New Left Books 1976

Auerbach E., *Mimesis*, Princeton University 1974

Benjamin W., *Illuminations*, Schocken 1970

Benjamin W., *Reflections*, Harvest/HBJ 1979

Benjamin W., *Understanding Brecht*, New Left Books 1973

Bretch B., *On Theatre*, Methuen 1964

Eagleton T., *Marxism and Literary Criticism*, University of California 1976

Jameson F., *Marxism and Form*, Princeton University 1971

Kolakowski L., *Main Currents of Marxism: Its Rise, Growth and Dissolution*, Oxford University 1980

Laing D., *The Marxist Theory of Art*, Harvester 1978

Leroy G. & U. Beitz, ed., *Preserve and Create*, Humanities 1973

Lukacs G., *The Historical Novel*, Penguin 1967

Lukacs G., *History and Class Consciousness*, Merlin 1971

Lukacs G., *The Theory of the Novel*, MIT 1971

Marcuse H., *The Aesthetic Dimension*, Macmillan 1979

Morawski S. *Inquiries into the Fundamentals of Aesthetics*, MIT 1974

New Left Review, *Western Marxism: A Critical Reader*, New Left Books 1977

Taylor R., ed., *Aesthetics and Politics*, New Left Books 1977

三 亞爾杜塞爾派與結構主義

Althusser L., *For Marx*, Penguin 1969

Althusser L.& E. Balibar, *Reading Capital*, New Left Books 1970

Althusser L., *Lenin and Philosophy and Other Essays*, New Left Books 1971

Althusser L., *Politics and History*, New Left Books 1972

Althusser L., *Essays in Self-Criticism*, New Left Books 1976

Bailey R. W., L. Matejka, P. Steiner, ed., *The Sign*, University of Michigan 1978

Bakhtin M., *Rabelais and Its World*, MIT 1968

Bakhtin M., *Problems of Dostoevsky's Poetics*, Ardis/Ann Arbor 1973

Barab H., ed., *Semiotics and Structuralism: Readings from the Soviet Union*, International
Arts & Science 1974

Barthes R., *On Racine*, Hill & Wang 19

Barthes R., *Writing Degree Zero*, Hill & Wang 1967

Barthes R., *Elements of Semiology*, Hill & Wang 1968

Barthes R., *Mythologies*, Hill & Wang 1972

Barthes R., *S/Z*, Hill & Wang 1974

Barthes R., *A Pleasure of the Text*, Hill & Wang 1975

Barthes R., *Sade Fourier Loyola*, Hill & Wang 1976

Barthes R., *Roland Barthes by Roland Barthes*, Hill & Wang 1977

Bathes R., *A Lover's Discourse*, Hill & Wang 1978

Barthes R., *Image-Music-Text*, Fontana 1978

Basin Y., *Semantic Philosophy of Art*, Progress 1970

Belsey C., *Critical Practice*, Methuen 1980

Bennett T., *Formalism and Marxism*, Methuen 1979

Benveniste E., *Problems in General Linguistics*, University of Miami 1971

Bloom H., P. de Man, J. Derrida, G. Hartman, J. H. Miller,*Deconstruction and Criticism*,
Seabury 1979

Coward D. & J. Ellis, *Language and Materialism*, Routledge & Kegan Paul 1977

Culler J., *Structuralist Poetics: Structuralism, Linguistics and the Study of Literature*,
Routledge & Kegan Paul 1975

Culler J., *Saussure*, Fontana 1976

Curran J., M. Gurevitch & J, Woollacott, ed., *Mass Communication and Society*, Edward
Arnold 1977

Derrida J., *Speech and Phenomena*, Northwestern University 1973

Derrida J., *Of Grammatology*, John Hopkins University 1977

Derrida J., *Writing and Difference*, University of Chicago 1978

Eagleton T., *Criticism and Ideology*, New Left Books 1976

Eco U., *A Theory of Semiotics*, Indiana University 1976

Eimermacher K. & S. Shishkoff, ed., *Subject Bibliography of Soviet Semiotics*, The Moscow-Tartu School, University of Michigan 1977

Erlich V., *Russian Formalism: History, Doctrine*, The Hague/Mouton 1955

Fokkema D. W. & E. Kunne-Ibsch, ed. *Theories of Literature in the Twentieth Century*, C. Hurst & Company 1977

Giddens A., *Central Problems in Social Theory*, MacMillan 1979

Gras V., *European Literary Theory and Practice*, Delta 1973

Harari J., *Textual Strategies*, Cornell University 1979

Hawkes T., *Structuralism and Semiotics*, Methuen 1977

Isler W., *The Act of Reading*, John Hopkins University 1978

Kristeva J., *Desire in Language*, Columbia University 1980

Kurzweil E., *The Age of Structuralism*, Columbia University 1980

Jacobson R., *Selected Writings*, The Hague/Mouton 1962

Jameson F., *The Prison-House of Language*, Princeton University 1972

Lacan J., *Ecrits: A Selection*, Norton 1977

Lacan J., *The Four Fundamental Concepts of Psycho-Analysis*, Penguin 1979

Laplanche J. & J. B. Pontalis, *The Language of Psychoanalysis*, Norton 1973

Lane M., ed. *Structuralism*, Jonathan Cape 1970

Leach E., *Levi-Strauss*, Fontana 1970

Lecourt D., *Marxism and Epistemology: Bachelard, Canguilhem, Foucault*. New Left Books 1975

Lefebvre H., *The Explosion: Marxism and the French Revolution*, Monthly Review 1968

Lemon L. & M. Reis, ed., *Russian Formalist Criticism*, University of Nebraska 1965

Levi-Strauss C., *Structural Anthropology*, Basic Books 1963

Levi-Strauss C., *The Savage Mind*, University of Chicago 1966

Levi-Strauss C, *The Raw and the Cooked*, Harper and Row 1968

Levi-Strauss C., *Tristes Tropiques*, Antheum 1968

Levi-Strauss C., *Totemism*. Penguin 1969

Lotman Y., *Analysis of the Poetic Text*, Ardis/Ann Arbor 1976

Lotman J., *Structure of the Artistic Text*, University of Michigan 1977

Macherey P., *A Theory of Literary Production*, Routledge & Kegan Paul 1978

MacIntyre A. & D. Emmet, ed., *Sociological Theory and Philosophical Analysis*, MacMillan 1970

Matejka L. & K. Pomorska, ed., *Reading in Russian Poetics*, MIT 1971

Matejka L., S. Shishkoff, M. E. Suino, I. R, Titunik, ed., *Readings in Soviet Semiotics*, University of Michigan 1977

Mukarovsky J., *Aesthetic Function, Norm and Value as Social Facts*, University of Michigan 1970

Pettit P., *The Concept of Structuralism: A Critical Analysis*, University of California 1971

Piaget J., *Structuralism*, Basic Books 1970

Pomorska K., *Russian Formalist and Its Poetic Ambivalence*, The Hague/ Mouton 1968

Poulantzas N., *State, Power, Socialism*, New Left Books 1978

Ricoeur P., *The Conflict of Interpretations*, Northwestern University 1974

Robey D., ed., *Structuralism: An Introduction*, Oxford University 1973

Sartre J-P., *What is Literature?* Washington Square 1966

Saussure F. de, *Course in General Linguistics*, Fontana 1974

Schaff A., *Structuralism and Marxism*, Pergamon 1978

Scholes R., *Structuralism in Literature*, Yale University 1974

Schwartz B., ed., *On Ideology*, Hutchinson 1978

Screen Reader I, SEFT 1971

Sebeok T., *Contributions to the Doctrine of Signs*, Indiana University 1976

Sebeok T., ed., *A Perfusion of Sign*, Indiana University 1977

Sturrock J., ed., *Structuralism and Since*, Oxford University 1979

Thompson E. P., *The Poverty of Theory and Other Essays*, Merlin 1978

Volosinov V., *Marxism and the Philosophy of Language*, Seminar 1973

Wellek R., *History of Modern Criticism* Volume 111, Yale University 1966

Wilden A., *The Language of the Self*, John Hopkins University 1968

Wilden A., *System and Structure*, Tavistock 1972

Williams R., *Keywords*, Fontana 1976